中公文庫

モナ・リザの背中

吉田篤弘

中央公論新社

岩波文庫

ギリシヤの裁判

古川晴風

岩波書店刊

目次

イラスト・本文レイアウト◉吉田浩美・吉田篤弘［クラフト・エヴィング商會］

モナ・リザの背中

I

いったいに鳥肌が立つ男というものは

いったいに鳥肌が立つ男というものは、その日の気温に関係なく長袖のシャツなんぞを着たりして、どうやら世界に対して少しく身構えた日々を送っている。言葉を発すれば鼻声であり、出来ることならシャツの襟は立てていたいのだし、自分に似合った帽子があると知れば、常にそれを被《かぶ》っていたいと考えている。

ある日、ふと気付くと、私はそんな鳥肌が立つ男になっていた。

朝は六時半に目覚め、寝床の中で猫の如き伸びをする。体の軋《きし》む音が聞こえて少しく頭へ血がのぼり、それで次第に意識が明確になってくれれば、寝床より這《は》い出して寝巻のまま台所にて湯なんぞを沸かす。

そこで一日の最初の鳥肌が立つ。

じゃぶらじゃぶらとヤカンに水を入れてガス台の上へ載せ、ガス台の栓をひねれば当然のように火がついて炎が立ち上がる。微量なるガスのにおいと炎の鮮やかさに脳も刺激され、嗚呼《ああ》、こうして今日という一日が始まるのだなと思えば、それでまた鳥肌が立つ。ついでに、自分という者がこの世に生を受けて、じつに五十年もの歳月が流れてしまった事実に、なおふたたび鳥肌が立つ。

私は冷蔵庫の扉をあけて新鮮な卵を取り出し、いっとう小さな柄付き鍋で、うで卵をつくらんとする。うで卵については、このあいだアノウエ君と議論したばかりである。アノウエ君が言うには、

「先生、それはうで卵ではなく、ゆで卵というのではないですか」

この「先生」というのはいやしくも私を指し、私は週の半分ばかりは大学へ出向いて三十人あまりの学生を相手に芸術を論じている。アノウエ君はこの大学において私の助手を務め、正式にはイノウエ君なのであるが、いやしくも先生と呼ばれるところの私は「イよりアの方がよろしかろう」と一方的に決めてしまったのである。

「いいかね、アノウエ君。昔はイの字がイロハのイであって、何ごともそこから始まっていたものだ。しかし不思議なもので、いつからかアの字が文字列の始まりとなり、それだけでもずいぶんと世界は違って見えよう」

それでイノウエ君はアノウエ君になった。同様にゆで卵もうで卵となった。これらはすべて私の一存であって法則はない。人間、五十にもなったら、あとはこちらの一存で参りたい。眠たければ眠るし、笑いたければ大いに笑う。他人の理屈なんぞにはいっさい耳を貸さない。知らないねぇ、知りませんなぁ、と、ひたすら知らぬ存ぜぬで通す。大抵のことはそれでどうにかなる。面倒なことは放っておけばよい。放っておいても湯は沸くし、事実、ヤカンの中と小鍋の中でふたつの湯が沸いて（私は湯を「ふたつ」と勘定いたします）ヤカンの湯は二十年間使いつづけた旧式旧型のポットの中へ詰め込まれる。すると、およそ四時間は湯気を保持した熱い湯がポットから湯呑みに注がれる。不思議ではないか。いまは誰もそう呼ばなくなってしまったが、こうした奇跡を叶える夢の道具であるからして、この旧式旧型はかつて「魔法瓶」と呼ばれていた。事実、魔法である。湯はそのまま放置しておけば、どれほど暑い夏の盛りであっても次第に湯気を失ってゆるゆる冷めてゆく。いったいに火傷してしまうほどの熱い湯であったものが冷めてゆくことくらい、もの哀しい現象はない。したがって、これを未然に防ぐ魔法瓶というものに、私はものすごく鳥肌が立つ。

いや、そんなことに感心ばかりしていると、いつまでたっても、うで卵が完成しない。

ばかりか、どうにも鼻がむずがゆくなってくる。

私はこのところ、この「むずがゆい鼻」の問題に悩まされていた。簡潔に言えば「出そうで出ないくしゃみ」に翻弄《ほんろう》されていた。これぱかりは、私の一存ではどうにもならない。他の誰でもない自分の体の一部であるのに、自分の一存でどうにもならないとは如何《いか》なることか。

私はくしゃみの予感に抗《あらが》いながら洟《はな》をすすり、ゆるゆると小鍋の中に卵を沈める。このとき、私の頭の中で「しずめる」という響きが「鎮める」となったり「静める」と変化したりして、それぞれに意義深いものであると鳥肌が立つ。

少し前まで、そんなことはなかった。卵をうでるたびに鳥肌が立つことなどなかった。ところが、生を受けてからの時間が「五十」という何やらひとつの大きな塊の如きものに到達したところで、急に自分を取り囲む森羅万象が愛おしくなってきた。考えようによっては面倒な話でもあるのだが、目に映るいちいちが愛おしい。それで、一日のさまざまな場面で、涙ぐんだり鳥肌が立ったりする。

おそらく、五十年というのは一言で済まされない時間の塊なのであろう。さかしまに言えば、時間がいよいよ一言で片付けられなくなるのが五十年である。

卵をうでながら、小鍋の中にぐつぐつたぎる湯を眺めおろし、半熟にうで上がる三分三十秒のあいだに、これまでの五十年を想う（注＝これは私の歩んできた個人的な五十年に限らず、世間一般に流通している五十年でもある）。

私は台所の時計を睨《にら》み、秒針が回るのをひたすら凝視する。すると、秒針が三回転半するあいだに、五十年が凝縮されて濃密な卵がうで上がる。ちなみに、食パンは六枚切りのものを欠かさず買ってある。これを適当に焼き、バターをへずりとってはパンにのせて食す。うで卵は殻を剝いて塩を振り、魔法瓶の湯を湯呑みに注いでインスタント・コーヒーをつくる。これは〈R＊＊＊〉というどこか外国の会社が、やはり五十年か、いや、それよりもっと長い時間、大いに信頼されてつくり続けてきたインスタント・コーヒーである。大変な美味だと噂には聞いていたが、これを私は都心の百貨店の地下食料品売場にてたまたま発見したのだった。驚くべきことに、以前よりスーパーで購入しているインスタント・コーヒーの三倍ほどの値段であったが、味わってみれば確かに三倍ほど香り高く、しみじみじわじわと鳥肌が立ってきた。

私はこのコーヒーに〈スーパー・スーパー・スーパー・インスタント・コーヒー〉なる名前を授けることにした。スーパーで買ったものより三倍おいしいのだから、少々、長くても我慢してそう呼ぶ。もっとも、私はひとり暮らしであるから、たとえば――、「君、すまないけれど、そこにあるスーパー・スーパー・スーパー・インスタント・コーヒーをこちらに寄越してくれないか」

「何ですって？　あなたはこのスーパー・スーパー・スーパー・インスタント・コーヒーをこちらへ寄越せと、そうおっしゃりたい？」

「そのとおり。まさしく私はスーパー・スーパー・スーパー・インスタント・コーヒーをこちらに寄越して欲しいのだ」

といったような、まどろっこしい会話をする機会は皆無である。しみじみとコーヒーの香りを味わったあとで、少しく涙ぐみながら、

「やはり旨《うま》いねぇ、スーパー・スーパー・スーパー・インスタント・コーヒーは」

とつぶやくのみである。もし、何らかの必要があって記述しなければならない場合は、「スーパー×3コーヒー」とだいぶ省略される。

以上、卵と食パンとコーヒーと、あとは赤く熟《う》れたトマトを丸かじりすれば、それにて朝食は終了。終了すれば寝巻から外出着に着替え、大学へ行く日もあれば、終日、都内を散策する日もある。

都内の散策といっても、私は江戸情緒の残る路地であるとか、下町の風情などといったものにいっさい関心がない。私が好ましく感じるのは有楽町である。あるいは、その周辺に位置する日比谷や丸の内のビル街がとりわけ好ましい。

たとえば地下鉄を日比谷駅で下車して地上に出ないまま有楽町の方へあてどなく歩く。すると、名も知らぬ古ビルの地下通路へ迷い込んで、そのまま地下街を歩きまわる時間というものがある。

この時間が私にはすこぶる快い。これこそ散策に価《あたい》しよう。ともすれば非常に無意味で空疎な時間ではあるが、都心の地下にこうした快い空疎な時間がひんやり残されている事実に、私は非常に魅《ひ》かれるのである。出来ることなら、その空疎な時間に私の一存で名を与えたい。イノウエ君をアノウエ君としたように。

だが、これがなかなかどうして思いつかない。思案しながらまた地下鉄に乗ってみるものの、下車するのは日比谷と決まっているから、気付けばふたたび名付けようのない時間に取り込まれる。方角も分からず、ただ漠然と地下通路をさまよっている。

ときには灰色の壁ばかりがつづく無愛想な地下通路に紛れ込み、もしや、このまま地上に出られなくなるのでは、とおびやかされる。が、私はそうした危惧を感じながらも鳥肌が立つ。都心の地下をうろつく時間には、明らかに鳥肌が立つに価する（これまた妙な表現だが）要素が含まれている。その真髄を私は言い当てたい。名付けたい。名付けない限り、私は決して地上へ脱け出せない――そんなゲームを日比谷の地下街でひたすら繰り返してきた。

これはつまり、私から私への宿題のようなもので、私はといえば、三十余名の学生たちへ宿題を与えるのが生業《なりわい》なのだが、私にもこうしてそれ相応の宿題がある。あくまで宿題であって宿命ではない。このふたつの言葉の微妙な違いが重要である。つまり、決して命懸けではないということだ。

五十ともなれば、そう易々《やすやす》と命を張れなくなる。ただ、私は五十歳を迎えたところで思いもよらずに「鳥肌の立つ男」となったので、私に鳥肌を立たせる事物や現象に私の一存で名前を与えたいと思い決めた。それが私の後半生の課題にして宿題となる。

週の半分は大学に身を置いているが、週の半分はそうしたわけで日比谷周辺で散策と思索を交錯させながら徘徊している。そうして徘徊しながら、私は「有楽町」という名を思いついた人物に鳥肌が立つ。私はどんなことにも答えはあると信じているし、宿題の答えを探し歩く散策が他でもない有楽町の周辺に限定されている以上、それはその名の恩恵にあずかって、きっと楽しみを有するものになると信じている。というより、脳ではなく体がそれを確信している。すなわち、反射的に鳥肌が立つ。念のため、新宿や池袋の地下街なども散策してみたのだが、似たような空疎を感じることはあっても決して鳥肌は立たない。涙ぐむこともなかった。地下街は有楽町に限る。偉大なり有楽町――である。

それで、当初は戯《たわむ》れに〈有楽地下街〉などと名付けてみた。が、それではどうも納得がいかない。私が名付けたいのは空間ではなく時間の方であり、そこがまた難しいところで、同時に腕の見せどころでもある。

私がこうした事情をアノウエ君に吐露《とろ》してみたところ、彼は大学の楽屋たる〈研究室〉にて好物の栗饅頭《まんじゅう》を食しながら、「そんなことより、先生――」と饅頭を喉に詰まらせて言ったものである。

「その、くしゃみが出そうで出ない奇病を治した方がいいと思います」

奇病とはまた失礼な。

「僕が思うに」とアノウエ君は饅頭の他に何やら鞄から小さなものを取り出して自慢気に小鼻をふくらませ、

「この目薬が効くんじゃないかと思うんです」

見ると、三角形の小さな瓶を差し出している。

「探したんですよ、これ」

彼らしく、いかにも恩着せがましいことを付け加えた。

よく聞いてみれば、探したとはいっても、薬局を駆け回ったとかそういうことではなく、以前、自分で購入したものを自分の部屋の中からようやく見つけ出したのだという。なるほど、瓶の中の薄青い液体は半分ほどに減り、手渡されたのは瓶のみでパッケージも効能書も付いていない。

「いつのもの？」

私はその小瓶を右から左から観察し、有効期限が不明であることに気付いて鋭く指摘しておいた。いや、指摘するばかりでは埒《らち》があかないので、いつ購入したものなのか、アノウエ君が「朧《おぼろ》げである」という記憶を正確に引き出さんとした。

「さぁ、覚えていませんねぇ」

アノウエ君は大概のことを覚えていない。

「ただ、僕が使っていたのはそんなに昔ではないです。一年か二年か三年か四年か。まぁ、五年ですか。大体そのくらい前です。いずれにしても、目薬ですから飲むわけじゃありませんし、期限なんてものは——」

「いや、そんなことはないよ」

「でも、すごく効いたんです。何よりメニポンという名前がいいでしょう？」

アノウエ君のこういうところが分からなかった。メニポンなる名称のどこがいいのかも分からなければ、目薬の有効期限に無頓着であるのもいかがなものか。しかも、それを自分で使用するのならともかく、いやしくも先生であるところの私に推奨するとは。

私が横を向いて無視しようとすると、アノウエ君は、

「騙《だま》されたと思って使ってみてください、保証しますよ」

妙に入れ込んでいるようだった。

「どんな保証？　それに君に保証されたところで——」

「僕はこう見えて、かつては鼻がむずがゆい男だったんです。残念ながら、先生のような奇病の域には達していませんでしたが」

つくづく人を苛々《いらいら》させる男である。

「でも、このメニポンをさしたら、嘘のように治りました。いえ、肝心の疲れ目は治らなかったんですが、どうしてなのか、鼻のむずがゆいのが完全に消えたんです。つまりです

ね――」

「先回りして悪いけれど」私はいささか早口になっていた。「君はこの液体が目薬としての効能はともかく、鼻に効く薬だと言いたいのだろう。しかし、君の鼻と私の鼻は別の鼻なのだ。君の鼻に効いたからといって私の鼻に効くと考えるのは、いやしくも大学に身を置くものとして、あまりに浅はかではないか」

「じゃあ、いいです」

アノウエ君はおそらく大事な栗饅頭を食べ終えてしまったのが面白くなかったのだろう。私を睨むようにしてさっさとメニポンを鞄の中へ戻さんとした。

とそのときであった。私の全身に予感めいたものが走り――具体的に言うと、突然、メヲサラなる名前が脳裏に閃《ひらめ》いたのである。映画館の暗闇に映画のタイトルが浮かび上がるように。同時に私はとてつもなく鳥肌が立っている自分に気付いた。

「待った」と私はアノウエ君を睨み返し、「君の好意を無駄にするような私ではないぞ」と力強く言い切った。「君の言うとおり、さっそくメヲサラを試してみよう」

「メヲサラ？」とアノウエ君は例によってまったく要領を得ない。

「そう。いまこの瞬間、その小瓶はメヲサラになったのだ。どうだろう？　じつに鳥肌が立つ名前ではないか」

アノウエ君は首を横に振って少しく嘆いてみせた。

「先生は最近ちょっと――」

「いいんだいいんだ」私はアノウエ君の言わんとするところを巧みに察知して小刻みに頷いた。「君のメニポンに対する愛着はよく分かっている。しかし、残念ながらこれはもうメヲサラなのだ。どうか、潔《いさぎよ》くあきらめて欲しい」

「いや、そういうことではなくて――」

「いいんだいいんだ。君の鼻を治したのはたしかにメニポンであった。それは認めよう。しかし、私の病を治すのはこのメヲサラなのだ。つまりはそういうことだ」

「そういうことって、どういうことです?」

アノウエ君はそれからしばらく釈然としない様子だったが、

「まぁ、何でもいいです。どうぞお大事に」

どうやら面倒になったようであった。しめたものである。

これで、事実上、彼はメヲサラを容認したかたちとなった。思えば、イノウエ君がアノウエ君となった記念すべきあのときもそうだった。私の閃きと私の鳥肌とアノウエ君の容認と。見事に三拍子揃って丸くおさまった。

私は大いに満足だった。あとはメヲサラの効用について語るのみだが、その前にこの名称の起源を自分なりに解いてみたい。

考察してみるに、これはやはり「目を皿にする」のあの「目を皿」が由来となったものだろう。自分で取り決めたものを自分で考察するのもおかしな話だが、なにしろ、一瞬で閃いた名前なので自分でもよく分からない。のみならず、あらためて考えると、「目を皿にする」とはどういうことなのだろう。皿とは何なのか。目とどんな関係があるのか。疑問は次々と湧いてくる。いや、もしかして「皿」というのは私の思い違いで、本当は「更」のサラが正しいのかもしれない。すなわち、更新の「サラ」である。そう思えば、どう考えてもそちらの方が道理である。

たとえば、私のように五十年間酷使してきた目をいったん更に戻して物事を見つめ直すときなどに、「目をサラ」と言う。これはもう、そうに決まっている。五十年も生きていると、こうしたミスが増えてくるのが厄介なのだ。ましてや、学生たちにあれこれ教える立場となれば、あらためて信用のおける辞書が手もとから離せなくなる。

で、早速、手もとの辞書を引いてみた。するとどうだ。目をサラのサラは「皿」と表記してあるではないか。それこそ目をサラにして辞書に見入ったが間違いない。

鳥肌が立った。

このとき私が空想したのは、両眼がおのおの直径二十センチあまりの丸皿と化した怪物めいた容貌の自分である。あるいは、アノウエ君である。

私もときどきテレビなど見たりするのだが、たしか目薬のCMで、さした途端に大の男が絶叫するものがあった。それはそれは尋常ならざる絶叫で、即座にそれを思い浮かべ、そこへ私なりのアレンジを加えてみた。

絶叫と共に男の目玉が拡大し、遂には丸皿と化してその上に目玉焼きがあらわれる。いささかグロテスクかもしれないが、もし、メヲサラのCMを制作するとなれば、当然そんな映像になろう。つまり、この目薬をさすと目が拡大して皿になる。疲れ目がどうしたとか、充血がどうしたとか、そんなレベルの話ではない。鼻がむずがゆいとか、そんなことは最早どうでもよい。

いや、私はいい加減なことを言っているわけではない。むろん、私とて最初は半信半疑だった。というより、じつのところ半分も信じていなかった。あえて正確に言えば、わずか二十分の一ほどの「信」である。点眼した感じはごく普通の目薬であるし、いわんや絶叫することもない。少し染みるのも他製品と変わりなく、それでも効用の推移には神経を集中して見守った。すると、こんなことが起きた（気がする）のだ。

そのとき私はイタリアに関する本を読んでいた。メヲサラを目にさした半時間後のことである。この際、書名や著者名などはどうでもいい。ずいぶん古い本なのでイタリアは「伊太利」と表記されており、研究室の書棚から持ち帰った本であるから、芸術――それもとりわけ美術に関する記述が延々とつづく本であった。その「延々」に、いい加減うんざりし始めたところ、塩梅《あんばい》よくそこだけ上質な紙を使用した写真版の頁があらわれた。モノクロの印刷であったが、贅《ぜい》をこらした精巧な印刷で再現されていたのは、ミケランジェロの彫ったモーゼ像である。

このモーゼ像は頭部より突き出た角の存在につい目を奪われがちだが、その精緻《せいち》な写真版が伝えていたのは（アングルのせいもあったろうが）豊かに（あまりに豊かすぎる）蓄えられた髭《ひげ》の量感であった。

私はローマに出向いた経験がないので実物を拝んだことはない。が、これまでさまざまな書物で馴染んできたモーゼ像は、いずれもここまで髭の描写にこだわっていなかった。一瞬、別の作品と見間違えるほど髭が強調され、見れば見るほど髭は渦を巻くかのようで、その渦が頁からはみ出て、こちらの領域を侵食しかねないほどだった。

いや、侵食は私がその頁を開いた瞬間からじつは始まっていたのかもしれない。写真に見入る自分はすでに写真の中へ搦《から》めとられ、迷路を思わせる髭の中に埋没しかかっていた。ただし、これは私の意識が都合よくそう認識したまでで、実際には、向こうがこちらを侵食していると見せかけ、こちらが向こうへ吸い込まれていたとも考えられる。

というのも、私の体感としては、虫のように縮小された自分が、モーゼの髭の中で溺《おぼ》れかけている印象だった。そして、そうした状況を私は「モーゼの髭の海」と名付け、名付けた途端に全身に鳥肌が立った。

こうした錯覚ないしは幻覚が、はたしてメヲサラによってもたらされたものであるかどうかは判断しかねる。ただ、それが目薬をさした半時間後であったこと。そして何より、私の目が（目だけが）私の意識から分離したように感じられたこと。その分離が「写真の中のモーゼの髭に溺れる」という特異な感覚を生み出したこと――この三つの関連は容易に見過ごせないものを孕《はら》んでいた。もし、これらすべてがメヲサラによる効果であるとしたら、アノウエ君にとって鼻の薬であった薄青い液体は、私の一存による命名で「目を皿にする」薬に化けたのかもしれない。いや、たぶんそうなのだ。それを証明しうる事態がその数週間後に起きた。

その日、アノウエ君が〈研究室〉で好物の豆大福を頬張りながら、

「先生、御覧になりましたか、ダ・ヴィンチ」

出し抜けにそう言ったのが始まりだった。大福の白い粉がアノウエ君の黒いチョッキに盛大にこぼれ散っていた。

「ダ・ヴィンチって?」

「『受胎告知』ですよ。いま、上野に来てるんです。御存じないんですか、上野ですよ。信じられます? 上野にダ・ヴィンチが来てるんです。『受胎告知』ですよ。あの天使が——僕はあの天使が大好きなんです。あの天使が上野に来てるなんて」

興奮気味のアノウエ君の話を聞いていると、あたかもダ・ヴィンチその人が上野に来ているか、あるいは、天使が受胎を告知するために上野に舞い降りたようだった。

「で、アノウエ君はもう観たわけ?」

「観ませんよ」

「どうしてまた?」

「いや、もし偽物だったら——と思うわけです」

「偽物？　まさか、そんなことはなかろうよ」

「ええ。でも先生、冷静になって考えてください。御存じでしょうが、あの絵はルネッサンスの時代に描かれたものです。そんなものがいまだに現存しているだけでも奇跡なのに、どうしてそれが上野に来るんですか。あり得ませんよ。向こうでも、反対運動が起きたそうです。こんな貴重な宝を飛行機に乗せてはるばる日本まで運ぶなんて馬鹿げていると。まったくそのとおりです。もし、僕がイタリア人だったら、反対に賛成しますね」

　ややっこしい男である。

「だから、僕は観に行きません。いつか、イタリアへ本物を観に行こうと思っています。したがって、僕の中では今回の展示はなかったことになってます」

　これを聞いて、私は俄然、観に行きたくなった。アノウエ君は大福の粉だらけになった手で、ダ・ヴィンチ展のチラシを丸めて私に押し付けてくる。

「それをなるべく僕の目に触れないところへ、うっちゃってください」

『受胎告知』が上野の美術館で展示されていることは私も知っていた。ただ、じつを言えば、私もアノウエ君と同様の思いを抱いていないこともなかった。「ないこともなかった」という言い方は一体どちらなのか自分でも分からなくなるが、その分からなくなる感覚も含めて私の思いそのままである。複雑であった。観たいような観たくないような、くしゃみが出そうで出ないような、もどかしくむずがゆい思いがないこともなかった。

が、アノウエ君のむずがゆい鼻と私のむずがゆい鼻が別の鼻であるように、アノウエ君が観に行かない理由と、私が観に行かない理由は断じて区別されるべきである。つまり、彼が観ないのなら私は観るべき、ということになる。

私は大福の粉にまみれたチラシを広げ、すでに通りすがりの街頭ポスターや新聞や雑誌の告知等で目にしていた『受胎告知』を、自分の手もとでまじまじと眺めなおした。

ところが、大福の粉が目と鼻に入ったのか、途端に涙が滲《にじ》んで、またしてもくしゃみが出そうで出ない。堪《たま》らず、上着の内ポケットに忍ばせておいたメヌサラを取り出し、仰向《あおむ》くなり両目に点眼して目を閉じた。

「あ、先生、メニポン使ってるんですね」

アノウエ君の「してやったり」といった感じの声が隣から聞こえてきた。いや、そうではないんだ、アノウエ君。この目薬はもうメニポンではなくメヌサラだ。それが証拠に、閉じた瞼《まぶた》の裏に、チラシに刷られた『受胎告知』の残像が浮かんでいる。

もしや、モーゼの髭の中で溺れかけたように、いま自分は『受胎告知』の中へ取り込まれつつあるのではないか。そう思って、残像が消えぬよう意識を集中させてみた。が、絵は絵として瞼の裏にあり、私は私のまま染みる目を閉じているのみだった。事の推移を見守ろうとしても、何ら変化は起こらない。

ただ、これまで何度もこの絵を観てきたはずなのに、そんなものがそこに描かれていただろうかと、横長の絵の右端を占めるわずかな空間が気になった。天使に受胎を告知されたマリアの背後に当たる部分――そこに、ほの暗い部屋が覗き、何やら赤いものがぼんやり浮かんでいた。

残像は消えずに、ほぼ正確に絵の全体を伝えている。

しかし、私は天使でもマリアでもなく、何故か絵の隅のその暗い部屋ばかりを見ていた。

＊

そんなふうに何とはなしに暗がりに目をこらしていると、ときに、思いもよらぬものが浮かんでくることがある。

たとえば、夕方が忍び寄るのをそのままに、あかりもつけずに部屋に寝転んで我が五十年を振り返ってみれば、私の人生の大半は「曇りときどき晴れ」であったと思い至る。幸い、雨に降りこめられた経験こそないものの、基本的に全体が薄曇りで、そのうち、すっと晴れ間が射し込んでくる印象である。もっとも、この晴れ間もそう長くは続かず、ほんの束の間、通り過ぎてゆく陽光でしかない。

それで私は自分自身の雅号《がごう》を「曇天《どんてん》」と称した。といって、もともと雅号を名乗る機会など私にはない。習字の心得があるアノウエ君に「先生も雅号を持つべきですよ、持たないとつまらないことになります」と脅迫されて考案したまでである。

「僕の雅号はバンダイといいましてね」

アノウエ君はこちらが訊いてもいないのに突然そんなことを言い出した。

「番台？　銭湯の？」

「違いますよ。バンダイじゃなくてバンライです。拍手万雷の万雷ですよ」

「何故、よりにもよって君が拍手万雷なんだろう？」

「願望ですよ。僕はこれまで万雷の拍手というのをいただいたことがありません。男なら一生に一度くらいはいただきたいじゃないですか」

「しかし、それを自分で言うのはどうだろう？　君には番台とか番頭なんかの方が、よっぽどしっくり来るように思うが」

「先生、雅号とあだ名は違うんです」

　そもそも私は書や俳句といったものに不案内であった。羨望はあっても自分の柄ではない。したがって雅号など持つ理由もなかった。

「いえ、印のひとつでもつくって、その気になってみると、それだけでなかなか良いものなんです」

　これがアノウエ君の言い草だった。

「インというのはハンコのことかな？」

「ハンコはやめてくださいよ、先生。それに、書道を習字と呼ぶのもやめてください」

　アノウエ君はいささか鼻息を荒くしているようだった。

「書道と習字のどこが違うんだろう？」

「何もかも違いますよ。今度、お見せしますから」

　それで、あるとき無理矢理見せられたのである。「家へ来てください」と呼ばれて行っうした妙に年寄りじみた趣味があった。そのあばら屋にしても「寓居《ぐうきょ》」などと呼んで愛《め》でている。

「やっと見つけた格安の借家です。なかなかないんですよ、こういう理想的な寓居」

台所に書斎に寝室。以上。風呂なし、二階なし。ついでに同居する家族なし。風呂の有無を別にすれば、私とさして変わらない境遇である。

「すこぶる風通しがいいんですが、雨漏り必至です」

早起きして片付けたという割には、ずいぶん散らかった部屋の真ん中に、彼は真剣な眼差しでじっと正座していた。が、正方形の和紙に向かった背筋がいまひとつ伸びていない。筆の持ち方もどこかぎこちなく、その辺りをそれとなく指摘してみたところ、

「いいんです。僕のは自己流なんですから」

さて、書道とはそんなものであったろうか。

こちらが訝《いぶか》る間もなく、彼はいきなり「ふんっ」とものすごい鼻息で気合いを入れると、筆を和紙に撫でつけるような具合に書いてみせた。万雷の拍手を期待するのだから、もっと男らしく殴り書きするのかと思いきや、案外、優しげな字である。「雷雨」と二文字の

み。書き上げた左下へ「万雷」のハンコ――ではなくインを、やはり鼻息の勢いと共に捺《お》して、ようやく肩の力を抜いた。それから少々間をとって、

「どうです？」

と見たこともないような薄気味悪い微笑をたたえて私の顔色を窺《うかが》った。

が、こちらとしては答えようがない。アノウエ君の自己評価がどの程度のものであるか知らないが、いずれにせよ、インの落款《らっかん》がなければ、どう見ても小学生の習字である。

「いや、悪くない――」

が良くもない、と言いかけて止《や》めておいた。あのだらしないことときわまりないアノウエ君が、早起きまでしてその気になっているのだから無下《むげ》にはできない。万雷の拍手に価しないのは間違いないとしても、罵声を浴びせるのも可哀想である。それで仕方なく、

「悪くない」

で留めておくことにした。すると、

「では、差し上げます」

と書き上げたものを強引に押し付けてくる。

「僕の字はともかくとして、この印がいいでしょう」

本当は満更でもないところを、必死に謙遜《けんそん》を装っているようだった。

そうしたわけで、私の手もとにアノウエ君の書いた「雷雨」の二文字がある。雨が降り出しそうな曇り空の日などに私はときおり思い出してそれを眺める。「雷雨」としたためた上に「万雷」と捺してあるのだから、(いかにも優男そのものの字であるとしても)万雷ではなく遠雷くらいは聞こえてきそうだ。

そのうち、見るほどに「悪くない」と思えてきた。アノウエ君の字ではなく落款がである。

それでようやく私は「曇天」なる判子をつくる気になった。「雷雨」「万雷」ときて「曇天」であるから、よほど好天には遠くなる。が、私やアノウエ君の頭上にはそれらがふさわしい。

結論から言うと、「雅号を持つ」とは判子をつくることにほかならなかった。判子をつくらずして雅号だけ玩《もてあそ》んでいても仕方がない。それが証拠に判子をつくってみれば所構わず捺してみたくなるもので、戯れにノートの裏やらハンカチの隅などにひそかに捺しては、私もまた気味の悪い笑みを浮かべていたに違いない。

なかなか悪くないのである。悪くないが、少しく恥ずかしいので、なるべく人目に触れぬようそれなりに気を遣って捺していた。特にアノウエ君には「雅号」を持ったことさえ秘密にしておいたので、彼にだけは見られないよう細心の注意を払っていた。ところがだ、

「先生、先生、ドンテン先生」

と、いきなりアノウエ君が私をそう呼んだのである。あんなにも秘密にしておいたのに。

「君はどうして私の秘密の雅号を知っているんだろう」

やや狼狽して訊ねると、

「どこが秘密なんですか。そこいら中に『曇天』と捺してあるじゃないですか。こないだなんか、僕への置き手紙に捺してありました」

「さて、そうだったろうか」

「先生は意外に抜けたところがあるんですよ」

「君に言われたくないね」

「いや、じつにぴったりじゃないですか、曇天先生」

たしかに、そう呼ばれてみると、それが自分に最もふさわしい名前のように思え、なんとしたことか、不覚にも鳥肌が立ってしまった。私は鳥肌が立つ事物に自分なりの名前を付すことを自らに課していたわけだが、この場合は自分が名付けられて鳥肌が立ってしま

ったややっこしいケースである。が、鳥肌が立った以上、容認しなくてはならない。一度容認してしまえば私はもう「曇天先生」であり、開き直ってドンテンドンテンと太鼓を叩くようにあちらこちらに気前よく判を捺してまわった。すると、瞬く間に学生までもが私を「曇天先生」と呼び、呼ばれれば応答して、そうするうちに本来の名で呼ぶ者が一人もいなくなってしまった。

かようにして名前とは不思議なものである。名乗れば呼ぶ者が現れ、名乗り、呼ばれ、名乗り、呼ばれが繰り返されると、どんなに無茶な名前であってもいつのまにかそれが本名と同等になる。いや、場合によっては本人が名乗らなくても、多くの人がそう呼ぶようになり、同等どころか本名など凌駕《りょうが》して体に染みついてしまう。私はすでに「曇天」以外の何者でもなく、郵便局で本名を呼ばれたときは少しくぼんやりして反応が鈍くなった。

こうした不思議は自分の名前に限ったことではない。

たとえば、レオナルド・ダ・ヴィンチという名前が私には奇妙でならない。というのも、私は幼少の頃にこの天才の名を「ダヴィンチ」と認識し、それから十数年後のあるとき、「ダ」と「ヴィンチ」のあいだに「・」が打たれていることを発見して少なからぬ衝撃を受けた。

日本人でこの人のことを「レオナルド」などと慣れ慣れしく呼ぶ者はまずいない。大抵は「ダ・ヴィンチ」と呼んでいる。というか、レオナルドは世界中にいるだろうが、「ダ・ヴィンチ」といえばあの人をおいて他にいない。

ところが、「・」によって区切られたこの「ダ・ヴィンチ」という名は、実際のところ「ヴィンチ村出身の」といった意味であるという。「ダ」は英語の「フロム」に等しく、言ってみれば「清水の次郎長」の「の」に価する。つまり、「ヴィンチ」を「清水」に置き換えれば、「清水のレオナルド」こそ正しい名で、そうなってくると、我々は彼のことを「次郎長」を抜きにして「清水の」と呼んでいたことになる。これにはおそらく天才とて困惑するだろう。のみならず、「・」が省略された「ダヴィンチ」を普通の名字と思い込んでいた私も大いに困惑した。以来、その後遺症から脱け出せずに今に至っている。

あるいは、これまで困惑を覚えなかった人であっても、彼の名をあえて名字で呼ぶとすれば、「ダ・ヴィンチ」ではなく「ヴィンチ」の方が正しいと知ったら違和感を覚えるのではないか。ついでに、清水の次郎長の本名が山本長五郎であると知ったら、さらに混乱してしまうかもしれない。

そうしたわけで、私は日本でレオナルド・ダ・ヴィンチ展が開催されるたび、くしゃみが出そうで出ないようなもどかしい思いに苛《さいな》まれてきた。だから、アノウエ君が言うところの本物であるとか偽物であるとかいう妄言以前の問題として、私は「ダ・ヴィンチ」という名前そのものにしっくりこなかった。

しかしである。すべてはアノウエ君のおかげで、そうしたトラウマの曇り空がすっかり晴れ、ダ・ヴィンチの頭上に広がっていたルネッサンスの青空が見えてきた。それは目に染みるほどの鮮烈な青で、私は染みる目に当然の如くメヲサラを点じて対処することにした。名前など、どうにでもなる。いや、なってしまうのだ。のみならず、私がダ・ヴィンチを敬遠する理由とアノウエ君が敬遠する理由はまるで別物である。自分にそう言い聞かせ、快く『受胎告知』が展示されている上野の美術館を目指した。路上に落葉が舞う午前が終わろうとする時刻で、その日は奇しくも曇り空であったが、私の心に迷いはなく、美術館の前にうねっていた長蛇の列にもひるむことなく素直に並んで順番を待った。

＊

かくして私はダヴィンチならぬダ・ヴィンチの『受胎告知』を目の当たりにすることになった。目の当たりとはいささか大げさかもしれない。が、写真版で馴染んできたそれが、すぐ目の前で「本物」の色艶を誇っていた。画面そのものは思っていたよりひと回り小さく、しかし、目の当たりの効力はすぐに大きさや周囲の観客などを吹き払った。

私の目は確実に引き寄せられていた。

目が皿のようになり、目が今まさに更新されつつあった。

と同時に、絵を前にした観客のため息、感嘆、批評の声が遠のいて、人の気配や服の触れ合う音や美術館の匂いまでも遠のいていった。さらには私自身さえここから消えてなくなるような感覚に襲われ、そのときもなお、私の視線は相変わらず画面の右隅に集中していた。

そこにはチラシやポスターより遥かに奥行きを備えた「ほの暗い部屋」への入口が開いている。

見つめるうち、すさまじく鳥肌が立ち、同時に目が泳ぎ始めた。

これは決して比喩ではなく、実際に目玉が眼窩《がんか》から泳ぎ出したとしか思えなかった。引き寄せられた目玉が私から遊離し、『受胎告知』の中へぐいぐい引き込まれてゆく。

これはちょいとまずいのではないか。いくらなんでも、これはまずいのではないか。周囲や警備員の様子を窺おうとしたが、なにしろ、目玉はすでに私の意志とは無関係に宙を浮遊し、見定めたように右の隅の暗がりに入り込まんとしている(ように思えた)。両眼ともに揃いも揃って。

それゆえか、画面の中の二次元世界に入り込んでいるにもかかわらず、平面であったものに高さや奥行きが加えられていた。

こちらの世界と寸分違わぬ空間に立たされた心地である。いや、私は明らかにそこに立っていた。その絵の中に。目玉だけではなく、足の裏が靴底を通り越して石の感触を捉え、左手には灰色の石の壁があり、触れてみれば滑らかに磨かれた石の感触と、ところどころ乾いて欠けた部分が指先にざらりと石の粉を残した。それは未知の触感で、知らないようでよく知っているようでまったく知らなかった。これは絵の中の空気そのものにも言え、空気の感触（と言ってよいものかどうか）からしてどこかしら違っていた。背後からの外光による、水中を思わせる淡い光が入り込み、部屋の隅や奥へ行くにしたがって光は闇に溶けてゆく。

不意に有楽町の地下街の匂いが漂った。

いや、さすがにそれは錯覚だろう。もっと何というか、高貴な香りが漂ってくるべきである。

しかし、よく似ていた。このひんやりとして湿った空気の匂いこそ、私の知る限り有楽町のあの地下街にしか存在していない。

そこで、鼻の次に耳を澄ました。もし、ここが有楽町の地下街であるなら、澄ました耳に届くのは鉄の扉の向こうから漏れ出る電気機器や給湯機等の低く唸《うな》るような音である。が、そうしたものとは無縁の静けさが、塵《ちり》ひとつない純度を保って私を包んだ。それはかつて経験したことのない静けさで、落ち着くというより、どちらかというと恐怖に近かった。セーターの襟首から背中に冷たい手を差し込まれたような、凍りつくかの如き静けさである。

恐怖に抗いながら澄ました耳をさらに澄ました。

するとその静けさの中へ声が——ひとつの声が純度を乱すことなく伝わってきた。音楽のような声である。それはひとつの声のようでありながらふたつの声による和声となって響き、意味不明ながら、明らかな意志を持って何かを伝えようとしていた。男のようであり、かつ女のような声だ。

さて——。

こうして起こったことを単純に考察してみると、もし私がメヲサラの効果によって絵の中に入り込んでしまったのだとしたら、この『受胎告知』なる名画の中に響く声は言うまでもなく表題どおりの「告知」の声だろう。すなわち天使の声で、それが私の背後から微かに聞こえていた。

どうだね、アノウエ君。この絵はやはり本物らしいぞ。本物でなかったら、これまで一度も聞いたことのない「ひとつでありながらふたつの声」（それを私は〈フタナリ声〉と名付けたい）を耳にするはずがない。まったく、君に聞かせてやりたかった。性別を持たぬ天使はこうした声を有するのである。決して鈴の音のようではなく、かといって、決然とした声でもない。そのどちらでもある。君はこの天使を、ことのほか尊重していたけれど、尊重するあまり、本物を本物と思えず偽物呼ばわりした。そして、妙なことに偽であることに安住し、君は君にとっての大きな奇跡を信じようとしなかった。

しかし、君が信じないなら私が信じよう。君の鼻と私の鼻が別の鼻であるように、君の耳と私の耳も別の耳なのだ。この耳がしっかり聞きとった。これぞ「彼にして彼女」の二重和声〈フタナリ声〉。その声は重要な告知である。何を言っているのか正確に聞きとれなかったが、とにかく告知であることに違いない。

さらに耳を澄ませば、さらに何かしら聞こえたのかもしれない。あるいは、告知に応えるマリアの声が聞けたかもしれない。が、私は成りゆき上、絵の隅の暗がりに身をひそめる怪しげな格好になっており、どことなくうしろめたい思いがあった。

こういう場合、長居は決して良い結果を生まない。何が「こういう場合」なのか自分でもよく分からなかったが、とりあえずそう判断して、それ以上、立ち聞きめいた真似をするのは止《よ》しておいた。

となると、絵の中の右手か左手か、あるいは奥の方へ向かうしかない。どちらかへ向かうとすれば、右手にある赤いベールで覆われたものがどうにも気になる。というか、絵の外から見ていたときは思いもよらなかったが、闇に馴染んできた目には、間近に眺めおろしたそれが小振りの棺《ひつぎ》のように見えた。これはあくまで第一印象で、それ以上のものではない。ただ、それは台座の上に載せられた長方形の箱で、箱でなければ桶《おけ》であり、そうした連想から思いついたのが棺であったまでである。これは眺めおろして初めて気付いたことで、鑑賞者であったときの私の見当では寝台だった。

では、寝台ではないのかとあらためて暗がりに目をこらしてみたが、そうだと思って眺めればそう見えなくもない。そこに必要以上に凝った装飾が施《ほどこ》されている以上、寝台と棺を分かつものは「・」ひとつ程度の差でしかない。ひと晩の眠りのためのものか、永遠の眠りのためのものか。

どちらか判断せよ、と命じられれば、やや後者に傾く。が、それはおそらく私の見当違いだろう。まずもって、棺を赤いベールで覆うものかどうか当時の慣習の知識が私にはない。いや、絵画の世界においては必ずしも知識が正しい鍵になるとは限らない。そうした知識が邪魔になるとも考えられる。

もし、私に相応の知識があり、これぞ見紛《みまが》うことなく棺であると判断されるなら、この作品の意義や意味が大きく変わる可能性がある。私はその発見者および重要参考人となり、場合によっては大変な物議を醸《かも》すことになるかもしれない。

私は、そういったことがどうも苦手だった。物議とかそういったものとは常に距離をとりたいし、思えば私の曇りがちな半世紀は、「物議」的なるものと、いかに距離を保ち続けるかにあった。したがって、繰り返すが、こういうときはさっさとすみやかに立ち去るに限る。

とはいえ、後方にはマリア様がいて、左は壁で右には赤いベールの謎の物体がある。となれば、残されたのは前方のみで、この絵を鑑賞する視点から言えば、明快なパースペクティブが示す正面の奥に当たる。

そこには、先刻よりほの暗い闇がたちこめていた。闇の中には点在する色の粒の如き花の香りがあり、それがせめてもの救いになっている。唯一、闇に残された道しるべとでも言えばいいのか。

私は、多少なりとも病んでいると思われる哀れな鼻を電池の切れかかった懐中電灯とみなし、花の香りをひとつひとつ辿《たど》るようにして闇の中をよろよろ進んでいった。

うしろを振り返ることなく。

やがて、霧が晴れるように暗がりが消えゆくと、頁をめくるほどのスピードで場面が新たに展開されていった。

足もとは石の建造物を離れて花の香る草地で占められ、左手にはパースペクティブの消失点の辺りに見えていた山脈と川が望めた。しかし、それは絵画に描かれた距離感に比してあまりに遠く、そう簡単に到達できる場所ではないと即座に判断できた。

一方、建物に隠れていたため絵画として描かれなかった右手の風景は、既視感すら漂う石造りの町で構成されており、それを町と呼ぶか村と呼ぶかは意見の分かれるところだろう。私としては「町」と呼んでみたかった。一見して、住宅と店らしきものが混在しており、風になびく旗が見え、のろしのような煙が見え、人の気配と営みの証しが左手の遠い風景と対照的だった。どこかしら親しく近く感じられる。

あるいは、その景色は間違った遠近法によって構成されていたのかもしれない。ダ・ヴィンチではなくダヴィンチが仕組んだ偽の舞台セットか何かかもしれなかった。

いや、それとも、こうして絵に描かれなかった部分というのは、画家の思惑とは無関係に自立しているのだろうか。

町に近づくほど疑問が募り、何より最大の謎は人の気配や痕跡があるのに、人物そのものがまったく見当たらないことだった。私は右手の甲で目をこすってもう一度あたりを見渡し、「ああ、また目が染みている」と声に出してつぶやいた。私の声は私の声のままであったが、見ようとすればするほど目は涙ぐみ、おまけに洟は出るし、ポケット・ティッシュの持ち合わせもない。だらしないことこの上なかった。唯一、ティッシュの代わりにポケットを探って見つかったのは「曇天」の判子で、そんなものを振りかざしても、何ひとつ治まるはずもない。

むしろ事態は悪化しつつあった。透けるような青空が曇り始めて雨が降り出しそうになり、私が過ごした半世紀のように常に薄曇りが続いていたのなら構わなかったが、ルネッサンスの象徴の如き青空がかき曇るのはいかにも不吉である。

アノウエ君の口車に乗せられて、「曇天」などと迂闊《うかつ》に名乗ったのがまずかった。いや、そんなことより、そもそも名画の中に土足で入り込んでしまったのだから、天よりしかるべき罰が与えられて当然かもしれない。

そう思う間もなく、万雷の拍手ではなく遠雷が聞こえてきた。アノウエ君が力なく書いた「雷雨」の二文字が思い起こされる。

と、そのときだ。

背後よりそれまでとは別格の濃厚な気配が迫り、殺気に近いものを感じて振り向くと、先の赤いベールで覆われた箱を運ぶ四人の人物の姿があった。箱は台座に載っていたときよりふたまわりは小さく見え、四人はいずれも黒衣を纏《まと》った年若い女性である。彼女たちは無言のまま表情ひとつ変えずに私の傍らを通り過ぎ、たまたま道が緩やかな下り坂になっていたせいもあったが、それにしても、彼女たちはその姿に不釣り合いなほど足早で、洟をすする私の姿が、さて、彼女たちの目に映っていたかどうか。

おそらく映っていなかったろう。つまり、私がそこにいることは絵の中の人々には認識されていないようだった。それならそれで気が楽である。私はいわば透明人間の如く振舞えるわけで、涙ぐんでいようが洟をたらしていようが、誰にも私の姿を認められないのは何だか愉しい。

ところが、そんな楽観も雨が降り出してからの一連の出来事であっさり否定されることになった。雨は遠雷による予告とは無関係に唐突に降り始め、地面が乾いた太鼓のような音をたてると、瞬時にして一斉射撃の如く私の体を隈《くま》なく打った。たとえ人の目に捉えられなくても、雨は私を狙い定めたように容赦なく降っている。

すでに町にさしかかっていたので、私は次第に足早になってそのまま走り出した。雨宿りが出来そうなところを探しまわったが、適当な軒下《のきした》ひとつ見つからない。それよりむしろ、雨の中を走る解放感と高揚感に襲われた。そして、それが快感に変わろうとしたところろで、前方からこちらへ向かって走ってくる一人の男が、雨のつくるタテ縞模様の中に飛び込んできた。

男はブロンドの頭髪を乱し、厚手の白いシャツの上に緑色のチョッキのボタンをすべて外して羽織っていた。その緑色が走ってくる勢いでねじれるように揺れ動いている。ベージュ色のズボンは雨で足に張りつき、近づいてくるにつれ、男の顔が笑っていることに気付いた。思わず、鳥肌が立つ。彼は雨に打たれながら走るのを楽しんでいた。笑いは声となってこちらの耳にまで届き、その声の張りといい、地を蹴る力強い走りといい、若さを持て余す余裕と焦燥感が複雑な笑顔となってあらわれていた。雨が降る前に静々と通り過ぎていった女たちとは何もかもが正反対の男である。どうせ彼もまた私には目もくれずに走り抜けてゆくのだろうとタカをくくっていたところ、彼は明らかに私の顔を見るなり顔色を変えて走るのを止め、こちらへ歩み寄ってくると、まるで吹き替え映画のような日本語で、

「いい雨ですね」

と話しかけてきた。

意表をつかれた。どう見ても日本人ではなく西洋人なのだが、どう見ても天使とマリア

の世界の住人でもない。といって現代人でもなく、近づいて観察してみれば、彼の着ている服はすべて前時代的なものだった。十九世紀の終わりか、もしくは二十世紀が始まってすぐの時代の装いである。

「どちらへ?」

と私は何をどう訊いていいものか分からないままそう訊ねた。

「さぁ」と男は首を振って肩をすくめている。

「どこから?」と訊ね直すと、しばらく考えたあとで、

「忘れてしまった」と小さく首を振った。

そうする間にも雨は降り続き、男は目を細めて天を仰ぐと、「もっと、降れ」と強く叫んだ。

私はといえば、ただでさえ染みる目に、さらに雨が痛いほど染み、天を仰ぐ男の横顔を眺めながら、すがるようにポケットの中の「曇天」を握りしめていた。

＊

雨は男の希望に応えるかのようにさらに強く降った。ああ、と男は感に堪えぬような声をあげ、シャワーでも浴びるおもむきで金色の髪を両手でもみくしゃにした。目の奥には緑色の熾火《おきび》の如きものがちろちろと見える。こんな目を持った男はそうそういない。

「雨はいいです。そうじゃありませんか」

彼は滑舌《かつぜつ》よく快活に語りかけてきた。私はといえば、自分でもどうしたのかと思うほどしどろもどろになり、ただひたすら言葉にならぬカタコトを返すばかりだった。男は笑っている。それは私のしどろもどろを嘲《あざけ》る笑いではなく、この状況が嬉しくてならぬといった笑いだった。

「しかし、雨は必ずやむものです」男がそう言った。

「ええ、そういえば」と私もようやくまともに答える。

「何故でしょう」

「さて」

「何故、降るんでしょうか」

そのふたつの問いに私は即答できなかった。自分で言うのも何だが、私は「曇天先生」と呼ばれるのがふさわしい者で、晴天や雨天には縁も知識もない。なぜ雨は降り、なぜやむのか。ここで、男の純粋な問いに自然科学的な道理を説いても意味はないだろう。彼はもっと単純な驚きを露《あらわ》にしている。というか、彼のそうした感動と言ってもよい心の動きがこちらに伝染し、やはりまたしても私は鳥肌が立っていた。

そうか――と、しかしそこで私は自身の鳥肌について納得するところがあった。理屈ではないのである。理屈や常識とは別のところで何かが訴えかけてくる。そうしたときに人は鳥肌が立つ。もしかすると、その何かは、この五十年間、常に私に働きかけていたのかもしれない。が、私は忙しかったか、あるいはおそろしく鈍感であったか、まったくそれに気付かぬままやり過ごしてきた。いま、五十年目にして、ようやく届いたというか肌に触れたというか――。

「たしかに何故降って、何故やむのか分かりません」私はそう答えた。「だからこそ雨はいいんじゃないですか」

するとと男は「そうですか。そういうことですか」と二度三度頷き、目の奥の緑色の火が風になびくように揺れ動いた。

それから男はどうしてよいか分からないといった感じで無意味に飛び跳ねると、空へ向けて手を突き上げ、何かを摑《つか》み取ろうとしたり、さらには野獣のように大きく口をあけて雨粒を飲もうとしていた。赤い舌の先を尖らせては丸め、カメレオンが獲物を捕獲するように雨をとらえた。

そういえば、自分も子供の頃に同じようなことをしていた。雨が舌に当たる冷たさが甦ってくる。

「ところで、あなたは誰なんです?」

不意に彼がそう言った。目から笑いが消えていた。「どこから来たんです?」

「さて」と私は口ごもる。「あっちの——」と、仕方なしに背後を指差し、「上野の方から」とありのまま答えたが、そんな説明が通用するわけもない。

といって「絵の外から」と答えるのもなんとなく憚《はばか》られた。おそらく、そう答えた瞬間、目のみならず彼の顔から笑いが消えるだろう。

「ウエノ？」と彼が目を細めて訊きなおした。「私は知りませんが、そういう村があるのですか」

彼は何かを思い出そうとするように、ウエノ、ウエノ、とつぶやきながら腕を組んだ。

「そこはここから遠いのでしょうか」

「ええ、とても遠い——はずですが」

「日暮れまでに辿り着きたいんですが、走っていかねばならないでしょうか」

「いや、走ったとしても」——と答えながら、私は自分が時間的にも空間的にも途方もなく遠いところへ来てしまったとあらためて思い知った。男がウエノへ行く行かないに関わらず、私の方はこれからどうしたらいいのか。雨は小降りになりつつあったが、服は上下とも全身に絡みつくようで、前髪からしたたる水滴がなかなか止まらない。

とにかく、かようにして絵の中にも雨は降るのだった。それだけは身に染みて理解した。やはり、この雨の現実的な冷たさは、ダ・ヴィンチという天才の筆致がなせる技と関係があるのか。

たとえば、もし、この絵の描き手が、アノウエ君であったら、おそらくこうした本物の雨など降らないのではないか。いや、雨どころか周囲三百六十度にめぐらされた風景には奥行きはもちろんいっさいの現実味がないのではないか。

いやいや、それとも私はすでにダ・ヴィンチの描いた空間から逸脱してしまったのだろうか。思えば、『受胎告知』には雨の予感などなかった。加えて、目の前で雨に打たれて歓喜しているこの男は、その身なりからして明らかに我々の時代に近しい人物である。いくら、ダ・ヴィンチに先見の明があったとしても、ここまで克明に予見するのは不可能というもの。

となると、この時空には理にかなった秩序がないと言える。ダ・ヴィンチの創作と思惑のみで成立しているとは考え難い。言わば、ウエノとマリア様と十九世紀が串刺しになっている世界なのだ。アノウエ君の好物の三色団子のように。

「では、私はウエノへ行ってみるとします」

男が唐突に身を翻《ひるがえ》した。

「いや、それはちょっと――」急いで私は引きとめた。

ウエノというのはじつのところ美術館の意で、端的に言うとダ・ヴィンチの『受胎告知』が展示されている会場である。そこへずぶ濡れになった貴殿が勢い余って絵の外まで走り出てしまったら、列をなした観客はいっせいに腰を抜かす。心臓が止まる者もいるかもしれない。それは貴殿にとっても観客にとっても好ましくない事態である。だから、そちらの——ウエノの方には少なくともいまは行かない方がいい。

およそ、そのようなことを言い含めてみたが、何のことやら彼には通じなかったろう。ところが男は、

「絵の外に？」

と、私の話からそこだけを切り取って慎重に復誦《ふくしょう》してみせた。

「そう。この絵の外に出てしまいます」

「ああ、それはちょっとまずいのです」

彼は肩を丸めて急に怖《お》じ気《け》づいたようだった。どうやらこの男、絵の「中」と「外」という概念は持ち合わせているらしい。まんざら、初心《うぶ》なだけの青年ではないようである。

束の間の通り雨であったのか、小降りになった雨は風呂敷を畳んで引き払うように去り、入れかわりにダ・ヴィンチではなくレンブラントが描きそうな神々しい光線が雲間から射していた。

「もうじき夕方が来ます」

男はそう言うと、ウエノに行きかけた足を方向転換し、振り向くなり予告もなしに元来

た道を辿り始めた。咄嗟《とっさ》に私もそれに従い、水たまりをよけながら、やや足早に行く男のすぐうしろを同じく足早に歩く。

成りゆきに任せるしかなかった。

どれほど歩いたものか、何故か自分が時間の流れに乗っている感覚がなく、しかし、空の雲は動いているし、男の言うように夕陽が刻一刻と沈みゆくのが辺りの明暗の変化で読みとれる。

ここはおそらく「町」であると私は仮定したが、仮定は確信へ変わりつつあり、砂利道が雨に濡れて光る石畳の道に変わると、周囲の家々もそれと気付かない程度の変化をもって、ダ・ヴィンチの描いた時代から少しずつ離れていった。どういう仕掛けなのか、なめらかなグラデーションのように時間と空間が夕陽の明暗の中で切れ目なく変化してゆく。

そして、どうやら私はその明暗の中に含まれていなかった。私だけが、である。

やはり私は部外者であり、この絵の中の世界（と、いまのところは単純にそう名付けておく）が自分にフィットしていないことが分かった。では、前を歩く彼はどうなのかといえば、彼と私の間にも何かしら境界線の如きものが引かれているように思えた。彼はその夕暮れの中を歩みゆく一人物として、まさに絵になっている。これに比して、私はやはりウエノの側に立つ観客の一人でしかない。私も正しく絵の中に収まってみたいところだが、しがらみのようなものが蜘蛛の糸のように絡んで、いかにもまどろっこしい。その証しのようにポケットをまさぐれば「曇天」の判子もメヲサラの小瓶もまだそこにあった。

こうしてこのまま夕方が暮れゆけば夜となり、あんなにはしゃいでいた男のうしろ姿は静まり返って夜にこそふさわしい。濡れて乱れていた服も先ほどの出来事を払拭《ふっしょく》するように整然として、私が背後を歩いていることにもさして気を払わず、しいて言えば、いささか気落ちしたような具合で背中から憂いを漂わせていた。

そのうちに石畳はゆるく曲がりながら下り坂となり、突き当たりが複雑な三叉路《さんさろ》になっているのを男は歩みを止めることなく右の路地を選んで突き進んだ。陽はほとんど沈みかけて夜の気配がたちこめ、そこで私はたまらなくなって「あの」と男に声をかけた。

「どちらまで行かれるんです?」

「帰るんですよ」

男はこちらに背を向けたままそう答えた。我々の間には境界線はあっても言葉は通じている。

「ということは、貴殿には帰るところが――」私が最後まで言い終えぬうちに、

「あなたは面白い言い方をする」彼は言葉を被せてきた。「まるで、そこが私の陣地であるかのように言いますが、私に言わせれば、私はそこへ帰らなければならないのです」

つまらなそうな口調だった。

「結局はそうなります。あなたはどうでしょう？　あなたにも帰るところがありますか」

私は私のみすぼらしいボロ家を想った。穴のあいたカーテンと欠けた茶碗と黒ずんだヤカン。壊れた古カメラが何台か。ピサの斜塔のように傾《かし》いだ本棚と傾いだ本。いつ書き上がるとも知れない論文のよれた原稿用紙。丸められた書き損じ。丸められた今川焼きの紙袋。丸められた請求書。「重要」の判が捺された区役所からの督促《とくそく》状。苦しげな音をたてる冷蔵庫。断末魔の悲鳴をあげる洗濯機。全く何も映らない前時代的テレビ。古い友人の如きラジオ。プレーヤーにセットされたもう何だか忘れてしまったレコード盤。先々月のままのカレンダー。昔、競馬場で拾い集めた水色のキャップが付いた赤鉛筆——等々。

こうした事物が脳裏にめぐらされる中、足早に歩く速度はそのままに、左手の建物と建物の隙間から明るく覗くものに気付いた。いや、気付かない方がどうかしている。隙間は断続的に、しかしそれなりのリズムをもって現れ、わずか十センチあまりの小猫すら通れぬような狭間《はざま》から光と声が途切れ途切れに届いた。

おそらくいま進んでいる路地に平行するかたちでもう一本の通りがある。そちらはこちらよりも賑やかであるばかりか、夜に備えて煌々《こうこう》とあかりが灯されている。その様子が建物をひとつ越えるたび、隙間から垣間見られた。

ただ、どうにも不可解なのは、向こう側から聞こえてくる呼び声と思われるものが、どう聞いても「タイムサービス、タイムサービス」と言っていることだった。喉の奥からふりしぼられたその声は、「さぁ、いらっしゃい」とも言っている。無論、その男は私一人を呼び寄せているわけではないだろうが、十センチの隙間が塩梅良く集音器の役割を果たし、あたかも私一人だけを客と見定めたように、これから始まるタイムサービスに「寄っていかなきゃ損するよ」とまで誘ってくる。

心を奪われるとはこのことである。こうも執拗《しつよう》に呼ばれてしまえば素通りも出来ない。それに、十センチの隙間とはいえ、そちらから漏れ出てくる空気というのか雰囲気というのか、いずれにしても「気」に変わりないものが私につきまとって放してくれなかった。そこへもってきて、十センチの隙間が心なしか隘路《あいろ》の幅を広げ、十センチはコンスタントに十五、二十、二十五と幅を広げてゆく。これがやがて、三十、四十、五十あたりになってくると、つきまとう「気」の勢いも「漏れ出てくる」というよりカメレオンの舌に巻き取られる心地となった。

誘惑に負けるとはこのことである。「さぁ、いらっしゃい」と誘う声は朗々と響き、六十センチにまで広がった隙間を通り抜けて足が勝手に向こう側へ出た。行けるなら行かねばならない。行けるのだから行かねばなるまい。私は胸の内でそう唱えた。その思いが消えぬうちに馴染み深い空気と光に包まれ、私は自分が梱包《こんぽう》された荷物にでもなったような気分になり、荷物はベルトコンベアーに載せられて、六十センチの廊下の如き隙間を難なく突き抜けて向こう側へ転げ出た。

すると、「向こう側」などと呼んでいたのは、じつのところ通りにあらず、驚くなかれ、しばしば立ち寄る百貨店の地下食料品売場ではないか。それも今まさに夕方の買い物客を集めるべくマグロの解体ショーが行われようとしていて、のこぎりに似た細長い包丁を振りかざす白衣の男が声をあげて、さぁ見よ、とばかりに巨大マグロを寸断しようと身構えていた。

一瞬、何がどうなったのか、どこでどう間違えてこんなところに来てしまったのか見当もつかなかったが、マグロの解体ショーというのはそれはそれで見ものである。よし、いいぞ、と私はつぶやいて、それまでの緊張を解いた。じつを言うと、たまたま通りかかって実演の時間が予告されていれば、待ち構えて必ず見物する私である。マグロの解体ショーはすこぶる好ましい。ショーもいいけれど、そのあとに嬉しいお楽しみがある。なにしろ、切り出されたばかりの赤身は新鮮この上ないし、あとは炊きたての白飯を準備してそこへ無造作に赤身を載せ、刻んだ海苔と小葱に醤油と白胡麻を振りかければそれでもう最高の夕飯になる。

しかもである。マグロは解凍されたものではなく今朝とれたばかりの最上の活《い》きの良さ。それはマグロの艶と目玉を見ればすぐに分かった。まずは極上のマグロと言ってよい。心躍るとはこのことか。こうした場面に出くわした以上、今夜はマグロ丼を腹に収めなければ気が済まない。まだ頭の隅に夕闇の中へ沈み去る金髪のうしろ姿があったが、成りゆきに身を任せた自分としては、男の後を尾行するより解体見物の方が気がかりだった。

それに、この解体士（というのかどうか）が初めて見る男で、包丁二本の二刀流で挑んで、音ひとつたてず、血の一滴流さず、あれよあれよというちに見事にさばいてゆく。問答無用で鳥肌が立った。これまでさまざまな解体ショーを見物してきた私も息を呑んで見入った。

ただひとつだけ残念だったのは、これほど高い技術が披露される機会は滅多にないのに、拍手をする見物客が少なかったことである。どうしてなのかと思う。私は何度も拍手を送った。その度に解体士が私の方を見て律儀に会釈をする。

そうだ、私は分かっている。あなたは大変な努力をされて巨大なマグロに立ち向かった。労多くして功少なし。立派である。

私は敬意を表して二人前の赤身をいただくことにした。すると、解体士は私の度重なる拍手に感激したらしい。「サービスです」と言って二人前の料金で三人前を盛りつけてくれたのだが、その意外なほどずしりとくる重さに、さすがの私もいささか持て余し気味となった。もし、これが安物のトコロテンであるとかインチキくさい温泉饅頭などであれば何ら問題はない。アノウエ君にでもあげてしまえばそれで片がつく。しかし、たったいまおろしたばかりのマグロの赤身を三人前も手にした自分は、その幸運の処置に大いに困惑した。いくら私がマグロ丼好きであっても、三人前を平らげるほどの旺盛な食欲はない。

迷いながら百貨店の地下出口から地下鉄駅の通路へ抜け、しかるべき階段をのぼって地上に出ると、街路には上がったばかりの雨の匂いがたちこめていた。

そこはウエノではなく有楽町である。

上野に絵を見物に行った私はどうしてこんなところでマグロの包みをぶらさげているの

か。分かっているようで分からない。三色団子の串刺しになった時間はどこへやら。左右を確認すればそこは由緒正しき有楽町に違いなく、私の傍らには雨ざらしで錆《さび》の浮き出た公衆電話が行き交う人々に見向きもされずうなだれていた。いや、電話がうなだれるわけもないのだが、近ごろの公衆電話のやさぐれた風情には同情を禁じ得ない。

このような私でも一応は携帯電話なるものを所持している。が、携帯を常備しているからといって公衆電話を利用してはならないという法はない。法はないのだが、まぁやはり携帯の方が便利ではあろう。いまさら、公衆電話を利用して奇を衒《てら》うのもいかがなものか。

そうした思いが行ったり来たりするなか、私は自分でもよく分からないうちに小銭入れから十円玉を取り出していた。妙に大きく感じられる公衆電話に向かい、迷わずアノウエ君の寓居へ電話をかける。

「あっ」と例によってアノウエ君はそんな第一声で電話に出た。これは毎度のことで、「もしもし」も「アノウエです」も言わずに、「あっ」とだけ言ってそれきり黙っている。それでこちらも同じく黙っていると、「あっ、先生ですね」と通じるのだからなかなかどうして大したものである。

「御飯を炊いておくと、きっといいことがあるぞ」と私は簡潔にそれだけを伝えることにした。

「そうですか」とアノウエ君は例によって声が冴えない。「つまり、先生はこれから僕のところへ御飯を食べにいらっしゃるんですね。また」

「また、が余計だよ」

私は強い口調になっていた。なにしろ、私の手にはマグロが三人前もあるのだから怖いものなしである。

「ところで、醬油と白胡麻と海苔と小葱はあるかな」

「全部ありますよ、ワサビもあります」

「用意周到じゃないか、アノウエ君」

「だって、先生がそれだけは欠かすなと会うたびに言うんじゃありませんか。早く新しい炊飯釜を買ってくださいよ。思いつきでマグロを買うたび僕の家へ来てマグロ丼を――」

そこで電話が切れた。入れたのが十円玉ひとつだけだったので切れてしまったのだろう。こうしたところが公衆電話の優れたところである。これが携帯電話だと、延々、アノウエ君のつまらない理屈や小言を聞かされる羽目になる。

とはいえ、結局のところアノウエ君の家に到着するなり、うんざりするほど聞かされることになったのだが――。

＊

「え？　ちょっと待ってください」

アノウエ君は例によって要領を得なかった。

「あのな」と私はマグロ丼を食べ過ぎて腹をさすりながらアノウエ君の欠点を指摘するしかない。「君は待ってくださいがあまりにも多いよ。私がここへ来てから何回、待ってくださいと言ったと思う？」

「何回なんです？」

「いや、数えてはいないが数え切れないくらいだ。私はこう見えて忙しい。そうそう君の希望どおりに待つわけにいかん」

「じゃあ、いいです」

「いいのか」

「いいですよ。先生の話はデタラメが過ぎます。真剣に聞けと言うから黙って聞いていましたが」

「黙っていなかったではないか。いちいち、待ってください待ってくださいと――」

「いや、あまりに話の展開が急なので」

「急？　これでも隅々まで話したつもりだが、なぜ君は理解できない？　大体、君は物事を難しく考えるからいかんのだ」

「難しく考えてなんかいませんよ」アノウエ君もマグロ丼を食べ過ぎて腹をさすっていた。

「そもそも、絵の中に入ってしまったとはどういうことなんです？」

「どうもこうもない。ただ、入っただけだ」

「あの――『受胎告知』にですか？」

「いかにもそのとおり」

「それはだから、あれですよね。絵をじっくり眺めているうちに絵の中に吸い込まれたような気分になったと、そう言いたいのでしょう？」

「しかし、君も分からん男だな。そうではないと何度言ったら分かるんだ。私は実際に絵の中に入って、絵の奥までこの足で歩いて行ったのだ」

するとと、少しの間をおいて、

「へぇ」

と目を細めたアノウエ君。

「それはまたびっくりしました」

そう言いつつも全然驚いていなかった。同時に、嘲うように「ぴちゃり」と背後から冷たい音が響き、そいつは雨漏りの激しい寓居の名物「アマゴップ」（私の命名）が奏《かな》でた雨だれの音である。私はアノウエ君のボロ寓居には何ら称賛に価するものはないといち早く断定していたが、このコップへ落下してくる雨だれの音ばかりは鳥肌が立った。なにしろ並の雨漏りではない。背後のみならず――我々の周辺に並べられたコップの数を数えればいいのだが――この寓居の天井には二十一もの穴が開いている。穴ひとつに対してコップひとつが用意され、垂直に落下してくる雨滴が雨の強弱によって絶妙な音を「ぴちゃり」と奏でるのだ。

「また雨ですか」とアノウエ君が大あくびをした。「今日は午後に盛大に降りましたが」

「そうだ」と私は話のつづきを思い出した。「雨だよ雨」しだいに数を増やしてゆく「ぴちゃり」を聞きながら、「雨が降ってきたのだ、絵の中に」

「雨がねぇ」とアノウエ君は半分も聞いていなかった。「何だかおかしな話ですよ。こっちに雨が降ると、絵の中にも降るってことですか」

「なるほどな」と私は膝を叩いた。叩いた勢いで空になった丼が畳に転がった。「そういうことかもしれん。いや、きっとそうだ。絵というものは――いや、これは本物の絵に限るんだが、決して死にはしないのだ。いつまでも生きている。だから、ウエノへやって来た本物の絵はウエノの空気を吸ってこちらに同化した。カメレオンのようにだ。こちらが雨なら絵の中も雨で、こちらで祭りがあれば絵の中も祭りになる」

「祭りがあったんですか、絵の中で」

「いや、祭りではなくちょっとした見世物だったんだが」

「見世物？」

「マグロの解体のね――」

「ちょっと待ってください。どうしてダ・ヴィンチの絵の中でマグロの解体が？」

「いや、それともあれはもう絵の外だったか」

「それはそうでしょう。いま食べたこのマグロが絵の中のマグロなんだとしたら――いやいや、僕までおかしなことを言い出してる。だから嫌なんです。先生が、面白いことがあったから聞けっていうときは――」

「嫌なら聞かなきゃいいだろう」

「聞かないと怒るじゃないですか」

「それは当然だろう。上等なマグロを三人前も手土産にして恩師がわざわざ訪問してきたのだ。聞きたくなくても聞くのが人の道ではないか」

「三人前は多すぎますよ」

「そう。それは私も認める。何だか腹がくちくなって、話をするのが億劫《おっくう》になってきた」

周囲のアマゴップがしだいにリズミカルな合奏を始めていた。

「でも、先生」――アノウエ君があくびで涙を滲ませ――「誰だったんでしょうか、その男？」

「あ？　君は意外に人の話を聞いているではないか」

「そこのところは、ちょっと気になったので」

「どう思う？」

「僕が思うに、その男はおそらく絵の中に逃げ込んだんじゃないですかね」

「逃げ込んだ？」

「こちらにいられなくなったんでしょう。でなければ、普通入らないですよ、絵の中になんて」

「いや、こちらこちらと君は簡単に言うけれど、その男の身なりや雰囲気は現代のものではなかったんだ。彼の場合、こちらはこちらでも百年前のこちらで――」

「ややっこしい話ですねぇ」

「はたして、絵の中には時間がないのだろうか」

「訊いてるんですか、僕に？」

「君に訊いて答えが得られるとは思っていないが、君のとんでもない考えは、稀《まれ》に逆《さか》さ当たりをすることがある」

「何ですか、その逆さ当たりっていうのは」

「君の答えを逆さまにすると、それが真実になる。君はどうもそれに気付いていないようだが――」

　このとき、突然、頭上で豆を炒《い》るような音が爆《は》ぜ、自分の話している声が聞こえなくなるほど強い雨音がアノウエ君の寓居を猛烈に叩き始めた。瞬く間に二十一個のアマゴップが一斉に溢れ返り、点々と落ちていた雨だれが二十一本の白糸となってなだれ落ちてきた。アノウエ君が何事か叫んでいるが聞きとれない。畳は水浸しとなり、白糸は水というより糸そのものと化して――いや、白蛇の如くうねり暴れてアノウエ君の寓居を征服しようとしていた。たしか白蛇というのは縁起がよかったのではないか、と私は頭の隅で余計なことを考えている。

「いや、これは雨ですよ、先生」

アノウエ君が反論したが、最初は糸の如きさらさらした雨であったのに、いまや白くうねった大蛇と化していた。

「やっぱり、雨ではないようです」

アノウエ君も訂正せざるを得ないようだった。

「先生、どういうものか僕は目が染みてきました」

「それはアレだよ、雨水が目にはいったのだ」

「先生、僕は目が――」

アノウエ君はしきりに目をこすり、こすった目がさらに赤らんで恨めしげだった。どうやらアノウエ君は私の所持している目薬を欲しているらしい。

「僕のメニポンを返してください」

「いや、アノウエ君な、君という男は何度言ったら分かるんだ。君のメニポンはすでに私に授与されてメヲサラとなったのだ」

「じゃあ、それでいいです。というか、もうなんでもいいですから、とにかくそいつを今すぐ僕にください」

「そうはいかんよ」私は決して意地悪ではなく正当に申し出を断ったのである。「そう簡単に返すわけにはいかん」

「何を言ってるんです、このままだと僕の目は」

「つぶれるとでも言うのか」

「つぶれない保証でもあるんですか」

「では、つぶれてしまう保証はあるのかね」

「つぶれる場合は保証とは言わないでしょう」

「では、何と言うんだ」

「おそれですよ。つぶれてしまうおそれです」

「なるほどな」私は小さく息をついた。「オソレときましたか。ふうむ。それはそのとおり。よし。君の正しい言葉遣いに免じて、我がメヲサラを一滴のみさすがよろしい」

差し出した目薬の瓶をアノウエ君はひったくるように奪い、仰向くなり、気味悪い白目をむいて、「一滴のみ」と言ったのに三滴もさしてしまった。もとより雨水の染みた目がさらに染みるのだろう、「あああ」などと大きな声を出して犬のように頭を振っている。

「何ですか、これは」

「何ですかも何も、君がくれたんじゃないか」

「いえ、違いますよ。これはもうメニポンじゃありません」

「だから、さっきから何度もそう言ってるじゃないか。それはメニポンではなく――」

「いえ、先生、そうではなくて、これはこうしてたまたま目薬の瓶におさまっていますが、中身は目薬なんかじゃありません。何かもっと、異様に刺激のある――ええと――ちょっと待ってください。この白いものは――」

「さぁ、それだ。君には何に見える？　私にはさっきからそいつが白い蛇に見えるんだが」

「いえ、僕もさっきは蛇かと思いましたが、これはどうやらもっと硬いもののようです。硬いけれど、しかし、もじゃもじゃしています」

もじゃもじゃ？　遂にアノウエ君は目薬が効き過ぎて脳が退行し始めたか。

「もじゃもじゃ、なんて表現は子供が髭を――」

「それですよ。白い髭です」

アノウエ君がそう断定した途端、私は寓居の雨音から遠ざかり、なるほどたしかに硬くてもじゃもじゃとした髭に全身が巻き込まれていた。

なるほど、そうであったか。

これはアレだ。「モーゼの髭の海」である。そういえば、私はイタリアが伊太利と表記された古い本を読んでいるうちに、ミケランジェロのモーゼ像の髭に巻き取られた。あたかも、カメレオンの舌に巻き取られるように。その体感はじつのところ錯覚ないし幻覚であろうと推察していたが、揺り戻しのようにこうしてまた髭の海に溺れている。何たることか。

「アノウエ君よ」

と呼びかけた声も虚《むな》しく、アノウエ君などもうそこにはいないのだし、では、これまでの時間は何であったのかと振り返る間もなく髭に埋没してゆく。

「ああ」とアノウエ君と同じ声が出て、出た声に自分で驚いて鳥肌が立った。

すると、そこであたかも白い糸がぷつりと切れたように、いっさいの緊張が解けて周囲がつるんと消失した。何たること。私はアノウェ君の寓居ではなく、我が愛すべきボロ家の書斎兼居間兼寝室兼研究室に横たわり、手からずり落ちた古本はモーゼ像の写真頁を開いたままだった。

ということは、だ。

「いやいや」と私は即座にかぶりを振って起き上がった。

「騙されんぞ」

誰に向けてでもなくつぶやき、自分に言い聞かせるように頭を二度三度叩いた。そんなはずはない。部屋に射し込む光の加減から、ただいま現在が昼前であることは察したが、それがまたいかにもこれまでのあれこれは夢であったかのように見せかける巧妙な手口に思える。しかし、私はそんなものを信じない。勘違いしてもらっては困る。私はその辺をうろつく洟たれ小僧ではない。いやしくも半世紀にわたってこの世に身を置き、大雑把に勘定しても一万八千回は夢を見てきた。いわば夢のベテランである。一万八千回も繰り返してきたのだから、何が夢で何が夢でないかくらいすぐ分かる。

私は決然として台所に立ち、じゃぶらじゃぶらとヤカンに水を入れて、勢いよくガス台の上に載せた。

まずは湯を沸かそう。そしてインスタント・コーヒーを飲んで頭をしゃっきりさせ、それからこれまでの経緯を洗い直してみよう。私はいやしくも大学の教員であり、アノウエ君などとは頭の構造からして違うことをここでしっかり確認したい。私がしゃっきりした頭で真剣に物事を考えたら、ゆうにアノウエ君二十人分くらいの明晰な論理を展開できるはずである。

いや、待て。その前にアノウエ君に電話をいれて昨夜は何をしていたか、夕飯に何を食したか問いただしておこう。それですべてが氷解する。

手帳を確認すると、本日、大学は休講であり、おそらく、アノウエ君も怠けているに違いない。今ごろ昨夜の雨漏りの処理などしているのではないか。

湯が沸くのを待ってコーヒーをつくり、まずはひと口、ずずっとすすってから、すすったままアノウエ君の寓居に電話をかけた。

すると、電話に出たアノウエ君は例によって「あっ」とだけ言って黙っている。それで、例によってこちらも同じく黙っていたところ、

「先生、コーヒーを飲みながら電話するのはやめてください」

いきなり言い当てられた。

「なぜ、分かるのだ」

「分かりますよ。ずずっずずって、それしか聞こえませんから」

「しかし、どうしてそれで私と分かる？」

「そんなふうにコーヒーをすすりながら電話してくるのは先生しかいませんので」

「ほう？　では、コーヒーをすすらずに電話してくる人が君にはいると言うのか」

「は？」

「君はいかにも数えきれぬほどの友人知人がつぎつぎ自分へ電話をかけてくると言わんばかりだが、実際のところは私ひとりではないのかね」

「なぜ、そう思うんです？」

「質問に質問で答えてはならん。ずずっ。いつも言ってるだろう。問われたらまずは答えよ。そのうえで質問するのが——ずずっ——大人の礼儀というものだ」

「え？　なんですって？」

「君はな——」

「だって、ずずっしか聞こえませんから」

「君は都合の悪いことがあると、すぐにそれだ。もういい。くだらぬことに時間を持っていかれてはたまったもんじゃない。君は余計なことを言わずに私の質問に答えればいい」

「ええ、ですからコーヒーを飲むのをやめるか、でなければコーヒーを飲み終えてから電話をしてください」

「そうはいかんよ」

「何故です」

「君はいったい私の話をまったく聞いていないのか。私は時間がないんだ」

するとアノウエ君は一拍の間をおいて、

「へぇ、そうですか」

受話器の向こうで三白眼になってしらけているのが見えるようだった。

「親の顔が見たいぞ、アノウエ君。君のそのしらけきった受け答えにはいい加減我慢がならない。君は私が時間を持て余していると思っているようだが、私だってこう見えていろいろあるんだ。それに君は人の話を半分も聞いていない。分かってるぞ。どうせ、足の指の爪でも切っていたのだろう。せっかく私が君のために電話料金を奢《おご》って電話をかけているのに、爪を切りながら応対するとはなんとも無礼はなはだしい」

「爪なんて切ってませんよ。僕はいまポスターのしわをのばしていたんです」

「何の話だね」

「ポスターですよ。昨日の雨で、僕の大切なポスター・コレクションが水浸しになってしまったんです。だから、一枚一枚点検しながら日に干して、必死にしわをのばしていたんです」

「ほう？」

「何ですか？」

「ポスターとは何のポスターだろうな」

「そんなこと、どうでもいいじゃないですか」

「そうはいかんよ」

「何故です」

「いや、やはりそんなことはどうでもいい」

「どっちなんです？」

「というか、アノウエ君、いま君は『昨日の雨』と言わなかったか」

「ええ、昨日は――」

「大変な大雨だった。そうだな？　それで私がマグロの赤身を三人前――三人前だぞ、アノウエ君。じつに三人前もの赤身を持参したのだ。そうだな？　三人前だぞ。そんな特別な夜を、いくら君がぼんやりしていても、忘れるはずがなかろう」

「さて、どうでしょうか……昨日は……雨が降ってきて……マグロが三人前か……」

ぶつぶつ言いながら、アノウエ君は昨日のいきさつを思い出そうとしているようだった。しかし――、

「先生、じつを言うと僕は酒を飲み過ぎたようで記憶が飛んでしまったみたいです。たしかに先生がいらっしゃったようにも思いますが、ひとりで飲んでいたようにも――」

これなのだ。これだからアノウエ君の言うことなど何ひとつ信じられない。それに、あの麗しいマグロ丼の記憶を逸しているとはじつにけしからん。あれを記憶に留めずして、いったい何のために生きているのか。

「あんなに旨いマグロ丼をたらふく食ったのに、君はその記憶をなくしてしまったのか」

「ああ、またマグロ丼でしたか」

「また、とはどういうことだ」

「だって、先生がうちに来るときは大抵マグロ丼を食べるわけです。そのたびに僕も食べているわけで、そんなことを繰り返していたら、それが昨日だったか一昨日だったかなん

て、いちいち覚えていられません」

「いちいちではなく、昨日のことを訊いているんだ」

「ですから、僕は酒を――」

「あまりに雨がひどくて、君んところのアマゴップがすべて溢れ返った。いや、それどころか天井から降ってくる雨水の糸が白蛇に変化し、我々はついに蛇のとぐろに巻かれてしまったのだ」

「ああ」――とそこでアノウエ君はようやく思い当たることがあったのか、声を明るくしたかと思うと「あれは夢ですよ」といきなりそう言い切った。「たしかにそんな夢を見ました。でも、あれは夢です。ほろ酔いで見た夢ですよ。いや、間違いない。僕も見ましたから間違いないです」

「僕も見たって、君はもしかしてまだ酔っているのか」

こんなことではいつまでたっても埒があかない。致し方なく電話を切ってコーヒーを思う存分すすり、それから六枚切りトーストパンにバターと蜂蜜を塗ったのを食したのち、アノウエ君の寓居を目指した。

しかし、なんとなくまっすぐアノウエ君のところへ行くのも面白くない。考えてみれば今日は休講で、急いでアノウエ君の家へ行ったところで、訳の分からぬポスターのしわのばしを手伝わされるのが関の山である。

というか、そうした考えが頭の中で言語化されるより早く、体が勝手に有楽町へと向かっていた。人間の単純さという点においては、私もアノウエ君のことをとやかく言えない。今どこへ行きたいかと訊かれれば、その答えは常に有楽町である。訊かれなくても、ああ、有楽町へ行きたい、とこれ見よがしなひとりごとがこぼれ出る。行ってどうするわけでもなく、どうなるわけでもない。他人から見れば何の変哲もない古びたビルの谷間を歩き、地下へ潜ったり地上へ戻ったりして、漠然とした時間をやり過ごすだけだ。

考えてみれば、二十代には二十代なりの、三十代、四十代にもそれ相応の自分にふさわしい場所があった。それが五十代になった私には有楽町であったまでである。とりたてて有楽町の細部を掘り下げてみたいわけでもなく、二十代のあらかたの時間を渋谷で過ごしたように、そのあたりをうろついていれば、ただそれだけで気分が良いと言うよりほかない。

ただ、どう言えばいいのか、有楽町の地下通路のひと気の途絶えたあたりを歩いていると、ふと、前方に見えない背中を追っている自分の視線に気付くことがあった。そうしたとき、雑踏や人いきれは遠くにあって、聞こえてくる音がことごとく耳の奥にこもり、くたびれた蛍光灯に照らされた視界がわずかに歪《ゆが》んで見える。

　私はまるでどこかに撮影カメラが仕込まれているのを意識したようにわざとらしく立ちどまり、そんなことをしても仕方ないのに、目を細めて前方を睨み据える演技を試みていた。この不可解な仕草を自己分析してみるに、おそらく私は私立探偵でも気どっているのだろう。が、そうして探偵ぶった挙句《あげく》、何に突き当たろうとしているのか。私に分かっているのは、そうしたアクションが有楽町においてのみ引き出されるという事実で、その度合はそのときそのときでまちまちであり、前方の気配が濃密であるときは、わずか数十メートルのあいだに何度も立ち止まって身構えている。ときには物陰に身をひそめたりと身振りが大げさになる。

　昔――それは私が渋谷に身を置いていた時代である――拾った黒猫がちょうどそんなふうに孤独なサスペンスを演じていた。彼は夜ごと私の部屋と夜の町とを往来していたのだが、部屋に戻ってからも駆け抜けてきた町の空気を払い落とせないらしく、ちょっとした物音に身構えては台所や玄関のあたりを鋭く光る目で凝視した。彼には（彼にだけ）見えていたのだろう。正体は分からないが、彼をおびやかし、かつ魅了する何かが。

と、そんなわけで、アノウエ君の寓居に到着したのは陽が傾き始めた頃合いであったが、いつものように玄関で咳払いなどしてみても、いっこうにアノウエ君が現れない。

「どうしたのだ、アノウエ君」と声をあげると、

「あっ」とアノウエ君の応答があり、「先生、来ているのなら早く助けてください」と苦しげな声が返ってきた。

「あがっていいのかね」

「だって、先生はもう玄関に立っているのでしょう？　そこまで来ているのに、あがっていいも何もないじゃありませんか」

「いや、そんなことはないよ。親しき仲にも礼儀ありだ」

「いま僕は礼儀よりも先生の助けが欲しいんです。あああ」

玄関からアノウエ君の姿は見えず、仕方なく障子で仕切られた部屋の奥に向かって玄関に立ったまま問うた。

「どうしたのだ、アノウエ君」

沈黙。

「何があったのだ。返事をしてくれ」

もしかして、またしてもアノウエ君の部屋は白蛇の大群に占拠されているのではないだろうか。いや、きっとそうだ。おそらくアノウエ君は蛇に全身を締めつけられ、いやらしい赤い舌先でちろちろと頬のあたりを舐《な》められているに違いない。

「先生——」とアノウエ君の断末魔の声が聞こえてきた。「そこにいるなら、早く部屋の中へ——」

私は一瞬、このまま忍び足で逃げてしまおうかと思ったのだが、蛇に締め殺された男の怨念に苛まれるのもまた鬱陶しい。

「大丈夫だ。私はここにいるぞ」

激励の声をかけておいた。すると、

「どうして、そんなところに突っ立ってるんです？　早くこちらへ来て助けてください。うう」

アノウエ君の声は明らかに震えているようだった。

「どうしたんだ、動けないのか、苦しいのか」

「動けません。苦しいです」

鳥肌が立った。やはりここはひとつこの場から速やかに立ち去り、消防署なり何なりに救援を求めるべきだろう。

「先生、どうした……んです……うう」

私は胸を押さえて静かに目を閉じた。

さらば、アノウエ君。君の一生は終始、好物の大福の粉にまみれ、終始、口ごたえをしてはこの世に抵抗し続けてきた。その心意気を私は買っていた。そんな、君の人生が蛇に締めつけられて閉じようとは誰が予測したろう。

「先生……もしかして……うう……もしかして先生は僕が蛇に締めつけられていると想像しているのではないですか」

「あ？　違うのか」

「違いますよ、あれは夢だったんです」

「いや、そんなわけがない。どうして私と君が同じ夢を見る？　それに、何故いま私の思いが君に伝わったのだ」

「先生が……うう……考えそうなことです」

そうだろうか。私にしてみれば、こんなおぞましい予測をしたのは初めてである。

「だいたい、君はいかにも蛇に締め上げられたような声を出しているではないか。何がどうしてそうなった？」

「こちらに来ていただければ分かります」

ふうむ。仕方なく（本当は嫌だった）障子を開けて中を覗くと、アノウェ君の部屋は白蛇ではなく、白い筒状のものが所狭しと並べられていた。さらには、畳くらいの大きさの白い長方形の平面の上でアノウェ君が右手と左手を交差し、左足をまっすぐ伸ばして右足は立て膝に近い状態になっていた。

「何をしているのだ、君は」

「見てのとおりです」

一見すると、特殊な腕立て伏せを試みているかに見えたが、それにしてもあまりに無理がある。

「体操かね」

「分かりませんか？　足がつってしまったんです。両足ともです。ついでに腹筋もおかしなことになって――」

「足がつって苦しいなら、もっと楽な格好になったらいいだろう」

「そうはいかないから苦しいんじゃないですか」

「なぜ、そうはいかない？」

「ポスターですよ。見れば分かるでしょう。僕はこうしてもう半日ばかり、ポスターのしわをのばしているんです」

なるほど、そういえばそうであった。まさか、まだ続いているとは思わなかったが、言われてみればアノウエ君が乗っている白い長方形は明らかにポスターを裏返したもので、いずれも畳一枚分に匹敵するような大きなサイズのものだった。そのポスターの四隅へ彼は自身の手足を乗せる格好となり、おそらくは、なるべくポスターそのものに体が触れぬよう最小限の接触で四隅を押さえ込んでいるのだろう。しかし、あまりに無理な体勢を維持したがゆえに筋肉が悲鳴をあげて足がつったものらしい。

「これは僕の宝なんです」

アノウエ君は全身を震わせて額に青筋をたてていた。

「ふうん」

「ふうん、じゃないですよ。早くなんとかしてください」

「なんとかって、どうすればいいのだ。君は足がつって動けないわけだし、ポスターもまた君に押さえ込まれて動かせない」

「僕の体を抱えて横へ少しずつずらしてください。いいですか、そのとき決してポスターには触れないようにしてください。それと、僕の体をポスターの上からずらした瞬間、ポスターは重石《おもし》の力から解放されてひとりでに丸まってしまいます。いいですか、丸まったポスターは要注意です。丸まったところへ尻餅でもついたらそれで一巻の終わりです」

「一巻の終わり？」

「一発で折り目がついてしまいます。折り目がついてしまったら、ポスターはもう終わりなんです。僕はこれまで折り目ひとつつけずに大切に——うう——大切にしてきました」

「念のため訊いておくが、いま君が押さえ込んでいるそのポスターは何のポスターなんだ？」

「これは『ジョーズ』です。それも初公開時のオリジナルで——」

「ジョーズ？」

「先生、いまはそんな説明をしている場合ではないんです」

「いや、はたしてそうだろうか。君がどのようなポスターを宝にしているかで君の美意識がいかなるものか分かる。じつにいい機会ではないか」

「そう——かもしれませんが、とにかく僕は足がつって——」

「だからいいんだ。君は足がつっていなかったら、私に助けを求めることもない。そして、私に助けて欲しいという思いがなければ、私の質問にまともに答えない。今がいい機会だ。さぁ、言ってみなさい。そこに丸められているのは何のポスターだ？」

「それは――たしかワイエスの」

「ワイエス？　とは、あのワイエスか」

「ええ。僕はアンドリュー・ワイエスの『クリスチーナの世界』という絵が大好きなんです。そのポスターは特に思い入れがあって、重厚な印刷が本物かと見紛うばかりで」

「余計な注釈はいいんだ。どれ、そんなことなら私がしわをのばしてしんぜよう」

「あ、いいんです、先生はそんなことをしなくても。というか、そのポスターにだけは絶対に触らないでください」

「もう触ってしまったし、広げてしまったところだ」

「ああ」

「なるほど。これをこうして、こっちをこうして――」

私はアノウエ君の横で『クリスチーナの世界』のポスターを広げ、アノウエ君の様子を真似て四隅に我が手足をあてがってみた。広げられたのは印刷された表側で、なるほど繊細きわまりないワイエスの筆致が見事なまでに再現されている。

　草原の向こうの家を望む淡いピンク色のワンピースを着た女性（クリスチーナである）のうしろ姿。足が不自由な彼女は身をあずけた草原から上体だけを起こして遠い家に――あるいはその家のさらなる彼方にある何かに眼差しを向けている。もちろん、うしろ姿なのでその瞳は見えない。

　そのクリスチーナの姿は、丸められたポスターのしわをのばそうとしているアノウエ君のポーズに似ていないこともなかった。

　が、草原の上の彼女の衣服に施されたその光と影の美しさはどうだ。途端に鳥肌が立ち、くしゃみが出そうで出ないようなむずがゆさが呼び覚まされた。

　私はポスターを片手と両足を駆使して押さえ込み、上着のポケットから素早くメヲサラを取り出して、一滴、二滴と両眼にさした。

　そして、この一連の動作のあとに起きたことは、アノウエ君の目に強く焼きついたことだろう。

　それは、畳の上に広げられた草原の中へ、頭から鮫《さめ》に食われるように呑まれてゆく私の姿だった。

そのとき私には重力の加減について

II

そのとき私には重力の加減についてあれこれ思いをめぐらせる余裕があったのだから、それ相応の時間が経過していたのではないかと思われる。

が、落下している自分に気付いてから草原に投げ出されるまで、はたして何分ほどであったか。

いや、すでにして、何分などという時間の単位が無効となる時の流れが濁流となって自分を呑んでいた。私は儚《はかな》げにたなびく雲の中を落下し、落ちてゆく速度のゆるさに変に落ち着いた自覚があった。その感覚は雲の層を抜け出たあとにより顕著となり、本来、何もない空間であるはずなのに、おかしな物やら何やらが四方八方にちりばめられているのを冷静に観察していた。

ごく控えめに言って、私はこの国における屈指の高所恐怖症患者である。言い換えれば高いところからの落下が何より恐ろしい。他人が高所にいるのを見るのも避けたいし、無論、他人が落下するのを目撃するのも嫌である。そんな自分が落下しているのだから、本来なら即座に気絶してもよかった。にもかかわらず、私はどちらかというと落下を未知の新鮮な体験として受けとめ、そのうえでさらに落下における時間の流れを考察していた。おそらく新鮮であったのは、空間を充たしているいくつかの事象が珍奇であったからだろう。いや、事象というより映像であろうか。脈絡もなく浮遊する無数の映像の中を通過してゆく心地というか――。

エリザベスカラーの白装束の一群が厳かに現れたかと思えば、髷《まげ》を結った滑稽な人物が踊りながら通過していった。凱旋《がいせん》した兵士たちと青一色で彩られた憂い顔の女性。ロボットのような人々の影と絶叫する人物の交錯。黄昏《たそがれ》の中で会話する神々と眩《まぶ》しく水面に映る光。釣り上げたばかりの魚の躍動と断頭台に立たされた男。寝台に横たわる桃色の裸体と食卓の皿の上でニヤリと笑うローストされた豚の頭。天使に囲まれた髭面の聖人。そして、星降る夜の血みどろの大殺戮《さつりく》。

「めくるめく」という言いまわしはいかにも安易であるが、そう言うしかない速さで次々と場面が移り変わってゆく。何だろうかこれは。

そこには時間というものが見えなかった。

もとより時間など見えたためしはないのだが――。

これはかねてよりの懸案であったが、たとえば凄まじいスピードで宇宙空間を切り裂いて疾走する流星は、はたしてどのような時間を有するのだろう？　私の認識としては、宇宙空間にはまだら状にさまざまな時間が入り乱れ、そのスペースがあまりに広大であるがゆえ、とうに過ぎた時間もたったいま過ぎた時間も同時にそこに存在している。そうではなかったか。いや、そうではないかもしれないが、とりあえずそういうことにしておきたい。そのうえで言うと、この時間の大海を横断する流星の速さは想像を絶する代物だった。

流星とはすなわち、星の終わり、「終わりの星」である。言ってみれば私はその「終わりの星」で、流れゆく星でありながら五感を持った五十男でもあった。私は「流星の経験」とでも言うべき特殊な状況に巻き込まれ、流星のように落下し、流星のような無時間の中に存在していた。せめて、つま先から侵入すればよかったと後悔したが、なりゆき上、頭からポスターに呑まれたまま落下していたので、雲から脱すると、足もとの向こうに青空と白い雲が見えた。要するにすべてが逆さまなのである。

雲の中には黒服に蝶ネクタイで正装したオーケストラの楽団員が逆さまに集い、聞き慣れぬ優雅な音楽を逆さまに奏でていた。その音楽を耳にしながら、落下というよりもむしろ横たわったまま流されるような気分を味わっていたところ、突然、頭部全体にぬるい湯を浴びせられ、いきなり、耳もとに女の声が囁《ささや》かれた。

かゆいところはないですか――と。

女の声が音楽に重なり、「いえ」と答える自分の声が妙にくぐもっている。

いつのまにか顔の上に薄布のようなものがのせられ、半透明の視界の中に私の頭を洗う女の仕草が陽炎《かげろう》のようにゆらめいた。ついでに、女を囲む鳥の化け物のような生き物も出現し、そいつはあたかも女の守護神のように見える。鳥の化け物は音楽をさえぎるほど代わる代わる大きな声をあげ、せわしなく女の背を嘴《くちばし》で突《つつ》いては飛び去っていった。それが何の儀式なのか私には理解できない。女は何の説明もせず、ただ無言で私の頭を洗っているだけだった。

が、嘴の攻撃によって女が身に纏っていたものが少しずつほどけ、淡い薔薇色の糸が幾本も上空の風に舞い、その麗しさに見惚《みと》れていたところ、これがさらに音楽と相まって次第に薔薇色のガスへと変化していった。この薔薇色のガスの中で女は私の頭に数滴の冷たい液体を垂らし、こうするあいだにも私は空から真っ逆さまに落下し――ということは、女も一緒に落下しているのだが、女の身振りにはそうした気配が微塵《みじん》もなかった。ばかりか、歯がゆいことに女の顔がよく見えない。

大体、私はどうして通い慣れた床屋へ行く身を翻し、柄にもなくこんな薔薇色の美容院に来てしまったのか。

思い返せば、アノウエ君の言葉に従ったのが間違いだった。

「たまには、そういうところへ行って髪を整えてもらうといいんです」

あるとき、彼がそう言ったのだ。

「先生の髪型は、はっきり言って変です」

「変とは、どういうことだろう」

「なんというか、分け目が曖昧なんですよ」

「どうして、分け目が曖昧ではいけないのだ？　大体、分け目なんてものが、昨今、それほど取り沙汰されているとは思えないんだが」

「ええ、たしかに七三とか、ああいう時代は終わりました。七三という言葉も、近いうちに死語になるでしょう」

「では、いいじゃないか、曖昧なままで」

「いえ、七三は絶滅しましたが、今は五・五対四・五とか、微妙な分け目にするのが流行ってるんです。たとえば、僕の髪型は六・三五対三・六五になっています。どうです？　これって非常に数学的な美しい比率でしょう？　文学的、芸術的とも言えます」

「その頭が？」

「いえ、頭ではなく、比率がです」

「その微妙な数というのは正確にカウントされたものなんだろうか」

「はい？」

「つまり、君の頭髪をすべて数えあげ、その上でその比率に選《よ》り分けているんだろうか。しかもそれを、どんな暴風圏においても美しく保っていると――」

「まさか、そんなわけないじゃないですか。感覚ですよ。感覚として、僕の頭は六・三五対三・六五なんです」

「そんなものは、ちっとも数学的ではないよ。感覚でいいなら、私の頭は自由型だ。それ以上のものはなかろう」

「いえ、先生の頭ははっきり言って見苦しいです。はっきり言って何も考えてないのが見え見えです。はっきり言ってウンザリします」

「そこまで言われたくないな」

「いえ、そういうのを、はっきり言ってイケてないって言うんです」

「あ、それはよく学生たちが言ってる。イケてない、と吐き捨てるように言われた」

「それですよ。つまり、最低ってことです。先生の頭はまさにそれなんです」

「最低なのか」

「いいですか、よく聞いて下さい。五十にもなったら、身ぎれいにしていないと誰も寄りつかなくなりますよ」

「そう言う君は――」

「僕はもうだいぶ前から美容院オンリーです。基本ですよ」

いささか不審ではあったが、そこまで言われて行かないのもどうかと思い、致し方なく近所の美容院に行ってみたわけである。

「まずは頭を洗いましょう」

そう宣告されて機械式の椅子に座らされ、すかさず椅子が動いて仰向けに近い体勢を強《し》いられた。あれよあれよという間に洗髪が始められ、始められるなり反射的に鳥肌が立ち始めた。仰向けで頭髪を洗うなど、私の半世紀にわたる人生において初の経験である。

これがなかなかどうして悪くなかった。というか、とてもよかった。たしかに「基本ですよ」という感じがある。しかし、しだいに頭に血がのぼり、のぼせてぼんやりしたところへ甘い薔薇の香りが漂った。つづいて女の細い指が頭髪に差し込まれ、十本の指がなめらかな機械のように動く。頭皮への刺激が永遠のように続き、鳥肌が立って、立った鳥肌がさらに立った。なんというか、眠気が誘発されるくらいに心地いい。

「かゆいところはないですか」——と女がまた訊いた。

「いえ、ないです」

本当は少しばかりあるのだが、その箇所をいざ説明しようとしても、どう言っていいものか分からない。右上の耳から側頭部にかけて——とか？　それでは正確さを欠く。それに、こうした問いはおそらくマニュアルに沿って為《な》されているだけで、馬鹿正直に答えるものではないだろう。それが証拠に「右上」などとわざわざ指示しなくても、女の指は頭皮の全体に行き渡り、かゆいところに手が届くとはこのことかと、ふたたび鳥肌が立つ。

薄布ごしに観察してみると、女は痩せて淡い薔薇色のワンピースを着ていた。非常にいい色で、それが女の私服なのか美容院の制服なのか不明だが、女は終始あらぬ方へ顔を背《そむ》けていた。どういうものかこちらに顔を見せようとしない。その顔を一目見たいと私は願うのだが、こうした一連の流れもまた、流星の速度で素早く落下する無時間の中にあった。女から視線を外すとそこはもうあたり一面、空であり、空のそこかしこに雲ではない何かが浮遊している。

何だろうか。それはもう何とも言えない何ものかで、しかし、あらゆるものが浮遊しているとも言えた。

たとえば枕である。枕に頭を預けた鱗《うろこ》状の皮膚におおわれた人物がいて、魚類特有の目を光らせながら長い触角のような髭を震わせている。

たとえば巨大な林檎である。そこに山高帽子の男が重ねられ、蒸気機関車、巨大なパイプ、そして巨大な書物などが二重写しになっている。

そこには、まるで脈絡がなかった。それらはいずれも実際に雲の流れに呑まれて浮動しているようで、よく見ると空に描かれた絵にも見えてくる。そうか、絵なのか。何もかも？

それで、いまいちど時間の話へ戻りたいのだが、こうした観察の時間と落下する速度はどう見積もってもひとつの範疇《はんちゅう》に収まるはずもなく、そこには明らかに複数の時間が混在し、でなければ、私はとっくに墜落していた。

いや、結局はしかるべき時間の経過とともに墜落というか着地したのだが、その直前に目に映ったのは空全体の低い位置に配された無数の淡い薔薇色のワンピースで――というかワンピースを着た女性たちだった。すぐそこに、そして非常に遠くに、ざっと数えて数百人もの女が、姿かたちはさまざまなれど、どの彼女も顔を背けてこちらを見ていない。

着地と言えば聞こえはいいが、要は投げ出された格好で、それが滞空時間の長さ＝落下していた時間とその距離にまったく無関係であったことは私にとって幸いだった。ただ、そうは言っても背負い投げをくらったほどの衝撃があり、うっ、と声が出て、右腕に鈍い痛みが走り、緊張していた全身の力が解けた。懐かしいようなひなびた草の匂いにすぐ囲まれ、乾いた草の感触が衣服を通して伝わってくる。

上体を起こすべく右腕をかばいながら左腕に力をこめたが、草の手触りが変にざらついて粗悪な感じがした。現実と非現実がブレンドされたおかしな感触である。かなり遠いところから鳥の声が聞こえ、その声もどこか嘘くさくつくりものめいて、その他に音はない。風の音もなかった。いや、風はそもそも吹いておらず、ただ、空気が蠢《うごめ》いているようなざわざわそわそわした感じがあった。

さて、どうするか。

すでに見当はついていたものの、体重を両手に預けて上半身を起こしてみれば、そこはまさしくワイエスの絵の中である。というか、絵の中のクリスチーナと同じポーズをとっていた。

いや、待て。どこか妙である。草の手触りがどこかしら不快なのは、ワイエスの技術が及ばなかったのではなく、アノウエ君の所有していたポスターの質が完全なものではなかったからだろう。それでも、印刷物としては上等の部類で、なればこそ、自分は今ここにいるわけである。

問題は、クリスチーナの姿がそこになかったこと。最前まで上空に漂っていた無数のそれらしき人影もきれいさっぱり消えている。

どうやら、私はこの絵の表題である『クリスチーナの世界』に着地したようだったが、肝心の主役が不在で、いささか粗悪な質感で統一されているのが、なんだか面白いようで面白くなかった。すべてにおいて、どちらとも言えない感じがあり、それが至極不快なのである。

こんなことなら、いっそ本物の絵の中に入りたかった。しかし考えてみれば、入りたくて入ったわけではないし、主役がいなくなると、この絵に描かれた世界はおそろしく荒涼としている。

その「荒涼」に右腕の痛みが呼応するように疼《うず》き始めた。

私は絵の中のクリスチーナのポーズのまま、質感の悪い荒れた草原を見渡し、ポスターとはいえ、もちろん原画どおりの構図もそのままに、絵の奥に古びた小屋が建っているのを確認した。一応、ひととおり同じである。絵のとおりだ。

が、その小屋というのも、どうも質感がよくないのが遠目にも見てとれた。空は嫌な具合に曇り、これもまた絵のとおりだが、どことなく不穏な空気が忍び寄っている。この世界が原画そのものではないからそう思うのか、それとも原画に入り込んでいたら、もっと不穏な空気が濃厚だったのか。

どちらとも言えない。

私は右腕の痛みを確かめながらゆるゆる立ち上がった。両足で乾いた草を踏みしめて小屋の方を眺める。この荒んだ風景にわずかな望みを見出すとすれば、唯一の建造物であるあの小屋しかない。ゆるやかな傾斜をなす草原の最も高い位置にあり、その先がこちら側からはまったく見えなかった。小屋の向こうはすなわち丘の向こうで、あるいは、あの丘の向こうに何かあるのかもしれない。誰かいるのかもしれないし、思いがけない賑やかな町が広がっているのかもしれない。

いや、もちろん丘の向こうがいきなり断崖絶壁になっているとも考えられる。絶壁の足もとには荒々しい波が打ち寄せ、小舟ひとつ見当たらないどこまでも険しい海がつづいているかもしれない。そう思えば、そんな海をなぶったような潮風が吹いてくる。

私は衣服にこびりついた乾いた土をはたき、しばらくぼんやりと考えていた。考えても仕方がない。行ってみるしかないだろう。

それに、こうして絵の中に入ってみると、じつのところ、まともな絵には眼前の奥行きしかなかった。まともではない絵にはでたらめな空間の可能性があるが、ワイエスの絵はきわめて現実の風景に忠実で、ともすれば写真のようですらあり、写真機ではなく筆によって切り取られた構図であるのに(だからこそなのか)、こちらの視線は自然と画面の手前で背を向けたクリスチーナの視線をなぞって奥の小屋を目指していた。

視線だけではない。そうして全身丸ごと絵の中に入り込んでみれば、振り向くことも左右を見ることも許されない。足が自ずと奥へ――小屋の方へ向かって歩き出してしまう。ましてや、クリスチーナがそこにいないのだから、彼女の視線が望んだものを彼女の代わりに確かめに行きたい――そんなことまで考えた。もしくは、クリスチーナの不在は彼女がすでにあの丘の向こうへ到達したことを示しているのかもしれない。ならば、なおさら行ってみたい。

しかし、その遠さであった。

こうして絵の世界に舞い降りるのもずいぶんと時間を要したが、この歩いても歩いても到達しない奥行きの遠さはどうしたことか。このあたりが印刷物（しかも、やや粗悪）の限界なのだろう。

この場合の「粗悪」は「強引」と言い換えた方がいいかもしれない。いまひとつ再現できないところを無理にでも本物に近づけるべく異常にインクを盛っている。その結果、原画のもつ微妙な濃淡がやけに極端になり、正しい遠近に誤差が生じているように思えた。原画の表現するところは一キロ程度の奥行きであるのに、印刷されたものは十キロにまで引きのばされ、ヘタに再現しようとすると、こうしたグロテスクな結果を生むわけである。

もし、これが「粗悪」よりもっと酷い「極悪」のレベルであったら、事態が一転して濃淡や遠近がまったく再現されなかったはずだ。立体も一挙に平面に成り下がり、一キロの奥行きであったものがほんの一歩の奥行きでしかなくなる。どうせレプリカに甘んじるなら、この場合、そちらの方がよかった。そうすればこんなに延々と歩くこともなく、ほんの一歩で小屋に辿り着けたかもしれない。

歩き進むうち、だんだんアノウエ君に愚痴をぶつけたくなってきた。いや、猛烈にぶつけたくなってきた。君のつまらないこだわりのおかげで私がいま労苦を強いられている。「極悪」でよかったのに、なぜ中途半端な「粗悪」に手を出したのか。

彼はたしかこう言っていた。「重厚な印刷が本物かと見紛うばかり」とか何とか。そこまで言うなら、一度、自慢のポスターの中に入ってみたらいい。いかに本物と違うかよく分かる。

そうだ。私はそこで大変いいことを思いついた。もし、ここからアノウエ君に電話をかけたらどうなるのか。携帯電話なんぞ滅多に使用しない私だが、我慢して所持してきた甲斐があったというものだ。

ところがである。電話に出たアノウエ君は、例によって「あっ」とだけ言ってしばらく黙りこみ、例によってこちらも同じく黙っていたところ、

「絵の中からでも電話はかけられるんですか」

震えているような暗い声で彼はそう応えた。驚いている様子はない。

「意外に圏外じゃないんですね」

「いや、いかにもここは圏外になりそうなところなんだが——」

もし、ワイエスの本物の絵の中に入っていたら間違いなく圏外だったろう。

「しかし、君のこいつは絵ではないからね」

私はまずそれを言っておきたかった。大変な落下のあげく右腕を強打して中に入った者としてだ。

「絵じゃないって、じゃあ、何なんです?」

「ポスターだろう? 君がそう言ったんだ。私としては、ズバリ偽物と言いたいが——」

「いや、それは違いますよ、先生」

「いや、違わない」

「いえ、それは本物のポスターですから」

「本物のポスター?」

私はそこで少しく間をおいて耳を澄ました。変な音が聞こえたのだが、耳を澄ませるまでもなく、どうやらそれはアノウエ君が電話口で荒い息をたてているのだった。鼻息である。まるで台風のような鼻息だった。

「あのな、アノウエ君。そんな屁理屈や冗談を言っている場合ではない。いいか、私は右いや、笑い事ではないぞ。腕を強打したんだ。場合によっては命を落としたかもしれない。いや、笑い事ではないぞ。君の下らん趣味に付き合わされたおかげで、あやうく私は——」

「笑ってなんかいませんよ。おかしなことを言ってるのは先生の方です。大体、絵の中から電話してくるなんて——」

「だから絵ではないと言ってるだろう。絵の中から電話をかけて通じるはずがない。お伽《とぎ》話じゃあるまいし。ポスターだから通じるんだ。通じてしまうんだよ。通じる、ということが、このポスターが本物でないことを物語っている。どうした、何を黙ってる？」

「悲しいんです」

「泣いているのか」

「情けないんです。偽物とか本物とか、そんなことばかり言って——」

最後の方は鼻息があまりに大きくて何を言っているか分からなかったが、私はそんな鼻息に騙されはしない。アノウエ君はあんなにも偽物と本物について非常なこだわりを見せていたにもかかわらず、今度は正反対といっていい発言をしている。つくづく分からない男だ。

「先生、僕はその絵が好きなんです。ただそれだけです。でも、どうしたって本物を手に入れるわけにいかないでしょう？」

「それはそうだろう。本物を手に入れるとしたら強盗になるしかあるまい」

「ええ、ですからポスターを買ったわけです。そのポスターだってピンからキリまであるわけで、そのピンの中のピンを奮発して――」

「キリでよかったんだよ。というか、頼むからキリにして欲しかった」

「それを言いたかったんですか。わざわざ電話で――うう」

「泣かんでもいいだろう」

「泣いてなんかいませんよ。苦しいんです」

「苦しいって――もしかして君はまだあの体勢のままなのか」

「当たり前じゃないですか。状況が変わってないんですから。しかも、あの状況のままさらに電話にも出てるんです。想像できますか」

想像できなかった。

「この苦行にくらべたら、先生の右腕の強打なんて屁みたいなもんです。大体、先生は何をしに来たんです？　僕を助けるために来てくれたんじゃないんですか。せめて僕を助けてから絵の中に消えて欲しかった」

「絵じゃなくて、ポスターな」

「うう――」

「それと、私は君を助けるために訪問したんじゃなく――何のためだったか――まぁ、いい。いろいろあって忘れてしまったが――」

「忘れちゃったんですか」

「あのな、君としても文句を言いたいところだろうが、こっちにだっていろいろあるんだ。なにしろ空から落ちたわけだし、君が美容院に行けと言うから――いや、それは関係ないか。いや、あるのか。仰向けになって頭を洗われ、空には林檎とかパイプなんかがマグリット風に浮かんでいた」

「何を言ってるんです？　もしかして右腕だけじゃなく頭も打ちましたか」

「あのな、いずれにしても君のポスターは泣くほど苦しんで大切にするようなものではない。それを教えてやろうと思ってわざわざ電話したんだ。中に入った私が言うんだから間違いない」

「中に入ったのが先生じゃなかったら、間違いないと信じました」

「もう、いい」こちらの鼻息まで荒くなってきた。「もう切る。せいぜい苦しんで泣くがいい。私はもうそちらに戻れないかもしれな――」

言い終えぬうちに切ってしまった。というか、携帯電話の不調で切れてしまったのだ。まったくもってふざけた電話機とふざけた男である。

私は携帯電話をポケットに戻してもういちど丘の向こうを望んだ。

＊

ところで、ときどき考えるのだが、前進とははたして何だろう。

たとえば、陸上競技のあらかたは――すべてと言ってもいい――人が前進するスピードを競い合っている。でなければ、人が前方に向けて放つ力を競い合っている。

何故、うしろではないのか。何故、人は後ずさりの速さを競わない？　何故、人は後方への跳躍を鍛えない？　何故、人は前方に向けてのみ砲丸や円盤や槍を投げる？

大体、人は放っておいても前へ進みたがる。それが当たり前だと信じて疑わない。いまのところ、かろうじて後ずさりやうしろ歩き（という言葉自体も妙である）が可能だが、このままこの調子で後方への躍動を無視し続けると、人はやがて後ずさりが出来ない体に退化するのではないか。いや、きっとそうなる。それとも、それがすなわち進化というものなのか。

分からない。進化とは何ぞや？　何かを得る代わりに、何かを失うことか。

草原に投げ出された我が身をよろよろ起こし、たまたま体が向いた方角を前方とみなして私は歩き出した。まだ東西南北も把握できていないのに、ただそうして草原を横切るべく「前進」について考えながら前進していた。それが誤った方角であると疑念を抱くこともなく、絵に写しとられたものと眼前の風景を照らし合わせ、ああ、そうだ、あちらが絵の奥だ、したがって、向かうべきはあちらに違いない――と、陸上選手のように体が反応していた。

これまた、何ゆえか。

自問しても答えは見つからない。これればかりは絵の中に入ってみないことには説明がつかない。絵の中というのは――なんというか、うしろがないのである。いや、本当はあるのかもしれないが、体感としてそれがない。うしろを振り向こうとしても振り向くのが怖い。頭が命令しても体がいうことをきかない。

いいか、うしろを向いてはならん。うしろを向いたらもう終わりだ。なぜかしらそう思う。

それに、見渡す限りのだだっ広い草原に、ただひとつ小屋が建っていて、他に目指す目標がないのだから、あちらへ——絵の奥へと向かうしかない。

しかもだ。

当初は地上に降りてなお雲の中にいるかの如きぼんやりした視界であったものが、前進するうちに霧が晴れて膜が一枚二枚と剝《は》がれつつあった。クリアな情景がこちらに迫り、同時に匂いや風の具合や陽ざしや温度といったものまで明快になってきた。

それで私はすっかり絵の中——まぁ、ポスターなのだが——の地面を踏みしめるのが心地よくなり、前進につぐ前進の結果、あるいは永遠に到着しないのではと思われた小屋にようやく辿り着いた。進めばいつかは到達する。我慢して耐えて少しずつでも前へ進めば、前進はいつのまにかめざましい成果を得る。

私はゆるやかな丘を垂直に登山してきた心地で小屋の窓枠に手を触れた。旗でも立てて、ひと声叫びたかった。強打した右腕は痛いし、足だっていい加減疲れている。そして、そういったものすべてがどことなく粗悪な風景に囲まれていた。何もかもアノウエ君のせいである。だが、もういい。とりあえずここまで到達したのだから。

そこが丘の頂《いただき》にあたるということは、頂に立てば当然、丘の向こうが見えてくる。もちろん見た。これでもか、というくらいじっくり見た。

すると驚いたことに、なんと丘の向こうは丘のこちらと寸分違《たが》わぬ風景ではないか。

いや、待て。あの遥か彼方にうずくまる人影は、もしかしてもしかすると、クリスチーナその人ではないか。あまりに遠くて詳細は不明なのだが、その人物があのくすんだピンク色の服を着ているのがかろうじて確認できる。やはり、クリスチーナだ。こちらを見ている。あちらからこちらを望んでいる。クリスチーナである。もしそうでなかったら、紛らわしいことをするなと言いたい。が、それを確かめに行くにはあまりに遠い。もう嫌だ。私は疲れた。これ以上、一歩も歩きたくない。たぶん、クリスチーナであろう。クリスチーナである。クリスチーナだということにしておく。

血走るぐらい目を凝らしてみたが、結局、はっきりしなかった。顔は――いや、顔はもとより判別できない。というか、我々の知るこの絵のクリスチーナはいつでもうしろ向きだった。彼女がどんな顔をしているか、そもそも私は知らない。が、状況から察するに、あれはクリスチーナに違いなかろう。

　結論はこう。

　私はいま、絵の奥からクリスチーナを見ており、ということは、私は最初、丘の「こちら側」に着地したのではなく、「あちら側」に着地したことになる。「あちら」と思っていたのが「こちら」で、「こちら」と思っていたのが「あちら」だったのだ。

　いずれにせよ、この小屋のある頂の稜線を境界線とみなせば、「あちら」と「こちら」は鏡に映したようにまったく同じ景色だった。唯一の違いは、そこにクリスチーナがいるかいないか。たまたま私が着地したのは「いない」側で、ということはつまり、私はあらかじめ絵の奥の方に着地してしまったわけである。

　鳥肌が立った。

　よく分からないが、ぞっと立った。多少、質感は悪くとも、あそこにあのクリスチーナがいる。そして、その向こうには、やはり草原が広がり、その向こうには――何だろう？　何がある？　私がいま立っているのが「絵の奥」なのだとしたら、その反対側は何と呼べばいい？　絵の手前か。絵のこちら側か。いよいよ分からない。鳥肌が混乱している。

「奥」と「手前」と「前進」と「後退」が混沌として混乱している。

とりあえず、もっとよく見たかった。クリスチーナとその向こうにある何ごとかを。望遠鏡のひとつもあればいいのだが、もちろんそんなものは準備していない。

――とそのとき、背筋がひやりとする一瞬がよぎり、唐突に濃厚な人の気配がかたわらに生じた。しかも、その人は望遠鏡を構え、そのせいで、これまた顔がよく見えない。遠くの人もよく見えないが、いきなり隣に立っている人も近すぎて見えなかった。しかし、どこかで見たことのある男で、この気配を私はすでに知っている。

「ああ」と男が声を漏らしたのを聞いて、すぐに気付いた。厚手の白いシャツに緑色のチョッキ。印象的なブロンドの頭髪――。

「あっちが入口だったんですね」

まるで吹き替えのような日本語で、「ですね」という語尾は、私の存在を意識してのことだろう。それで私も「そのようで」と答えた。

「なるほど。あやうく騙されるところでした」

男は小気味よく舌打ちし、望遠鏡から離した目をこちらへ向けると、笑うでもなく困惑するでもなく、目の奥で緑色の火が風になびいていた。

「またお会いしました」

「またお会いしました」

お互いの声がわずかにずれてひとつに重なった。

「ここは罠に陥《おちい》りやすいところです。充分、気をつけなくては――」

「罠というと？」

男はまるで私の目の奥にあるものを覗き込もうとしているようだった。

「我々は気をつけなくてはなりません。そうでしょう？」

ふうむ。そうでしょう？　と問われればそんな気もしてくるが、この男の真意がいまひとつ分からない。

「まぁ、いいです」

男が両手を閉じ合わせると、手の中の望遠鏡が映画の特撮のように消失し、さて、絵の中ではこんなことも可能なのかと、上等な手品を見せられたようだった。

「では、我々もそろそろ消えましょうか」

男はさも当たり前のようにそう言うと、私を小屋の裏口へ誘いながら「もう、いいですよね」と私に訊いた。いいですよね、という意味が分からなかったが、私は小屋へ行きかけた足を止めて振り返り、記憶に留めるべくもういちど草原の全体を見渡した。あたかも質の落ちたフィルムを三流映画館で鑑賞する思いである。取り囲むすべてが劣化したフィルムの映像で成り立ち、はたしてそんな景色はそうそう見られるものではない。ところどころ荒々しい傷のようなものが走って、古いフィルムが刻むノイズめいたものがたっぷり混入していた。空はさらに曇りつつあり、心なしか、雲によって閉じこめられた太陽が傾き始めている。男はそれを察知したのか、「少し急ぎます」と私を促し、どういう因果なのか、私は成りゆき上、この男のあとに従う運命のようだった。

「なぜ、急ぐんです？」と訊くと、

「夕方が来ますから」

「夕方が来ると、何がどうなるんです？」

「困るんです」

「あなたがですか」

「いいえ、僕は困りません」

「誰かが困るんですね？」

「そういうことです。もしかして、あなたもそうではないのですか？　このあいだ会ったとき、あなたはいつのまにか夕闇に消えていました」

さて――。

私には夕方が来ると困るようなことがあったろうか。夕飯を何にするか悩むことはあるが困るほどではない。そのあたりを伝えようとすると、いや、これ以上、余計な話はしていられないと、彼は身振りも素早くあっさり会話を断った。

「行きましょう」

逃げ去るようにして、こちらに背を向けた。

私は未練がましく何度か振り向き、やや足早な彼のあとについて小屋の中の暗がりに身を投じた。いくら曇っていたとはいえ、昼間の草原からいきなり小屋の暗がりに入れば、目が闇に慣れるまでそれなりの時間を要する。が、建て付けの悪い板と板の隙間から射し込んだ光によって、足もとがかたまりかけた生クリームのようにぬかるんでるのが見てとれた。やわらかいものに足がめり込む感触があり、雨水を含んだ土の匂いが小屋の中にむせかえるように充溢《じゅういつ》している。

「さぁ、こっちです」と男が呼んだ。

薄ぼんやりした空間の隅に、梯子《はしご》の頭と思われるものが突き出ていて、目印を見つけたようにそちらへ向かう彼に従うと、梯子が煉瓦《れんが》づくりの井戸の口から突き出しているのが確認できた。井戸も梯子も相当古いものだが、なかなかしっかりとしたつくりに見受けられる。

「こうした広々とした空間に出てしまったときは、下降するのが一番なんです」

男は断言し、なんとなく嫌な予感がしたが、予感のとおり男は梯子に手をかけた。

「では、行きます」

身軽に井戸のへりを乗り越えると、そのまま梯子を降りて私の目の前からさっさと消えてしまった。あわてて私もあとを追ったが、すぐにひやりとした湿った空気に囲まれて嫌な予感がさらに募った。

ただし、この嫌な予感は漠然としたものでしかなく、身の危険を感じるような切迫感はない。それに、井戸の中の梯子は拍子抜けするほど短く、ほんの十段ばかり降りたところでもう足が底に着いていた。そんなことなら、いっそ飛び降りた方が早かったのではないかと思いながら上体を起こすと、脳天を天井――なのだろうか――へ、したたかに打ちつけた。

頭を打って目覚めたのか、それともだいぶ目が慣れてきたのか、ほの暗い中に正方形の空間が浮かび、この空間は高さがおそろしく中途半端で、腰を屈《かが》めながら推《お》しはかったところ、およそ私の胸の高さに天井が設けられていた。何もない畳八枚ぶんほどの空間で、とにかく天井の低さが異様な圧迫感を生んでいる。たぶん気のせいだろうが、ミリ単位で天井が少しずつ低くなっている——のはやはり気のせいか。しかし、そんな感じがした。

「頭をぶつけないよう、注意して下さい」と彼が言う。言うのが遅い。

「ここはまだ序の口です」

男は鼠《ねずみ》のように体勢を低くし、壁に穿《うが》たれた出口とも入口ともつかない「序の口」に挑まんとしていた。それはゴミ回収トラックのゴミを投げ入れる「口」にそっくりで、しかし男はまったくお構いなしに「口」へ向けて頭を一気に突っ込んだ。と今度は、男が怪物の口に呑まれた格好に見え、こうした負のイメージばかり連想してしまう自分にはきわめて辛い状況だったが、こんな薄暗く天井の低いところでいつまでも足踏みしているわけにはいかない。ええい、ままよ、と私も進んで怪物に呑まれた。

そうして呑まれた口から向こう側へ抜け出たところ、依然として広いとはいえない圧縮された空間があった。薄暗さが幾分か解消されたものの、天井はさらに低くなって、もはや頭をあげるどころか首を回すのもひと仕事である。ちっ、と舌打ちが出たのは私に芽生えた余裕だったろうか。

男は「これは、しかし」と壁を叩くと、早くも次の展開を探っているようだった。

「いや、大丈夫です」――男がもういちど壁を叩く。「ほらね」

壁の一角に手応えを感じたらしい。勢いよく蹴って、そこに潜んでいた隠し扉を探り当てた。

「前進あるのみです」

男が「前進」という言葉を口にしたのが妙におかしかった。

「どこへ行くんです？」

「さぁ、分かりません」

なるほど、競い合って前進するのは好ましくないが、「なんだかよく分からないけれど前進する」のは悪くない。それに、私は子供のときから押し入れのような薄暗く狭いところが好きだった。たぶん前世が猫か鼠なのだろう。高所恐怖症ではあるが、閉所のそれではない。

「では――」

男につづいて隠し扉を抜けると、さらに狭くて天井の低い部屋が現れた。今度は隠し扉ではなく、同じかたちの扉がいくつも並んでいる。男はひるまなかった。通い慣れた通勤路のように勝手知ったる様子で扉のひとつを選ぶと、迷わず扉を抜けて次の部屋へと進んでゆく。私もつづいて急いだ。また隠し扉。いくつもの扉。低い天井。これが何度か繰り返されたが、そのうち、思いがけない転調が訪れた。

狭かった部屋が一転して二倍ほどに広がり、天井の低さも部屋の広さに比例してかなり高くなった。それでも中腰にならないと頭がつかえる。ついでにそこで空気の質も変わり、どことなくその部屋の空気には馴染みがあって、一方、男は部屋に入るなり生気を失い始めた。水からあがった魚のように目がうつろになっている。

「前進もいいけれど、少し休んだ方が――」

私は男の顔を窺った。

「ええ」と答える彼の声は小さい。

その部屋は朝の始まりのような、ほの暗いというよりほの明るい青い光にぼかされていた。水を抜いたプールの底に座っている心地である。壁によりかかって並んで座り、こわばった全身の力を抜いて部屋の光と空気を黙って眺めた。目が慣れるにしたがい、夜明けによく似た光が少しずつゆっくり充ちてくる。

「道を――間違えた――ようです」

男が途切れ途切れに言葉を接《つ》いだ。

「という——ことは」と私も言葉を切る。

部屋を充たす光が、向かって右の壁にひとつ、左の壁にもうひとつの扉を示していた。たしか右が出てきたばかりの扉で、左は「前進」のための未知の扉のはず。

「ということは——あなたは自分がどこへ行くのかは分からないけれど、道を間違えたことは分かるんですね」

男は頷きながら少しく混乱しているようだった。

「たぶん——間違えたことは——分かります」

おもむろに壁から体を離すと肩で息をし、男は頭を天井にあてがって苦しげに両膝をついた。そのまま右の扉へ向かって膝だけで歩いてゆく。

「戻ります」

どうやら、そのまま後戻りをしてもういちど正しい道を選びなおすようだった。正直、私はもううんざりである。私としては、左の新しい扉を開いて次の部屋に向かいたい。理屈ではなく、ただそうしたかった。確かに彼は道を誤った証しのように全身から疲労がにじみ出ていて、しかし、私にはそれがない。どういうものか、私は左の扉に意識が吸い寄せられて抗えなくなっていた。

「私はこちらへ行きます」

彼の背中に声をかけると、「どうぞ、お好きなように」とくぐもった声が返ってきた。

しかし、この左の扉というのがじつに信じ難く横長で、通常の縦長の扉を無理に押しつぶしたとしか思えない形状だった。というか、普通の扉を横に寝かした状態と言った方が早い。

したがって、扉を通過するにはこちらも床に横たわって扉を開き、横たわったまま自分の体を転がして扉の向こうへ出て行くしかない。見ようによっては匍匐《ほふく》前進をアレンジした兵士の身のこなしを思わせたが、兵士でない以上、ただ単に滑稽なだけだった。滑稽な上に床を芋虫のように転がるわけだから、衣服が著しく埃まみれになり、またどういうことなのか、二度、三度と転がった挙句、まったく掃除をしていないと思われる、かなり暗く狭いところへ抜け出た。

これまでとはまた違った空気の質、音、声、匂いといったものが押し寄せ、それは私に何故かしら「回復」という二文字をただちに思い起こさせた。が、どう見積もっても快くない「回復」だ。目の前には深緑色のリノリウムが貼られた埃と油にまみれた床があり、割れて朽《く》ちたそのリノリウムに確かな記憶があった。

これは我が校の廊下や教室に敷かれているリノリウムではないか。私は校内において常にうつむきながら歩いているのですぐに分かる。

じつは、このときの私の様子は何人かの学生によって目撃されていたのだが、彼らの証言をまとめてみると、「何の前触れもなく、曇天先生が学食のサンプルケースの下から転がって出てきた」そうである。彼らは一様に驚いたようだが、本当に驚いたのは私の方だった。

が、私はあまり他人に――特に学生たちには――自分の驚嘆や狼狽といったものをうかつに見せたくなかった。それが正しい指導者の姿勢であり、たとえ学生たちを驚かせても、教師は決して驚いたり興奮したりしてはならない。師たるもの、どんな場面においても常に冷静に振る舞うべきで、こんなことは毎日やっているのだからそんなに驚くものではないとばかりに、私は服の埃を払いながら何食わぬ顔で立ち上がった。

「理由は訊いてくれるな」

それだけを皆に告げて、ひとつふたつ咳払いをした。

「君らの想像に任せる」

そうは言ったものの、さぁ、今日は何を食べようと食堂のサンプルケースを覗いているその足もとから、いきなり私が転がり出てきて「想像に任せる」と言われた学生たちも気の毒である。どんな想像をしろというのか。私にだってよく分からない。

しかし、咄嗟の判断でそんなことを言って、私も学生たちと並んで、さぁ、何にするかとサンプルケースの中をじっくり物色した。まぁ何でもよかったのだが、たぬきうどんを選択して、いつものように食券を購入し、とりあえず窓際の席を確保すると、汚れた上着を脱いで椅子の背に掛けておいた。右腕がひどく痛む。窓の外を眺めれば、曇った空に夕方の気配が忍び寄っている。

いまいちど、わざとらしい咳払いをして食堂のおばさんに食券を差し出し、そうするあいだも学生たちは私の方を見ながら何やらこそこそと話し合っていた。私は食堂のおばさんと世間話などを交わし、出来たてのたぬきうどんを窓際の席に運んで黙々と食した。

食しながら、我が身に起こったことを振り返った。

ところが、どういうものか、いくら意識を集中させても時間の感覚がでたらめになる。時系列があやふやになり、順不同の箇条書きでしか思い出せない。こんな感じである。
一、空からの落下。右腕を強打して、いまなお鈍痛。

二、草原を延々と歩いて丘の上の小屋に到着。
三、美容院で仰向けになって洗髪。
四、丘の向こうにクリスチーナらしき女性。
五、「あちら」が「こちら」で「こちら」が「あちら」。
六、ものすごく横長の扉。
七、鳥の化け物と薔薇色の糸。
八、電話に出たアノウエ君のものすごい鼻息。
九、異様に天井の低い部屋ばかり。
十、そして――。
そうだ。再び彼と出会ったことを特筆しなくては。ダ・ヴィンチの絵の中に取り込まれたときと同じく、あの緑色のチョッキを着たブロンドの男にまた会った。目の中の緑の火。吹き替えのような日本語。あてもなく、しかしどこかへ向かっているのか、それとも帰ろうとしているのか。彼は誰であろう？　思い出そうとすればするほど、その顔が浮かばない。目の中の炎は浮かぶのに、どんな鼻をしていたか、どんな眉であったか、どんな唇であったか。顎《あご》のかたちは？　耳はどうか？　髭は生えていたか？　何か身体的特徴はなかったか。

まったく思い出せなかった。絵の中に入ると、押し寄せてくる情報がいちいち不可解で、そのひとつひとつを克明につかみとっている間がない。それこそ絵に描いておかないとすぐに忘れてしまう。

が、あの彼がダ・ヴィンチの絵の中にいた彼であることは間違いなかった。彼も私のことを覚えていたようで、だから、これは夢ではない。無論、幻覚でもない。右腕の痛みが何よりそれを証明している。それに、夢から目覚めるときに食堂のサンプルケースの下から這《は》い出てくるなんて、ナンセンスもはなはだしい。

私は自分のズボンの裾を観察し、それから靴の裏を仔細に眺めたが検《あらた》めるまでもなかった。どちらにも、あの草原に密生していた枯れた色あいの草が付着し、そうだ、私は間違いなくあそこにいた、あの絵の中――ではなく、ポスターの中に。

それで、思い出した。
十一、アノウエ君がポスターのしわをのばしていた。
十二、悶絶していた。
たしか、真剣な眼差しで助けを求めていたが、こちらもまぁ色々あったわけだし、そもそもポスターのしわのばしはアノウエ君が好きでやっていたことである。私には責任もないし関係もない。かなり苦しそうではあったが命に別条はないだろう。足がつったとかなんとか子供みたいなことを言っていたが、足がつったくらいで一一九番を呼んでいたら救急隊もたまったものではない。

いや、待て。そうではなかった。私は、にもかかわらず、彼を助けたのである。そうだった。見苦しいくらい悶絶しているので、どれ、そんなことならと手を貸したのだ。そうだ、思い出した。それで私は——、

十三、ワイエスのポスターの中に呑まれた。

空から落下した。右腕を強打し、考えようによっては得難い経験をしたとも言える。空から落ちたとはいえ、命は落とさなかったのだからよしとしなくては。それに、困難なひと仕事を終えたあとのように、汗をかいて食すたぬきうどんがいかにも旨い。学生たちを驚かせてしまったのは罪なことだったが、彼らもたまには不可解な出来事に直面した方がいい。食堂に先生が転がり出てきたくらいで驚くな、と言いたい。

アノウエ君にしてもそうだった。人生を五十年にわたって過ごしてきた私に言わせれば、ポスターにしわが寄ったくらいで大騒ぎするなど、いかにも子供じみている。

私はたぬきうどんの汁をすすり終えると、汚れた上着を抱え込んでしばし考えた。

まぁ、このまま帰宅してもいいわけだが、事のついでにアノウエ君の寓居に立ち寄ってもいいかもしれない。まさかそんなことはないだろうが、まだ足がつったまま苦しんでいるようであったら、冷やかしの言葉のひとつもかけておきたい。

が、そんな思いはすべて杞憂だった。寓居の前で名を呼んでも応答がないので、いささか汗などかきながら部屋の中に駆け込むと、アノウエ君は力尽きたようにポスターの上に突っ伏し、獣のように盛大なイビキをかいていた。伏してもポスターの四隅を押さえ込んでいるのには感心というより呆れ返ったが、イビキのみならず口の端からよだれをたらして大事なポスターを台無しにしてしまったのは、いかにも彼らしい結末だった。

私は何の気なしに彼のかたわらに丸まっていたポスターを手にして広げると、それは他でもない『クリスチーナの世界』で、粗悪な印刷によって助長されたあの荒涼を思い出し、いまいちど、強打した右腕が重く鈍く脈打つように疼き始めた。

＊

いつ眠り、どれほど眠り、また、どのような夢を見たものかさっぱり忘れてしまったが、枕の上で目覚めた自分が今ここにいるのだから、夜は私を置き去りにして終わってしまったのだろう。

何やら、それだけで鳥肌が立ってくる。少しおかしいだろうか。というか、私は異常なのだろうか。

いや、目覚めたのが朝という保証はどこにもない。寝床の中から部屋の隅から隅までを眺め、これは朝方ではなく夕方ではないかとしばし訝しむ。部屋を充たす光の度合で分かった。季節によってまちまちだとしても、この時期の朝の光はこんなものではない。

それでは、こうして夕方に起きた自分は、いつ眠りに就いたのか。自分の昨日を振り返って反芻《はんすう》したいが、どうにもそういったことが面倒である。この手のサボタージュが最近増えていた。何故かしら近しい過去が鬱陶《うっとう》しい。というか、いつからか過去全般に対して興味を失っていた。とりわけ、昨日とか一昨日とか、そういった過ぎたばかりのあれこれがやたらに目障りである。

思い出したくない嫌なことがあったわけでもないのに、反芻とか反復とか反省とかオサライとか、あるいは「前回までのあらすじ」のようなものが、どうにもムズがゆかった。

なにしろ五十年なのだ。この五十年、常に昨日のこととか、一昨日のこととか、ちょっと前の出来事なんかに気を病んで、あれはああであったろうか、いや、やはりこうであったろうかと、自分は正しかったのか間違っていたのか、是であるか非であるか、生きるべきか死すべきか、と必要以上に悶々としてきた。私にとって過去とはそうしたもので、五十になってみるとそれがよく分かる。五十というのはすなわち百の真ん中であり、まさか自分が百歳まで生きるとは思わないまでも、百の半分という連想から、人生の半ば過ぎに入ったことが確実になる。五十歳はどう見積もっても人生の前半ではない。そんなことは当たり前なのだが、誰かに歳を訊かれて、ひとこと「五十」と答えるとき、この「半ば過ぎ」の絶対的確定にぞっとなる。

四十歳のときは、まったくこんなことは考えなかった。「まだ前半」とも思わなかったが、後半の憂愁を覚えたことはない。が、五十歳となると様子が違う。視界が変わった。足場が変転し、突然、それまでの縄張りから切り離されて、「じゃあ」と惜《せき》別《べつ》の声を背中で聞く日があった。

といって、晩年と呼ぶべき時間に片足を浸して冷たさを覚えたわけでもない。むしろ、そちらの方にもまだ自分はイケてない。五十歳にふさわしい身なりや身のこなしにもイケてない。すなわち、到達していない。言うなれば、どっちつかずである。過去にも未来にも疎遠になり、百の真ん中に置かれた「五十」という数字だけが孤立している。それまであったはずの過去への愛着が、飲み残した番茶のように台所のテーブルの上で冷めていく。

はたして過去とは何ぞや。

私の中では、もう「過去」が過去形の中へどんどん遠ざかってゆく。自分とは連結していない。そういったものはもう溶けてしまったような気がしてならない。溶けて消えてもうここにはない。昨日なんて、もうどこにもないのだ。だって、そうではないか。どこにある？　あるのは、今日のこの夕方のみだ。

ついでに私は明日のことも考えたくない。あさってとか、一週間先なんて、そんなものは存在しない。予定表なんてものを私は知らない。カレンダーとか手帳とか、たとえば新聞のテレビ番組表とか、そういったものまで疎《うと》ましい。これははたしてどういう逃避なのか。いや、自分としては逃避などしているつもりはないが、どうやら自分の周囲が、いつからかそうなっている。すべてが自分から離れてゆく。シューイとカタカナで表記したくなるような空々しさと共に。

むかしむかし、ハタチになったときのこと。弱冠という名の帽子を与えられて、ついでに親戚の年長者からお祝いの品——万年筆だった——と短い手紙をいただいた。

「ハタチになったからといって君が変わるのではなく、周囲の人々の君を見る目が変わるのです」

まったくそのとおりなのだが、このとき初めてシューイというものが怪物のように恐ろしげに立ち上がった。あれから三十年が経ったという事実も、信じ難い訃報のように自分にフィットしない。が、あのとき、ハタチがシューイなるものに輪郭を与えたのだとしたら、五十を迎えたこの自分は、成人式ではなくどんな式典に招かれているのだろう。「成人」の次の段階は何か。「老人」ではないことだけは確かである。自分はまだ老人ではない——と思う。歯も七割方、自前であるし、白髪も鏡の前で歯磨きしながら二、三本抜けば、しばらく生えてこない。「成人」と「老人」の間には何がある？　熟年か。中年か。

どちらもインチキくさい言葉でどうも気に入らない。

で、考えた。その結果、こうした心境を「今の孤島」と仮に呼んでみた。つまり、「今」だけが海に囲まれた小さな島としてあり、あとは時間が海となって、何ら区切りも目印もなく異様に静かにたゆたっている。私は「今の孤島」で夕方に起き、ああ、夜も朝も終わってもう夕方か、と海の気配を感じて少しく憂鬱になっている。畳に敷いた布団一式が私の孤島で、布団のまわりの畳からすでに海が始まっている。

いつから、こんなことになってしまったのだろう――とセリフめいた言葉を口ずさんだところで、答えは「五十になってから」と決まっている。

私は布団の上に起き上がり、少しく頭など掻きむしってあくびをした。アノウエ君の助言にしたがい、床屋ではなく美容院において仕立てられた私の髪型は掻きむしり甲斐を逸し、すでに自分の頭髪ではないかのようである。嗚呼。頭ひとつ掻きむしれなくなってしまったか。巷《ちまた》には「ジジける」という言い方があるが、このままだと私は「今の孤島」でジジけていくばかりだ。「イジける」に言葉としても近い。嗚呼。そんなことでいいのか自分――と他に誰もいないので自分で自分を鼓舞して布団を思いきりはねのける。嗚呼。もう朝ではない。朝ではないが、朝のように台所で湯を沸かそう。

さすれば、鳥肌が立つ。

じゃぶらじゃぶらとヤカンに水を入れてガス台の上へ載せ、ガス台の栓をひねれば当然のように火がついて炎が立ち上がる。微量なるガスのにおいと炎の鮮やかさに脳も刺激され、嗚呼、もう朝ではないとしても、湯さえ沸けばこうしてまた今日という日が始まってゆく。

私はいつもどおり冷蔵庫の扉をあけて新鮮な卵を取り出し、いっとう小さな柄付き鍋で、うで卵をつくらんとする。六枚切りの食パンを焼き、湯が沸けば〈スーパー・スーパー・スーパー・インスタント・コーヒー〉をつくって、そいつをガソリンのように自分に注油する。そうすることで、私はどうにかこうにか私であろうと努力してきた。

しかし、ふと気付くと、シャツが裏返しなのである。これは、いつからだろう。私は常にシャツを裏返しに着てしまう男だ。本当にいつからだ？　物心ついたときから？

裏返したものを裏返して着なおし、さて、外出でもしようか、そうだ、外出しないでどうするのだ自分――と自分で自分を鼓舞して外出する自分。何だか早口言葉みたいだ。このこんがらがった思考の道行きは、早口言葉を言えないもどかしさにソックリである。もどかしい、もどかしい。こんなにも自分はもどかしかったか。「いつからだ？」の答えは

「五十歳」。しかしそれにしても変ではないか。自分、ちょいとおかしいぞ。シューイはどうだ？　シューイはいつもどおりか。それで本当のところが分かる。

しかし、そうは問屋が卸《おろ》さなかった。

どうなっているのか、この夕方は——と私は夕方の問屋という問屋に問い詰めたい。問屋を問い詰めたい自分は問屋を問い詰め、問い詰められた問屋は、なるほど問屋のトンはなぜ「問う」という字なんでしょうな、問屋的には「問」ではなく「間」という字の方がふさわしい気がするのですが、違いますか？　それとも、問屋がそんなことを問うてはならんのでしょうか、と問う問屋。

それはきっとアレだよ、と私は問屋に答える。もうアレなんだ、時間とか空間とか、過去とか未来とかそんなものが五十歳になるとなくなるんだよ。すっかり失われてしまう。そこんところを知ってましたか、問屋さん。

いやいや、もっと正確に言いますよ、問屋さん。

時はあります。時計が回っているのだから。空だって見上げればそこにあるでしょう。ほら、一番星です。だが、ついこないだまで時やら空やらが有していた「間」がなくなっている。いや、面倒な説明は後まわしにして、直感的にそう思います。「間」とは何か、とかそんなことは後まわしで、とにかく、時間は時に、空間は空となり、間という間がどこかへお隠れになった。

私は夕方の街の空気を吸って確信する。何かと何かの間にあったものはすべて消え、「五十歳」というのもまた、成人と老人の間にあり、一から百までの中間点にあって、そんな年齢、本当はないんだよぉと、幽霊のような声で誰かに囁かれたら、今の自分はきっと信じてしまう。ああ、そうだ、ないんだ、自分はもういない。この五十歳という何かと何かの間に挟まれた隙間のようなところで、自分は当面、自分ではない。面倒だが、ここでもう一回立て直さなければならない。どうやらそういうことらしい。

問屋さん、あなたもです。あなたも製造者と消費者の間で働いている。そんな自分がふと何だか分からなくなりませんか。だから、問う。問う問屋。問うて当惑し、当惑のあまり何も卸さない。

はたして、そうは問屋が卸さない夕方はがらんとして華やかな商品がひとつもなく、気付いてみれば私はふたたび我が愛すべき有楽町を歩いている。

いつものようにシャッターが降りたままの商店が並ぶ地下街をあてもなく散策し、この空虚さに身を置きたくなる自分の心境がだんだん読めてくる——ような気がしてきた。

そこで、問屋が問う。

いや、問屋なんて私の戯れの思いつきで、実際にそんな男はどこにもいない。が、この際、自問自答の「問う」側にいる自分を文字通り「問屋」と称し、問うのはいっさい彼に任せておきたい。自問自答は私の得意とするところなのだが、なんだか私はもう問うことが面倒になってきた。どうやら、問うことは他人に任せ、ひたすら答えなければならないところに差しかかっているような気がしてきた。

「あのですね、アタシが思うに、こういう、陰気な地下街みたいなところをさまよってばかりいるからジジけてくるんじゃないですか？」と問う問屋。

「そうかもしれない」と私。夕方の地下街で。いともあっさりと自分の非を認め、外へ、街路へ、人と人の行き交う街の只中に出るための階段を探している。

そうして行き当たったのが、問題の枇杷《びわ》売りであった。

もういちど言う。枇杷売りであった。

一瞬、目を疑ったが間違いない。我、枇杷を売る店を発見したり。地下街のほとんど店などない一角に、果物屋でもないのに、ただ枇杷だけを皿に盛り、いい色だろ、いい枇杷なんだ、と一人の男が申し訳なさそうに売っている。どことなく訳あり風情の、肩身の狭そうな弱気な枇杷売り。

「どこの枇杷ですか」と問屋らしい問いを問う問屋。

なるほど、どこの問屋から得た枇杷なのか、それとも男は自分の家の庭で収穫した枇杷を、有楽町あたりに持っていけば、通りがかりの愚かな男——もちろん私のことである——がその場の勢いで買うかもしれない、そうだ、きっとそうだ、儲けものだ、と大発見の如く思いついたのか。

そう思えば、男はどこなく枇杷売りに不慣れな様子だった。声高に「枇杷、枇杷」と言えず、立ちどまった私の横に立って、ひとりごとの如く「ほら、いい枇杷です。いい色をしている。果肉も果汁も上等ではないですか」とつぶやいている。

そして、これを買ってしまう私だった。

「何故?」と問う問屋。何故って、不慣れな枇杷売りが、ひと気のない地下街でつぶやくように枇杷を売っているのはいかにも哀れではないですか。それにこんな夕方の散策の土産に買うものとして枇杷は最適です。訊けば、六百円だと言うからそこは五百円にまけさせ、そんなやりとりをしたら、もう買うしかない。

こうして私は灰色の地下街で思いがけず枇杷を購入したのである。茶色の紙袋に入れられたのを抱え、ピカピカに光る銀色の五百円玉を枇杷売りに渡して、これぞ由緒正しき交換であると感じ入った。仮にその枇杷売りが正規に認められていない闇の枇杷売りだとしてもいいではないか、何かそうした怪しげなものと自分の小銭を交換して街と交わることをしないと、私はジジけていくばかりである。

「ですが、枇杷という選択がジジけていませんか？」と問屋。

「枇杷というのは何色なんでしょう？」とたたみかける問屋。

「枇杷色というのはありますか？　アンタ、たしか大学で美術だか芸術だかを教えてるんでしょう？　枇杷をオレンジ色と称するのも変ですよね？」

知らない、と私は正直に答えた。枇杷色というのはたぶんあるだろうが、もしないのなら、今この場で、この地下街でつくればいい——と、こうした自問自答をしながら、私は地上への階段をようやく暗がりの向こうに探しあてた。

地上に出ると天気雨が降っており、ゆるいシャワーのように手応えのない、しかし確実にこちらの身を濡らす雨である。天気までもがどっちつかずの曖昧な態度を示し、つまらないゆるい雨を降らせているのか——。

ところが、ビルの谷間を抜け出ると大変に風が強く、そのようなゆるい雨であるのに風の力によって肌に当たるとじつに痛かった。突風と呼んでも差しつかえのない風に運ばれて私の体に当たる当たる、痛い痛い。「いたいっ」と問屋も問うことを忘れて苦悶の表情。答える私も「いたいっ」。問屋も「いたいっ」。私も「いたいっ」。これでは問答にならないが痛いのだから仕方ない。

それにしてもこの不運に見舞われているのは私と問屋だけなのかとシューイを観察すれば、既製の扉を盾代わりにして前進する黒服の男らを発見。「既製の扉」という物言いも変だが、要するに風が強く、しかも終始、雨粒が飛んできてあちらこちら痛いので、そのあたりの幽霊ビルのドアを力任せに外して簡易バリケードにしました、という経緯らしい。「男ら」というのは複数の男がそうしていたからで、いや、複数なんてものでは収まらず、気付くと、何人もの男が勝手に外してきたドアで自らを庇《かば》いながら目的地へ向かわんとしていた。といって、その目的地はどこなのか。有楽町のお堀端から銀座の方へ向けて、一群の黒い男らが行くのを眺め、ははあん、と私は腕を組む。奴らはきっと五十歳なのだ。そしてあの黒服を、揃いも揃って裏返しに着ているのだ。

私は自身を裏返すようにして踵《きびす》を返した。

アノウエ君の寓居へ行こう。訪問の理由は期せずして土産を買ってしまったからだ。特別な意図があってのことではない。

というか、訪ねてみれば、アノウエ君はアノウエ君で、今日は月見をするべく団子を買ってあり、縁側でそれをいただこうかと思っていたところへ先生が来ました、といかにも迷惑そうであった。

「月見って、君、今日は雨じゃないか」——私は雨に濡れた枇杷の袋を見せ、「これをこうしてここまで持ってくるのにどれだけ苦労をしたか君は知らんだろう」

いつ片付けたのか、散乱していたポスターはどこかへ収まり、何事もなかったかのようにアノウエ君の寓居は整然としていた。月見を迎えるべくこざっぱりしたのだろう、あんなに大騒ぎをしていたのに、月見団子とはまたどこまでも呑気な男である。

「知りたいだろう？」

「知りたくないですよ」

「痛い雨だった」——と私は話をさかのぼるかたちで、突風に抗うドアの男たちと不慣れな枇杷売りと問屋の問いなどについて詳《つまび》らかに説明した。

「先生——」とアノウエ君はひととおり聞いたところで、私の話を制するように月見団子を皿に盛り、「話の途中かもしれませんが、これを食べてもいいですか」

言い終わらぬうちにもう食べていた。さらには、食べ終わらぬうちに私に異議を唱える。

「話の途中かもしれませんけど、先生のそういう突拍子もない作り話には辟易《へきえき》します」

「いや、突拍子ではなくて突風なんだ。それに作り話ではない。それが証拠に――」

私が袋から枇杷を取り出すと、袋からしてすでに雨粒と突風による蜂の巣状になっていた。

「ほら」

「ええ、ですから、こういう手の込んだ――」

「手の込んだ？」

「小賢《こざか》しい小細工なんかして」

「小賢しい小細工とは、また早口言葉のようじゃないか。そうして君は五十になった私を言いにくい言葉で混乱させてケムに巻こうという寸法だ。だが、そうは問屋が卸さない」

「ケムに巻くって、どうして僕が先生をケムに巻く必要があるんですか」

「君はゆっくり団子を食いたいのだろう。月など出ておらんのに月見団子などとエセ風流をかまし、実際の話、君はそもそも月などどうでもいいのではないか。君はただ単に団子を食うための口実が欲しいだけだ。君は花も月も風もそっちのけで、私が五百円も投資した枇杷の悲惨な顚末《てんまつ》さえ無視しようとする。団子、団子、団子だ。人生にはもっと見るべきものがあるというのに、君は団子しか知らずに死んでゆくのか」

「ちょっと待って下さい」

「待てないんだ。待てないんだぞ、アノウエ君。もう誰も君のことなど待ってくれない。何故なら君は団子に夢中で、団子のためなら他人のことなどどうでもいいと考えている」

「そんなことはないですよ。ただ、先生は傷《いた》んだ枇杷を小ずるい果物屋に騙されて、つい買っちゃうような人ですから。僕は先生をちゃんと見てます。あなたはそういう人です。そして、そんな傷んだ枇杷を枇杷の窮地から救うために――」

「何を言ってるんだ？　君はさっきから小賢しい小細工だの小ずるいだのと似たような言葉を重ねて私を早口言葉の迷宮へ追い込もうとしている。挙句、枇杷の窮地とは――」

「違うんですか？　先生は枇杷の窮地さえ救う人ですよ。僕が言いたいのはそこです。哀れにも傷んでしまって誰も見向きもしない枇杷を先生は壮大な作り話を講じて何か尊いものででもあるかのようにすり替える。先生はそういう人です。いつだって、そうだったじゃありませんか。五十歳とかそういうことではなく、先生は昔っからそうでした」

「そうかね？」と私はそこでいささか口元がゆるんでしまったかもしれない。

「そうですよ。だから僕には分かるんです。僕が分かっているのが先生に分かりますか？僕が分かっているということを先生は分かっていない。それが僕には分かるんです」

また早口言葉である。彼が分かっているということを、私が分かっていないということを、彼は分かっている。

「いいですか、先生を分かっているなら僕にも枇杷の窮地が分かります。哀れな腐りかけた悲しき枇杷と、そんな枇杷を小賢しく小手先の小細工で小ずるく五百円で売りつける枇杷売りもまた哀れです。枇杷も哀れなら枇杷売りも哀れ。それを土産に買ってきた先生もまた悲しいです」

「なるほどな」

「どうです？　こんなにも先生を理解している僕です」

「いや、やっぱり君は何も分かっていない。というか、何故、私の話を信じない？　いや、分かるぞ。君が分かる分かると分かるの大安売りをするなら、私だってすべてを理解していると豪語したい。この際だから言ってしまうが、私はすべてを分かっている男だ」――とは言ってみたが、まぁ、本当はよく分かっていない。しかし、ここは売り言葉に買い言葉で、売買の狭間に立つ問屋は今こそ大いに問うしかない。

「君はいくつになった？　いや、いくつだって構わない。いずれにしても君はまだハナタレの成人であろう。しかし、私はもう成人ではない。老人でもない。ここだ。ここのところだ。そうした足場の悪い——君に言わせれば窮地である——まさに窮屈な孤島のようなところに立って私は周囲を見回している。その不可解さが君に分かるか？　本当に分かるか？　悔しかったら、五十年生きてみろ。百年たてばその意味分かる、と誰かが言ったが、私は今ここで君に言う。五十になればその意味分かる、と。が、五十にならなきゃ、その意味は分からない。悲しいかな、そういうことだ。いいか、アノウエ君、五十になると、時間や空間から間が抜け落ちて、時と空だけになる。それで、景色が変わってしまうのだ。それまで見ていた世界が、まるで違ったものに見える。分かるか？　間がなくなってゆく。何故なら、私こそがその『間』になってしまうからだ。成人と老人の間に立って、売り買いの狭間で問屋となって周囲に問いかけている。私はどこにも属さない。昨日にも明日にも属さない。嘆かわしいがそういうことだ。分からないだろうが分かったか？　私に分かっていることが君には分からないということが分かったか？」

「いいえ、何のことだか、さっぱり分かりません」

「そうだろうよ」

「だいたい、話があまりに込み入っていて覚えられませんよ。何でしたっけ？　時間と空間ですか？　間が抜け落ちるって、それ、何のことです？」

「だから、五十歳になれば――」

「じゃあ、人間はどうなんです？　人間からも間が抜け落ちてただのヒトになるんですか。なるほど、いま分かりました。先生は五十歳になって、人間からヒトになったんです。人間失格ですよ。そのうち、猿に後退するのかもしれない。さしずめ、この枇杷も猿が木登りして、もいできたんじゃないですか？　そんな枇杷ですよ。いや、先生、僕は逆に問いたいです。どうしてヒトはヒトに『間』なんて文字をくっつけたんでしょう？　僕はね、まだハナタレでよく分かりませんが、ヒトはヒトとヒトの間をつなごうとしたんじゃないですか？　時と時の間をつなぎ、空と空の間をつないで時間と空間を発明したように」

ふうむ。

「あのな、アノウエ君」と私は少しく声色を変えて冷静に言ってみた。「そんな壮大な話をしても仕方ないんだ。私が言いたいのは、まぁ、単純に言うと、このごろどうも物事の見え方が変わってきたという話なんだ」

「こっちの世界もですか？」

「こっちの?」

「ええ。先生が絵の中に入って、とんでもないものを見てきたというなら分かるんです」

「そうか、それは分かるのか」

「はい。だって、僕の目の前で先生は絵の中に——まぁ、ポスターですけれど、あの絵の中に消えていきましたから」

「そうなのかね?」

「そうなのかねって、先生はそこんところの認識がないんですか」

「ないんだよ、じつは」

そこで私も皿の上の月見団子を猿のようにひとつ盗み取って食べてみた。旨い。

「もうひとつよく分からんのだ。どうもこのところ、いつが朝で、いつが夜で、昨日どうしていたか、何時にどこへ行ったとか、どこからどこへ行って、どういう経路であったか——そうしたことに脈絡がなくなっている。いや、私なりに自分の記憶を辿ってみるんだが、そうすると、必ず混乱して、時間や場所のつながりがでたらめになる。いきなり食堂にいたり、美容院にいながら空を落下したり、不意に有楽町にいて枇杷を買い、いつのまにか君の寓居で団子を食っていたり——」

そこで、アノウエ君の方を見ると、彼はずいぶん真面目くさった険しい顔つきで腕を組んでいた。まだ団子が皿に残っているのに見向きもせず、何やらしきりに考え込んでいる様子である。しかし、そんなことをしても無駄である。私だってこれでずいぶん考えてみたわけで、考えに考え、あらゆる記憶を総動員した挙句にこうした混乱に陥っているのだ。したがって、そう簡単には——。

「入れ替わってるんですよ、たぶん」

何なのか、非常な確信をもってアノウエ君が唐突にそう言い出した。言いながら横目で皿の上の団子を見ている。

「絵の中の世界とこっちの世界を先生がつなげちゃったんです。それこそ先生が問屋になって、間に立って、つなげて、ごっちゃになって、何かと何かが入れ替わったりすり替わったりして、あっちのことがこっちでも起きて。問題はですね——」

「問題は?」

私はなんとなくアノウエ君が頼もしく思えてきた。一人で悶々としていたあれこれに、この甘党の男が解決の糸口を見出そうとしている。私が分かっていないことを彼は分かっているのかもしれない。それが私にも分かってきた。

「問題は、それが先生ひとりの中で起きているのではなく、先生の周囲にも波及していることです。すべてが先生の幻覚だったらいいんですが、どうもそうではないんです。現にほら、その団子ですけどね――」

そう言った途端、アノウエ君が指差した皿の上から団子が消え、入れ替わりに、天気雨を降らせた怪しげな雲を従えた月がひとつ、光ったり曇ったりしながら控えめに居座っていた。

*

そのとき、かりかりに焼き上がった香ばしいものを口にしたときの喜びが私に訪れていた。他に言いようもない。甘いとか、とろけるとか、思わず舌鼓を打つといったような旨さではなく、いささか無愛想であるが確実な味わいであった。

ああ、そうか。そういうことか――とアノウエ君の唱えた説に同意し、同意しながら、かりっと香ばしいものが口の中ではじけたのである。納得がいったというか、口腔から香ばしいものが胃の腑に落ちていったというか。

「こういったことが――」とアノウエ君は言いかけた言葉をいったん呑み込んでから慎重に続けた。「こういったことが意味するところは何でしょう?」

「こういったこと?」と、こちらも慎重に問い返す。

「決まってるじゃないですか。僕が三百七十円で購入した団子が、本物の――小さいですけれど――本物そっくりの月に化けてしまったことです」

「三百七十円というのは、また半端な額だね」

「残りものの値引き品です」

「考えようによってはアレだな、我々はいま、三百七十円で月をひとつ買ったようなものだ」

「月なんか手もとに置いても腹の足しになりませんよ。せいぜいが行灯《あんどん》がわりです。僕は団子の方が断然よかったです。花より月より団子です」

「君も、もう少し高級な団子を買っておけば、月の方も、こんなしょぼくれたものにならなかったんじゃないか?」

「僕だって色々あるんです。御存じのように驚異的な安月給なんですから」

「じゃあ、月見団子なんかしなきゃいい。簡単な話だよ」

「先生はそんなふうにすぐ話を簡単にしたがる。よくない癖です」

「いや、君は話を難しくし過ぎるよ。よくない癖だ」

「いいですか、先生。いま起きているのは、そんな簡単なことじゃないんです」

「そうなのかな？」

「だって、そうじゃないですか。先生はこの皿の上に現れた月をどう説明します？」

「さぁそれだ」

「さぁそれだ、じゃないですよ。まさか、手品とかじゃないですよね？」

アノウエ君は皿の上のミニチュアな月をじっと見ていた。ささくれだった縁側の向こうにある猫の額ガーデンから、ちょうどよく雨上がりのいい風が吹いてくる。

手品ねぇ。よし、仮に誰かが手品で団子と月をすり替えたとしよう。それにしても、この月の精巧さはどうだ。サイズを忘れたら本物と見紛う。兎《うさぎ》が餅《もち》をつく影の曖昧さも忠実に再現され、いかにも自ら発する光ではなく、太陽の光を反射した控えめな発光体である。強いてケチをつけるとすれば、いまひとつ立体感に欠けることか。が、夜空の果ての本物にしたって、それが球体であるのをしばしば忘れさせる。

「よく見ると、薄っぺらじゃないですか、この月」

アノウエ君もその点に注目しているようだった。「なるほど」と、しきりに一人で頷いては、腕を組んで納得している。「なるほど、そういうことですか」

「どういうこと？」

「たぶん、絵なんですよ、これ」

私はすでにアノウエ君の頼もしさを認めつつあったが、彼の「頼もしさ」はかなりいい気になっているようで、姿勢が四十五度角にふんぞり返っていた。このような場合、普段なら思いきり鼻っ柱をへし折ってたしなめるところだが、ここはひとつ大いに頼もしい推理を展開していただこう。

「あのですね」とアノウエ君は畳の上に座り直してさっそく自説を披露する構えになった。こういうときのアノウエ君はわずかながら座高が高くなる。つまり、無理矢理、背筋を伸ばしているわけで、座高が高ければ高いほど自説が頼りない証拠である。野良猫じゃあるまいし、虚勢を張って自分を大きく見せようとしても無駄なのに——。

「絵の中の団子は食えません」

何を言うかと思えば、アノウエ君はいきなり恨みがましい声色で私を責め立てた。

「あのな、それを言うなら、絵に描いた餅だろう」

一応、反論しておいた。そもそも皿の上に残ったのは団子でも餅でもなく、餅をつく兎がプリントされた月である。

「ええ、そうでした。餅でした。月で餅をつく兎。でも、それはこちらの勝手な幻想じゃないですか。月の上にめいめいそんな絵を思い描いているだけです。我々は、放っておいてもそうして頭の中に絵を描きます。見立てというやつです。連想ですね。月見団子なんてまさにそう。僕が研究するまでもなく、日本の茶菓子は見立てばかりですよ」

「ほう」

私は彼の言葉に光と影が逆転したような、地と図が反転したような、滑稽にして巧妙なだまし絵を見せられた思いになった。

「君はアレか、ただ単に甘党の党首を任じていたわけではなかったのか。もしかして、そうした職業的美術的見地から団子を食っていたわけか」

「まぁ、そうです」

アノウエ君の背筋がまた少し伸びていた。

「和菓子の多くは――特に茶席の上菓子なんか、素材を利用した絵ですよ。でも、月見団子はたぶん発想が逆です。つまり、どうってこともない白くて丸い団子を見ていたら、不意にそいつが月に見えたんです。それは満月の宵《よい》であったかもしれません。いにしえの甘党が縁側で団子を食おうとしたとき、空にあるものと皿の上のものが同化したんです。菓子屋が月に模した団子を作ったのではなく、甘党が――いえ、鑑賞者が画家を出し抜いたわけです」

「なるほど」と感心する私。

「だから本当はただの団子なんです」

アノウエ君がそう言った途端、皿の上の月が団子に戻ったように見えた。が、それはほんの一瞬のこと、すぐにまた月に戻って夢のようにほのかな光を放った。

「つまり、そいつを月見団子と称すれば香ばしく月と響き合います。というか、この場合はもっと面白いことになっていて、月見団子は団子に付けられた名前でありながら、行事というか、行為そのものを指しています」

「なるほど」とまた感心。

「昨日の僕は『明日あたり、月見団子でもするか』とつぶやきました。でも今日は『さぁ、月見団子でも食うか』とつぶやきました」

こうして力説するアノウエ君は、力説もまた力まかせの行為＝アクションのひとつですと言わんばかりに身振りが大きくなり、遂にはひょいと立ち上がると、縁側から庭を眺めて潮の流れでも読むような素振りを見せた。そのまま、裸足で庭へ出てゆき、それは彼がそうしたというよりも、彼の魂だけが抜け出て庭に降り立ったように見えた。

いや、待て。それとも、これもまた私が脳裏に描いた絵なのか。

猫の額より小さな庭に立っている彼の足もとには、よく見れば本当に猫がいて、その額にアノウエ君が片方の裸足を乗せ、これがなかなかどうして、それなりに幽玄な一幅の絵になっていた。魂のように身軽なので猫も苦ではないのだろう。曲芸でも披露するように額ひとつでアノウエ君を支え、アノウエ君の妙に白い裸足は絵の中の聖人の足にも似て、さて、いまさっきまで彼がどんなナリをしていたのか思い出せなかった。いまは聖人よろしく襟の白さだけが眩しい襤褸《ぼろ》を纏い、風がちょいと吹いて襤褸を震わせる芸の細かさは誰の為せる業か。これは私の見ている幻影なのか。それともアノウエ君が見ている夢なのか。あるいは額の丈夫な猫の幻覚か。いや、それとも見えざる本物の聖人の仕業か。

背筋が完全に伸びたアノウエ君は無精髭まで聖人のそれと化し、ゆっくり彼が右手をあげると、庭を囲んでいた塀と垣根が消え、うなりをあげるような勢いで果てしなくパースペクティブが拡大していった。

ふうむ。アノウエ君を貝の上に立つヴィーナスに喩えるのは気が進まないが、この展開はいかにも神の仕業に違いない。ヴィーナスではないとしても、いま目の前で何かが誕生しつつある。聖アノウエか。豪快に空間が拡大される様は、大海をまっぷたつに割ったあのモーゼの荒技を思わせる。

「すごいな、アノウエ君、どうしたんだ一体」

声をかけてみたが、聖なるアノウエは猫の額の上に片足で直立したまま何ら答えなかった。瞑目《めいもく》して画面の中央——何の画面だろう?——に猫ごと浮上している。現実の床上三十センチくらい。私の声など耳にはいらない様子で、聖なる襤褸が聖なる風に舞っていた。

そして、見よ。

いまや、アノウエ君の寓居は聖なる風に吹き飛ばされ、私のみを残し——いや、私と皿の上の月だけを残してみるみる消失してゆく。

パースペクティブを成しているのはあの大海ではない。時間なのか空間なのか、とにかく何かと何かの間にはさまれていた領域が一挙に開かれ、四方八方に爆発するように延びていった。

鳥肌が立つ。

空は夜だ。世界は夜である。夜空には月がひとつ。星は無数に。ただし、都会の薄汚い空なので、無数の星は無数の塵芥《じんかい》に覆われて、そのあらかたが見えない。

では、耳を澄まそう。

この目に見えぬ塵芥のひとつひとつが雑音のように何ごとかぼやいている。判然としないが、「ぼやき」であることは間違いない。嘆きではない。つぶやきでもない。四方八方が「ぼやき」と呼ぶにふさわしい投げやりな物言いで埋め尽くされていた。それはたぶん、アノウエ君の「ぼやき」であろう。物言いのニュアンスに覚えがある。「馬鹿馬鹿しい」とか「つまらない」とか「知りませんねぇ」とか。おそらくは「ぼやき」が理不尽なビッグ・バンを起こし、アノウエ君が抱えた一生分の「ぼやき」が炸裂して塵芥になったものと思われる。

その一方で、足もとにはミニチュアの月がそれこそ無数を超えて無限に拡がっていた。月はひとつひとつが雲を従え、さらには新月、三日月、半月、満月、半月、三日月、新月と満ちては欠けてゆく。ときおり、団子にもなったりしてやたらと目まぐるしい。目まぐるしいが目が離せない。しばし放心して見入っていたところ、聖アノウエが「行きます」とパースペクティブの彼方に向けて歩き始めた。いや、それとも、アノウエ君を額で支えている猫が歩き出したのか。

「おい、アノウエ君」と私は思わず彼の背中に声をかけた。「私は君を頼りにしているんだ。私がホームズなら君はワトソンだ。君が少年探偵団の団長で私は明智小五郎である」

「馬鹿馬鹿しいです」

「では、君がホームズでもいいぞ」

「つまらないです」

「では、私はルパンでもいい」

「知りませんねぇ」

「知らんのか？　君は子供のときに読まなかったのか？」

「僕は本より団子でしたから」

とこのとき、それまでの脈略が断たれて私は唐突に椅子に座っており、その椅子の感触は尻に覚えがあって（とは言わないだろうが）、まぁとにかく知っている椅子だった。この椅子はいつか座った椅子。どこで？　と、問うまでもなく、私は小学校の図書室にいて、どこの小学校であるか分からないが断言できた。それは、小学校の図書室に漂う独特の空気のせいだろう。どことなく有楽町の地下街の匂いにも通じ、要するに決して清浄な空気ではない。妙に落ち着くのは何ゆえか。静かなことこの上ない。暑くも寒くもなく、そこへ俗世界から隔絶された「うらぶれ感」がいい塩梅にまぶされている。

こうした図書室には、必ず子供が十人ほどで囲む長方形の机がある。私はその一角にいて、正面にはアノウエ君が座し、彼は襤褸を着たまま聖人然として難しげな本を読んでいた。『十戒』だろうか? モーゼか。あの髭の迷宮の——。

我々の他には誰もいなかった。周囲には本棚だけが並び、私が子供の頃に読みふけった「少年探偵団」と「怪盗ルパン」のシリーズ、さらには「名探偵ホームズ」のシリーズが数えきれぬほど並んでいた。いい図書室である。ここでこうして毎日、探偵と怪盗の活躍だけを読んで過ごせたら幸せだ。なぁ、そうだろう、聖アノウエ。知らないのか君は。少年探偵とホームズとルパンだ。私はこの三つのシリーズを片っ端から読んだ。しかも、表紙がどれも似ていたので、何がなんだか分からなくなってしまった少年読者の一人だ。はたして主人公は誰なのか。これがまたじつに悩ましい。探偵なのか少年なのか怪盗なのか。場合によっては正義がどこにあるのかも分からない。ときに怪盗が探偵を演じる場合もあるし、探偵が怪盗なみの変装で世間をたぶらかすこともある。ある意味、正しい混沌とも言えるが、正義なんてどこにもない、と私は子供ながらに真理を学ぶことになった。怪盗と探偵が「正義」を奪い合っている。そんな印象だった。どちらが賢いかも分からない。答えなどどこにも書いていない。どっちもどっち。探偵は怪盗を演じる力量がなければ怪盗の思惑を読みとれない。したがって、探偵はたびたび怪盗を演じる。怪盗は怪盗で探偵に負けじと超人的な身のこなしと推理を働かせる。はたしてルパンはいい人なのか悪い人なのか——などと考えてはならない。少年が探偵とはどういうことなのか——などと考えてはならない。小学校の図書室には常識など不要である。

「そういうものですか」

アノウエ君が本ではなく私の胸の内を読みとって質問してきた。分かったような分からないような微妙な顔をしている。

「そういうものだ」と私は即答しておいた。「すべては等価であって、交換可能である」

「つまり、こうですね」

言うなり、アノウエ君が片方の手で顎のあたりを掻きむしったかと思うと、顎先から口へ鼻へと勢いよく自身のツラの皮——いや、仮面か——をむしり取るように剝いでみせた。

いまのいままで聖アノウエであったのに、突然、薄皮一枚の仮面を剝いだ下から現れたのは、なんと、よりにもよって私の顔ではないか。

「こういうことなのだよ、アノウエ君」

カッカッカッと哄笑《こうしょう》と共に彼は私と化し、私をアノウエ呼ばわりしていかにも愉快そうだった。

そういうことなら致し方ない、受けて立とう、と私も顎に手をかけて薄皮を剝げば、当然のようにアノウエ君の顔が現れて私はもうアノウエ君である。アノウエ君は私。私はアノウエ君。

が、本当は私が私で向こうがアノウエ君である。それが正しい。当たり前ではないか。それはそうなのだが、顔が変われば声まで変わり、そうなってくると私がアノウエ君でもいいし、なんだったらアノウエ君が私でもいい。

ところが、私となったアノウエ君は、「本当にそうかね」と私の声を響かせて顎に手をかけ、間髪《かんはつ》を容《い》れずにさらにもう一枚薄皮を剝いでみせた。すると、美肌パックのように仮面が剝げて今度はアノウエ君の顔が出現。

「本当は僕でした」

「そうなのか」

私も急いでアノウエ君の仮面を剝いで私の顔に戻ろうとしたが、それを追い抜くようにアノウエ君はアノウエ君の仮面を剝いで私になっていた。

「どうだ参ったか、アノウエ君」――と言ったのはどちらだったろう。

私はもう私が「私」なんだか「アノウエ君」なんだか分からない。が、この際もうどちらでもいい。アノウエ君が言わんとしているのも、つまりそういうことだろう。言わなくても分かる。なにしろ私はアノウエ君でもあるのだから。

つまり、こう。

こうした交換や脱皮のようなものが、時間と空間にもあるのではないか――。

「ええ、そういうことです」

アノウエ君の返答――いや、これは私が言ったのかもしれない。

「怪人二十面相がツラの皮を次々とめくるように、時間と空間をめくって裏返したらどうなりますか」

「そいつがすなわち四次元ってヤツかね？」

「二次元に裏表があるみたいな？」

「質問に質問で答えてはならない」

「いいえ、小学校の図書室では質問も答えも同じです。ここには問屋なんてものは存在しません。問いも答えも間もありません。そうでしょう？　男と女の間の境界線も曖昧で、あらゆる越境が許されていたのが小学校の図書室です。せっかく、こういう場を借りて力説するんですから、そこのところをまず理解してもらわないと」

「君が言いたいのは子供の空想力のことか」

「いいえ。そんな手垢《てあか》にまみれた言葉は通用しません。ここは、それ以前の無垢《むく》な世界です。エデンですよ。誰もがここを通過し、誰もがこの図書室の匂いを知っています。ですが、どういうわけか大人になると――それこそ五十歳にもなってしまえば、そこへ帰る機会を逸します。何のことはない、仮面ひとつ剝げばまだ子供なのに、ツラの皮がやたらに厚くて剝ぐのもひと苦労。ホームズもルパンも少年探偵団も一緒くたになって仮面の下に封印されています。大人ぶってるだけですよ。馬鹿馬鹿しい。つまらない。知りませんねぇ――と。無表情の鉄仮面で覆って、この楽園には――このエデンにはもう二度と帰らない、帰らないのがイケてる大人の結論だと思い込んでいるんです。ところがですよ――」

アノウエ君の背筋がぐいと伸びた。

「ところが、ひとつだけ抜け道が残されていました。この図書室へ帰ってくる大人の為の装置が」

「ほう」

何の話だろう？　おかしい。私はアノウエ君のはずなのにそれは初耳である。大人の為の装置だって？

「それはですね、いいですか、一枚の絵です。いえ、一枚ではなく無数の絵です。人の内側にある何かを潤《うるお》したり揺さぶったり、ときには壊したりもする絵です」

「君が言っているのは――」

「いいえ、ただの感動ではありません」

どうやら、ことごとくこちらの胸の内を読まれているようだった。まぁ、この図書室においては私＝アノウエ君なのだから容易《たやす》いことだ。

「絵がもたらす感動とは何でしょう？　僕が思うに、それは言葉以前の感動を指します。これを『図書室以前』と命名しましょうか。いいですか？　言葉は――特に手垢にまみれた言葉は人に誤解を与えます。絵は言葉に先行しました。文字の前に絵があったんです。それは人が人間になるための最初の一歩だったかもしれない。誰かに伝えようとしたんです。誰かに残そうとしたんです」

聖アノウエはふたたび瞑目した。

「絵の世界は言葉のみならず、次元においても先行しました。それは、三次元の手前にある世界、すなわち二次元の世界です。そこに楽園の名残があります。そして、何より大事なのは三次元が二次元を含んでいること。皆、その事実を忘れています。我々の世界は二次元の世界を含んでいるんです。孕んでいると言ってもいい。いや、孕んだ以上は産みもするでしょう。当たり前ですが、すべての画家が二次元を産んできました。何度も何度も産みました。しかし、産んで産んで産みっぱなしです。育てることに関心がない。次の子づくりに忙しいからです」

「君は一体何が言いたいんだ？」

「胸の内に訊いてみてください。先生だって孕んでいるんです。知らず知らずのうちに産んでもいるでしょう。それだけじゃありません。先生は往来までしました。いや、往来の話ならこの図書室に同じような物語がいくらでもあります。先生はそこから逸脱したんです。五十歳になって不意に裏返した。表を裏に、裏を表に。たぶん無意識にでしょう。これが僕の言いたかったことです。世間的には仮説でしょうが、僕の中では定説です」

「どうして君はそんなふうに断言できるんだ？」

「だって、僕は先生ですから」

そう言って、また仮面を剝いで私の顔に変化し、さすがは我がワトソンにして少年探偵、聖人を装って私をあの図書室へ連れ戻し、互いの仮面を引っぺがして彼我の境界線を否応なく消してみせた。どこからどう見ても訳の分からない仮説を相手に納得させるには、我が彼になって彼が我になれば手っ取り早い——という仮説を彼は我に体感させた。

私は彼の力ずくの力説にあっさりねじ伏せられ、我に返るべく顔をあげてみれば、目の前の皿の上には白い団子がひとつ。しばらく眺めていたものの、いっこうに発光もしなければ雲ひとつ纏わなかった。どうやら裏返っていたものが元に戻ったようである。

「先生、どうしました？」

見れば、アノウエ君はもう襤褸を着ていなかった。きちんと靴下まで穿《は》き、猫の額ガーデンは元のみすぼらしい庭に戻っていた。図書室の匂いは残り香も感じとれない。

「はっ」——と私が遅ればせながら我に返ったときの擬音を発すると、

「何ですか、そのわざとらしい、はっ、は」

アノウエ君は残った団子を私に奪い取られないよう素早く口の中に放り込んだ。

「はがはがひい」——たぶん、「馬鹿馬鹿しい」と言ったのだろう。それはこっちのセリフである。せっかく世界が裏返る装置を見つけたというのに、皿の上のあちらとこちらをつなぐものは、アノウエ君の胃袋の中で消化されつつあった。

「あのな、我に返ったときに、はっ、と言うのが、少年探偵の定石なんだよ」

私はぼんやりして遠い目になっていたと思う。

「知らないのか、君は？」

「知りませんねぇ。何の話です？」

「いや、もういいんだ」

「よくないですよ」

アノウエ君は何も載っていない皿の上に目を凝らし、「何か言おうと思っていたんですが——」と語尾があやふやになった。「何でしたっけ？」

「絵の話だよ。二次元のね」

「僕がですか？　そんな話を？　何でまた？　というか、何で忘れちゃったんだろう？」

「食っちまったんだよ、君は」

「食っちまった？」

食っちまったがゆえに力説は語尾が曖昧になったが、私は私のために少しばかり補足することができる。それは私がシャツの類を常に――ほぼ確実に――裏返しに着てしまう男だからである。どうしてそうなるのか長らく答えが見つからなかったが、この一件を経たことで、ようやく答えの尻尾《しっぽ》をつかんだ。

私はシャツを単に裏返しに着ていたわけではないのかもしれない。そうすることで私は、自分自身をこの世の裏側へ送り出そうとしていたのだ。磁石がおよそいつでも北を指すように、私には何やらそうした裏返したものに惹かれる傾向がある。でなければ、あんなに頻繁に裏返しに着てしまうはずがない。

いや、それとも――。

無性に鳥肌が立ってきた。

まだ裏返しの意味するところは分からないが、ヒントはこうしておぼろげにつかんでいる。私のシューイから「間」なるものが消え、私自身が「間」になってしまった感慨の理由もそこにあるのかもしれない。いわば、私という男は裏でも表でもない一枚のシャツなのである。今まで考えたこともなかったが、そう考えるとしっくりくる。どうしてそんなことになってしまったのかはともかく、この世は私という一枚のシャツを「間」に挟み、裏になったり表になったりを繰り返してきた。
どうやら、そういうことらしい。

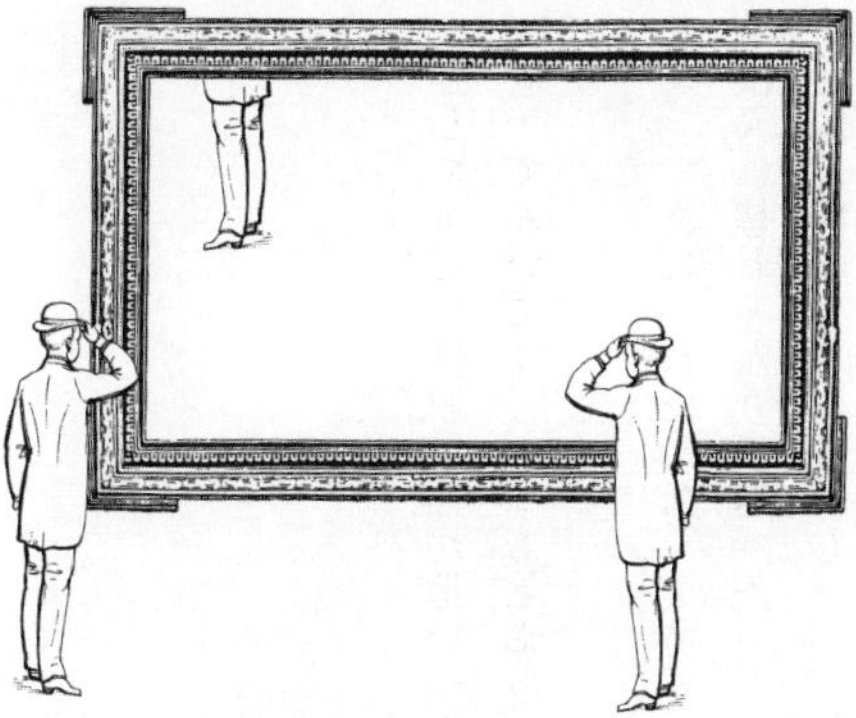

III

理屈では分かっているのにどうしても

理屈では分かっているのにどうしてもその理屈に体が追いつかないことがある。逆に言うと、体の方は至って健全で、放っておいても、いつもどおりに有楽町の地下街へ自分を運んでくれる。

過日、アノウエ君との対話によってあばかれたのは、どうやら自分というものを軸にして、空間が(時間もまた)勝手に入れ替わったり裏返ったりしているということ。なるほどそんなこともあるのかねぇ、と他人事《ひとごと》のように理解したが、ひと晩ふた晩眠ってみれば、そうした理解もカードを裏返すように絵柄が変わってしまったようである。

というのも、じつのところ私は空想科学小説の類が苦手なのである。空想と科学とどちらかひとつだけならまだしも、ふたつが手を組んで突拍子もない理屈が罷《まか》り通るのがどうもいただけない。頭がクラクラして頁を閉じたくなる。本を閉じれば体は外出を求め、外出となれば、自然と有楽町の地下街に向かっている。

ところで、地下街と地下街を結ぶ閑散とした地下道に、人の寄りつかない〈自動靴磨き〉なるものがある。自動というからには無人であり、「光沢抜群、簡単操作、両足二分」といった謳《うた》い文句がマシーンに記されている。「百円で足元スッキリ」とか。

私は元来、埃にまみれた自分のみすぼらしい靴を大いに恥じる者である。が、誰もいない地下道で、一人、機械に靴を磨かれるのは大いに物悲しい。したがって、そんな機械は見なかったことにして目を逸《そ》らす。が、逸らしても地下道には妙なものばかりあって、すぐに次なる発見がある。

たとえば、ベルトを何十本も吊るして「ベルト」とカタカナの三文字を掲げている店がある。何も間違ってはいないのだが、どういうものか、売り子の姿がどこにも見当たらない。ただベルトだけが吊るされ、それがどうかすると蛇を吊るしてあるように見えてならない。これが、うっかりすると自分のベルトにまで伝染し、私のベルトはインチキな安物であるのに、腰にスネークを巻きつけた空想に誘われてしまう。こうした危険な空想は、空想の段階で科学が近寄らないように遠ざけ、急ぎ足でその場を退散すれば、見えない蛇に締めつけられることもない。

私はようやく学習しつつあった。

何かちょっとでも異変を感じたら、さっさと身を翻す。そうしないと、とんでもないものに巻き込まれる。どうやら、そういうことらしい。

蛇から逃れた私はコーヒーを飲ませるスタンドに行き当たり、こうばしい香りが漂うカウンターにて袋詰めになった安物のパンに見入った。私は意味もなくこうしたものに見入るのが好きである。「タイムサービス品」と書かれたシールが貼ってあり、このタイムがいつ何時なのか知らないが、たぶん、大いに人が去り、大いにパンが求められる時間が去ったのであろう。見れば、ビニール袋ごしに渦巻き状や丸型のパンなどが五つばかり詰め込まれ、これがしめて五百円也。夜食用に買ってもいいが、残念ながら申し合わせたようにこの店にも売り子がいなかった。

いったいに地下道の店には商品を取り仕切る者がどうも見当たらない。皆、どこへ行ってしまうのか。そして、そのときはたして、どのようなタイムが到来しているのか。

私は大いに鼻白みながら、なおも地下道を前進してゆくと、少しく様子の違う通路が待ち受けていた。いきおい自分の靴音が大きくなり、吸い込まれるように誰もいない廊下を進んでゆく。

給湯室。電気室。消えたり点《っ》いたりを繰り返す蛍光灯。冷たい私の靴音。靴音。靴音。

そうして靴音をコツコツ数えながら行き着いたのは、一台の古びてくたびれた灰色のエレベーターだった。エレベーターの脇にはポスターが一枚。「当ビル十一階」という文字に並んで「美術館」の表示がある。はてさて、こんなところにそんなものが――。

展示の詳細を記したポスターの謳い文句を読もうとしたところへ、音もなくエレベーターが到着し、開いたドアの中を見やると誰もいない。無論、乗る者もいない。では、仕方がない。こうなったら私が乗るしかないだろう。

音もなくドアが閉まって外部の音が完全に消えた。非常なる閉塞感とともに十一階へと上昇。長い上昇である。耳がツンとなった。いわゆる耳ツンだ。耳ツンは昔からよくある。何とはなしに自分がひとまわり小さくなったような心地になり、さて、これは良くない傾向であろうが、最早どうしようもない。耳ツンはアクビをすれば治ると聞いたことがあるが、しきりにアクビをしてみるも涙が滲むのみで、おまけに顎がはずれそうになった。これまた良くない傾向である。

自動靴磨き――ベルトの蛇――袋詰めパン――タイムサービス――耳ツン――と変則的に駒を進め、結果的に私が運ばれた到達点はビルの十一階でひっそり営まれる美術館であった。

あらためてポスターを確認すると、「ただいまの期間は常設展」とのこと。「俵屋宗《たわらやそう》達《たつ》・風神雷神図（模写）」とある。ここにもまた人の気配がなく、見渡してみれば、かろうじて、入場券の販売窓口に制服を着た女がガラスごしに座っていた。耳ツンがおさまらないので、顎がはずれない程度にアクビをしながら窓口に近づき、とりあえず「あの」と女に声をかけると、女はたったいま眠りから覚めたような顔で私を見た。

「ただいまタイムサービス中でございます」

ガラスごしに事務的にそう告げられたが、しかしどうして、どこもかしこもタイムサービスなのだろう。何故、時間によってサービスが変わるのか。時間とは何ぞや。いやいや、そんな空想科学的なことはどうでもいい。よくない傾向をアクビで退治しなくては。

「タイムサービスとは何でしょうか？」と女に問うと、

「入場料千二百円が五百円になります」と女。

その冷たい声。冷たそうな細い指。色気を排した地味な制服。

私は財布を取り出して五百円を払おうとしたが、どういうわけか、いまはなき昔の五百円札が財布から何枚も出てくる。あ、この人はたしか岩倉具視《いわくらともみ》だなと思い、つい「岩倉でもいいですか」と窓口に訊くと、「それはどうでしょう?」と女はガラスごしに首をかしげた。

(何よ、それ。そんな古いもの。だから嫌なのよ、五十男は)

ガラスごしに胸の内でそう言っているのが聞こえてくるようだった。

よくない傾向である。

私は顔を赤らめ(たぶん赤らんでいたと思う)、五百円札を財布に戻すと、それならば、とばかりに財布の中の五百円玉を指先で探ってみた。たしか二枚ぐらいあったはずなのだが、財布の中から出てくるのは一九六四年に東京オリンピックを記念してつくられた千円玉ばかりで、かなり貴重なコインであるはずだが、どうしてそんなものが私の財布にジャラジャラ入っているのか分からない。

耳がツンときた。

もし、この千円玉を出してお釣りを要求したら、彼女はあからさまに私を非難するのではないか。そういえば、数寄屋橋に記念コインを買い取ってくれる店があったはずだから、そこで現行のお金に替えて支払った方が無難かもしれない。

いや、待て。なにゆえ、そんな面倒なことをする必要があるのか。

記念コインとはいえ、金銭であることに違いはなく、大体、このコインは希少価値から千円以上の値がつくはずだ。

「ちなみに――」

窓口の彼女が指先を舐めて手もとのコピー紙をめくり、視線を落としたまま私の方を見ずにこう宣告した。

「お客さまは当館が設立されてから、四万九千九百九十九人目の来館者でした。惜しいですね。もし、ちょうど五万人目に当たりましたら、箱根旅行を進呈させていただくところでした」

箱根旅行？

いや、そんなことはどうでもいい。私はなんだかすべてがどうでもよくなってきた。どうせ、私は箱根行きを逃すような男である。いやしかし、そう思うと、急に自分は箱根に行きたかった、と湿り気を帯びた無念が募ってきた。

箱根というのは、こうした偶然でもなければ行けないものである。東京に生まれて東京で五十年生きてきたが、箱根には一度しか行ったことがない。あのときも、やはり福引きとか懸賞ではなかったか。あのときは一等が当たったのだ。一等＝豪華・箱根二泊三日の旅。かつての私は、そんなものを難なく当てる男だった。ところが、五十歳になると、そういった晴れがましいことが一挙に遠のいてゆく。嘘ではない。この世界では、満五十歳の男がいかに疎外されているか、五十になればよく分かる。

テレビなんかを見ていてもそうだ。ニュース番組で報道される男たちの年齢を確認すると、五十二歳とか四十八歳の男はちょくちょく登場する。しかし、何故かしら五十ちょうどの男はまず見られない。注意していれば、誰だってその異様な差別と疎外に気付くだろう。

四十代はまだ少しツキがあった。ところが、五十歳はもう駄目だ。たぶん、五十一歳になれば元どおりになるのだろうが（そう信じる）、この一年間は駄目である。存在自体が認められていないのだから足搔《あが》いても無駄だ。私はそこにいない男であり、ここにもどこにもいない男である。財布の中身がことごとくオリンピックの記念コインだらけの男。そもそも、オリンピックとはいつの話だろう。でも、まぁいい。仕方がない。おずおずとコインを差し出すと、意外にも千円玉は問題にならず、五百円玉の釣り銭をちゃんとよこしてくれたのがまた妙だった。そうとなったら逃れられない。気が進まないが常設展でも観て帰ろう。たぶん何の変哲もない展示だろうが、そんなものが五十男にはいかにもふさわしい。

ところがである。驚いたことに、「ふさわしい」を超越するように館内にはほとんど何も展示されていなかった。ガラスのショーケース（じつに大きくて立派）の中はあらかた空っぽで、よく見ればところどころに小さな豆が散っている。この豆はいわゆる豆まきの豆で、「鬼は外」とやるときのあの豆である。まさか、この豆の展示が常設なのかと窓口の女を振り返ると、女は、まぁそういうことです、とばかりに窓口のカーテンをじゃらりと閉めた。

と同時に、

「まぁ、そういうことだな」

別の声が背後から聞こえてきた。

見れば、その声の主は鬼であり、なるほどそこに豆が散っているのだから、鬼が現れたとしても何ら不思議はない。しかし鬼は、

「いや、ジャレは鬼ではないのだ」

と自らそう宣《のたま》った。

どう見ても鬼にしか見えないが、そんなことよりも辺りが金色の光（というより金色の

闇か）に沈み、辺りというのも、ついいまさっきまでの展示室とは違って、十一階というその場所の高さだけがそこに残されていた。あとはいっさいが無である。

鬼は――ジャレなどと言っているが――この金色の闇の中で緑色の肌を輝かせ、白い髭と白い眉、上半身はほぼ裸で、肩の辺りに黒いマフラーのような布がまとわりついていた。下半身には肌の色と大差ない薄衣を纏うのみ。両足首には黄金のアンクレットというのか、手短に言えば「足輪」をはめている。これがまたどうしてなかなかよかった。私もそんなものを足にはめてみたい。何故、今までそうせずに五十年間も過ごしてきたのか。もっと早く知りたかった。

いや、足首だけではない。手首にも同じものがある。じつに格好がよろしい。ほぼ完璧と言っていい。鬼のお洒落《しゃれ》は白、緑、黒、金の色あいといい、布と金属と筋肉の物質的バランスといい、まったくもって見事である。純白の巨大な袋を手にし、鍛練された肉体を誇示している。剝き出した歯は金色に光り、頭頂には鬼の証しである一本のツノがある。

そのツノと、異様に肥大した耳によって豊かな黄金色の髪が支えられていた。いわゆるオールバックであるが、これは常に鬼の周囲に渦巻く風によるもので、この風はもちろん私の頬にも当たり、これがまたいい風なのである。

「ところで、ジャレとは何でしょう？」

一応、そこのところは訊いておいた。鬼はその肉の詰まった体とは裏腹に、ふうわりと心地よさげに宙を浮遊している。

「ああ、ジャレとは己のことだ、俺のこと、私のことな」

声がまた良かった。威圧的ではない低い声である。

「キサン、ジャレに惚れたのだろう」

キサンというのはたぶん「貴様」のことで、いつかどこかで聞いたことがあった。「お前」などと軽はずみに言わないところがまた良い。キサンときたか。良い響きではないか。ほぼ完璧だが、唯一の欠点は鼻が耳に比例してどこか獣じみた大きさであること。鼻の穴がこちらへ向けて無防備に全開になり、鼻毛が渦巻くように風にそよいでいる。ただし鼻毛も白く、その白にしても、銀を内包したような繊細なものである。いい鬼だ。鬼ではないらしいのだが。

「そう。鬼ではないのな。ジャレはキサンらが言うところの神よ。フージンとかいうのな。ジャレ、大いに困惑だ。フージンとはまた気が抜けて魂が抜けて屁が出るような名前じゃねぇ？　勝手に呼ばないでいただきたい。でもアレだ、人気があるのだジャレは。キサンらによ。何故だか分からんが、キサンらは大体が理解不能だ。なんなん？　神とかいうのもジャレとは違うぜ。無論、鬼ではない。無論、キサンらとは別物。ジャレはアレだ。化け物。箱根の出身。箱根の山の精が雲と化して生じたバケモノよ。それが西の都まで流れて捕らえられた。今で言う激写な。ナントカいう絵師が筆でモノにして、こっちの絵の世界にこうして封じられた。だから死なないねぇ。いや、ホンライのジャレがどうなったか知らんぜ。アレは死んだのかもな。まぁ、死んだな。だが、ジャレはといえばホンライのジャレではなく、あくまで描かれたジャレよ。だから、ジャレは死なない。キサンはニンゲンだから死を知っておるだろう。なんなん？　死ってなんなん？　ジャレはそいつを知りてぇのだ」

そんな究極の質問をされても答えようがない。

そんなことより、ジャレ――フージンである――の浮遊が私にも伝染し、私も次第に宙を浮遊して周囲に風が渦巻き始めた。無重力である。シューイは黄金の闇の無辺際《むへんさい》。いっさいは無。すこぶる心地よい。こうなったら、私も己を「ジャレ」などと言ってみたい。が、おそらくはココに罠がある。それをアノウエ君はあの図書室で二十面相に化けて私に説いた。好感を持ってはいけません。交歓してはいけません。交換もまた禁物です。これら三つのコーカンが時空の変転を生むのです。空想科学的にあっちとこっちが入れ替わり、表層が自在になってしまうのです——そう言っていた。

たとえば今このとき、私が自分のツラの皮をひん剝いて、

「ジャレこそがジャレなり」

とフージンの顔になれば、私がジャレになって、ジャレは私になるだろう。ジャレは死を知りたいと欲しているから、あっさりこのコーカンを受け入れてニンゲンの私になるはず。さすれば、遅くても数十年後には嫌でも死を迎える。迎えることが知ることになるかどうかは神のみぞ知るところだが——。

いや、死なんてものは死んでみなければ分からない。ただし、死んだあとは生きていないので、そのアレコレを文言化するのは不可能である。つまり、結論は簡単。死とは文言化できないものである。以上。だから、なんなん？　と訊かれても答えられない。答えた者はすべてインチキである。

もし、本物だったら、そいつはすでに死んでいることになる。空想科学的な理屈ではあるとしても。いやはや、さっさと頁を閉じて逃げ出したくなってきた。箱根に行きたい。いやいやいや、いやしくも先生と呼ばれる者が逃走したら生徒らに示しがつかない。じゃあ、

やはりここはひとつコーカンが得策ではないか。いや、駄目だ駄目だ。こうして人は悪魔とか鬼とか神とかジャレとかに魂を売ってしまうのだ。

しかし、魂とは何なのか？

「屁みたいなもん」とジャレがさっきそんなことを言った。本当にそうか？

「そうよ。魂は屁な」とジャレが言う。「逆に言うと屁は魂。交換してもまったく問題なし。屁をこくように魂をこくのも可能。魂を込めるように屁を込めるのも可能。アクビも同じ。クサメもそう。ゲップとかため息とか、アレ全部、魂。まぁ、アレだ。ヒトから漏れ出た見えない気はこれすべて魂な。まぁ、ジャレが仕切ってる風も同じよ。ジャレはまぁ、じつのところ魂が専門で、風っていうのはヒト用のサービスだ。だって、ヒトって変じゃねぇ？　魂のことは分からないとか言うくせに、風のことは認識している。風だって見えねぇのによ。なんなん？　風が分かって、なんで魂が分からんのか分からん。たぶん、アレだ、魂ってのがヒトに属していると思ってるからだ。ところがどっこい、魂は風と同じで流れている。出たり入ったり、入れ替わっている。収まってない。屁と同じだ。じゃないと腐る。ジャレは、この腐るってのを何とかする係。腐るってのはアレだ。死の一歩手前のこと。ある意味、最終形っていうか。まぁ、行き着く先な。でも、アレだ、死にたくねぇんだよな、ヒトは。死が何だか分かんないが、そいつはイヤなのな。ここがジャレには面白い。ヒトってなかなかカワイクねぇ？　羨ましいよ、まったく。だからまぁ、ジャレも文句ひとつ言わないで気を流す。ホントはちょいと言いたいが、人気があるから、ジャレは。しょうがねぇ、どんどん流してやらぁ。吹いてやる。入れ替えてやる。腐らないように守ってやる。それでまぁ神なんて呼ばれる。本当は化け物なんだが、鬼じゃねぇぜ。鬼こそヒトの中に棲《す》むもんだから。しかも、ヒトの中から決して出てこない。ヤバいよ、鬼は。ジャレはそういうのと違う。だから、間違えて豆とか投げるのはやめて欲しい。いてぇから。裸だから、ジャレは」

とこうしてフージンの話が延々と続けられる中、私は広大無辺なる空間に浮遊し、東西南北も緯度も経度も失って、すでにもう地球にいる実感がなくなっていた。といって、ここはまだあの世ではない。まぁ、アノウエ君が言うところの絵の中にいると考えるのが妥当で、そうとなれば、言うまでもなく、目の前のフージンはあの「風神・雷神」のフージンということになろう。では、ライジンの方はどうなったのかと探してみたが、それらしい姿はどこにもない。少しく気になって、そのあたりをフージンに訊いてみたところ、

「しばらく会ってないいな」

妙に素っ気なく答えた。

「たまに会うけど、アイツはアイツだから」

「ということは、いつも一緒にいるわけでは――」

「ないね。仕事っていうか、役割が別だし、会うとか会わないとかってあまり関係ないのな。まぁ、そっちから眺めたとき、ジャレらが並んで見えるってことは知ってるが、それはそっちの概念でね。あと、ジャレらは模写とか印刷物とかが膨大にある。これがジャレらにはややこしい。特に模写な。模写ってなんなん？　というより、ジャレらが模写の可能性もあるわけで、なんか、ジャレらのモノホンは国の宝みたいなことになってるし、絵とかナントカじゃなく、宝なのな。宝ってなんなん？　とにかくそういう事情が面倒なんで、ジャレらはもう放棄したよ。ひとつところに収まるのを。魂と一緒な。つまり、モノホンもニセモンもひとつになって、沢山の空間が折り重なってジャレらはココにいる。ナニ言ってんのか分からんだろう？　こういうのって、分かろうとすると分からなくなるし、分からなくていいやと放棄すると一発で分かる。要はひとつじゃないってことだ。ジャレは一体じゃないし、ライジンなんか二百体くらいいるんじゃねぇ？」

ふうむ。これは前回も感じたことであるが、絵の中の空間というのはどうやら我々の世界のそれとはまったく別物であるようだ。絵として眺めたとき、風神と雷神が並んでいるからといって、絵の中でも同じように並んでいるとは限らない。そこまではなんとなく分かった。「折り重なって」というのも二次元的な物言いで、しかし、模写とオリジナルがどのように共存しているのか今ひとつ分からない。そして、今回はいつどのようにして絵の中に入り込んでしまったのかまるで自覚がない。メヲサラをさす間もなかった。私としてはかなり警戒していたのだが、振り返ってみると、やはりエレベーターの中の耳ツンが怪しい。しかし、耳ツンだけで絵の中に入ってしまうとは、はたしてどのような空想科学的理屈か。

あるいは、耳ツンではなく上昇したことが関係しているのかもしれない。たしかに絵の中の風神・雷神は、地上ではなく、おそらくは空中を舞って対峙している。

それともうひとつ――。

フージンの言うことがそのとおりなら、ジャレは絵師によって「捕らえられた」と表現した。「封じられた」とも言っていた。「だから死なねぇ」とも。ここで俄然、絵師の存在が気になってくる。はたして、絵師はこの空間を把握しているのか。把握と構築は絵を描くにあたってどういう関係にあるのか。もしくは、絵師の描き方や技術・技法といったものが、絵の中の空間に影響を及ぼしているのか。

たとえば、風神と雷神が、じつは別々に描かれた二枚の絵をつなぎ合わせたものだったらどうだろう？　はたして彼らは同じ空間を共有できるのか。いや、もっと端的に言うと、二次元同士はお互いを認識し合っているのか。それとも、それらはセパレートな個々の世界なんだろうか。平面世界はそれぞれに独立し、我々のこの世界のように連続、連携を持たないのか——。

「ここは、ほとんど死の世界なんじゃねえのって思うよ」

突然、フージンがそう言った。

「だから、ジャレは死について学びたい。ジャレらは死そのものではないから。いつまでたっても死なねぇ。キサンらの世界で勘定すれば、かれこれ四百年近くこのままなんじゃねぇ？　これってもう絵の表っかわとは違う話な。ぶっちゃけ、絵が燃えたからって、その世界が消滅するわけじゃない。模写や写真が二次元には山ほど残されている。複写ってのは三次元の方がよっぽど不自由なのな。二次元のコピーは簡単だが、三次元の予備は疑似的なものでしかない。それこそ、魂が違うわけな」

「その——」と私はここぞとばかりに切り出してみた。「その、ほとんど死の世界というか、二次元の絵の世界は、ひとつにまとまってつながっているんだろうか」

「そうね、つながってんじゃねぇの」フージンはやや口ごもって答えた。「はっきり分からんのよ。さっき言ったようにジャレらにはそれぞれ持ち場ってもんがあるから。そりゃあ、ジャレだってちょいと奥へ引っ込んで、裏庭から隣へ脱け出してみたいもんだが、それをやると、こっちの表側からジャレが消えちまう。つまり、アレだ。キサンらの世界の絵や写真やら何やらから、しばらくジャレが消滅するわけだ。そしたら大変な騒ぎになるんじゃねぇ？　風神が消えたってよ」

なるほど、たしかにそれはそうだ。

「まぁ、言ってしまうが――」

とフージンは前置きすると、しばしそっぽを向いてから、

「ジャレではなくキサンが絵の奥の裏庭に分け入ればいいんじゃねぇ？」

こちらを見透かしたようにそう言った。しかし、そんなことが可能なんだろうか。

「可能よ。ていうか、キサン、アレだろ、娑婆《しゃば》のおヒト。シャバ人は滅多にこっちにやって来ねぇんだが、たまにいるのな、迷い込んじまう変なシャバ人。それってアレだ。キサンは疑似的に死んでんじゃねぇ？　たぶんそう。これは勘な。何度も言うけどジャレは死

が分からんからよ。分からんけど言い当てるのが得意。分からんから考えるし、考えると少し分かる。で、思うに、キサンのような生死の中間に立ったどっちつかずのモドキがな、ちょうどいい塩梅に絵の中を自由に徘徊できる。これもまぁ勘な」

この「モドキ」という言葉を口にしたとき、少しばかりフージンの目に光が宿ったように感じられた。

「モドキなのだ、こっちの世界は。ジャレにしてもよ。しょせんは模写だから。でも、アレな。モノホンと呼ばれてるものも、結局のところ三次元の写しな。まぁ、絵の世界に写しじゃないものはないわけだ。だろう？　想像力とかナントカそんなものはよ、はっ！　鷹の爪にでもさらわれちまえ。想像力ってのはアレだ。じつのところ後天的なものよ。しょせん、写しの変種。まぁ、想像力だけで描いたなんてアホぬかしてる野郎どもはそう思ってないだろうが、ジャレは教えてやらん。思い込んでおればいい。意地悪なのだった、ジャレは。うぱぱぱ」

うぱぱぱ——というのがどうやらフージンの笑い声のようであった。

「ここはよ、ウツシでつくられた世界だ。モドキによるモドキの世界。そこにキサンが難なく入り込んだってことはキサン自身がモドキである証拠じゃねぇ？　いやいや、恥じることなどナイのだ。恥じるなよ、キサン。キサンは見どころがある。な？　誰でもよ、あるところから先へ行こうとすると、ここを避けては通れんのだ。ジャレはそう考える」

そうしてフージンは緑色の陰影を帯びた肉づきのいい両腕をがっしりと組んだ。

「ジャレは考えよう。いろいろ分からんからよ。思うに、そこんところをすっ飛ばして生きるのはツマランぜ。ジャレなんかもう四百年もこうしているから退屈でツマラン。でも、アレよ。ツマラナイってのは、ホントはイイことなんじゃねぇ？　だって、キサンらの世界では詰まる方が困るんじゃねぇか？　管みたいなもんがよ、いっぱいあるだろうが、キサンらの世界は。水道管が詰まったとか血管が詰まるのは恐いとか、いつもそんなことを恐れてる。キサンらはとにかく詰まりたくないのな。なのに、急にツマラナイとか言い出す。アレってなんなん？　大きな声出して、ツマランとか怒りまくって。のたうち回ったりしてよ。つまらないつまらないと言いながら床の上でジタバタするガキとか。ま、ガキは仕方ないか。ガキはまだ、あんま生きてないからよ。けど、五十年も生きてきたイイ大人が、簡単にツマラナイとか嘆くだろ。するとよ、キサンのようにこうした『迷いどころ』へ来ちまうわけだ」

「迷いどころ？」

「勘な。そんな名前で呼んでみたりして。でも、意外と当たってんじゃねぇ？　だって、迷ってんだろ？　迷ってさまよって、挙句、こういうところへ来ちまう。キサンはアレだ、見たところ理屈ばかり言う輩《やから》。口に出して言わんでも、頭ン中では屁理屈ばかり考える。図星だろうが。おう？　うぱぱぱぱ。でな、理屈っていうのはアレだ。屁のような理屈。でもって、屁は魂な。じゃあ、屁理屈ってのは魂のこもった理屈なのかっていうと、これが全然違う。なんなん？　ジャレが死を分からんように、キサンらが屁を理解しておらんからそうなる。キサンらは気の流れというものをまったく理解してない。あのな、いま一度言うが、流れているのだ。全部よぉ。すべてはツマラナイ。ツマランのだ。流れてる。それがあるべき世界よ。他のことはどうでもいい。好きなようにやったらいい。ジャレなんかそう。何であれ、イカしたもんがイイからね。好きなようにやらしていただく。ジジむさいのはたまらん。イヤだよまったく。歳はとりたくねぇ、なんて言ってるうちに四百歳だ。キサンなんか四百歳になったらどうなん？　分からんだろう。ま、アレだ。達観っていうか観念っていうか、いわゆる諦め、垢抜けるってヤツだ。四百年経って、ようやっと垢抜けた大人の仲間入りだ。ツマランを愛でるようになりました。ま、言ってみればジャレはツマラン化け物。キサンのように心の底でツマランとか嘆いているキャツラに喝を食らわすも係。な？　詰まらなくて大いに結構。詰まってどうするって話だ。そこで、急に話が戻るが、要は屁を我慢せんでいい。これはアレだ、尻の穴に限った話じゃない。穴という穴から出るものすべて。すべては貯めたり溜まったりしたらイカン。流れに身を委ね――まぁ、流れっていうのはつまりジャレのことだが、ジャレのこうした言うこと為すことに身を委ねて流せばいい。どんどん流せ。な？」

　そこでフージンは「流せ」というひとことをゆっくり時間をかけ、細く尾を引くように、そして下界の隅々にまで染み渡るよう、細めた口の先からゆるゆると吐き出した。少し泣いているような声で。泣いているように声がかすれ、泣いているように声に願いがこめられた。

「なーがーせー」と、声にともなって風がそよぎ、フージンの纏う衣が波打つと、緑色のたくましい腿《もも》が露になった。

「おう？　聞こえるか、ジャレの声がよ」

　フージンは下界に話しかけているようだった。

「聞こえるか、この声が。ジャレはよ、こうして四百年もキサンらにこのことを伝えてきた。風のことをな。だけどな、難しいことは何も言っておらんのに、言っても言っても、通じん通じん、通らん通らん。哀しいよジャレは。涙出るよジャレは。な？　少しは静かに聞きたまえ。耳を澄ましてよ、キサンらの中に風を通せ。なぜ通さぬ？　何ゆえいちいちとどめる？　何ゆえいちいちこだわる？　何ゆえいちいち停滞する？　なんなんいったい？　そんなことじゃイカンのだ。キサンらは四百年も生きられぬ。何も分からぬまま死に至る。四百年生きたジャレにも分からんのだから。死ってなんなん？　いや、生ってなんなん？　そんなにイイもんなん？　生きるために何かが欲しいわけか。それは何だ。ジャレに教えてくれ。ジャレはそいつを知りたい」

そこまで言うと、フージンは「ふっ」と息をつき、それからしばらくのあいだ、ただ放心しているようだった。どうやら疲れてしまったらしい。「よよよよ」と変な声を出し、それから眠たげな目でこちらを見て、「だからよぉ」と太い親指を立てて自らの背後を指した。

「行ってみたらいいんじゃねぇ？　ジャレは大きな声では言えんけど、表向きは神ということになってるから、いろいろアレで――」

言い終えぬうちに、突然、それまでと違った澄まし顔となり、自在に動かしていた体中の筋肉を静止させておなじみのポーズをとった。いわゆるあの「風神」の様相へ戻ったというか、絵の中に収まったというか。流れていたものが静止して、風もすっかりやんだようである。

が、私はそうした様を絵の外から傍観していたわけではない。依然として私自身も絵の中にいて、彼と私は明らかに同じひとつの空気に浸されていた。彼が親指で示した背後の奥がそこにあったし、「行ってみたら」と勧められたのだから、ここは言うとおり絵の裏庭に出てゆくのが筋だろう。

それにフージンに言われずとも、すでに私は絵の奥の裏庭のような場所を、束の間、経験したように思う。ダ・ヴィンチの絵の奥にあった町と、ワイエスの絵の地下にあった入り組んだ隘路と。

前者は雨降る町で、後者は水を抜かれた湿り気が残るプールのような空間だった。が、水気ということでいえば、フージンと対話をしたこの場所は、足もとに雲と見える漠然とした舞台があった。雲もまた水の化けたものであり、偶然ではあるとしても、こちらの渇いた胸の内を見透かしたようにいつでも水がひたひたと道行きを潤してくれる。

あとはもう闇だ。

周囲のすべてが闇なのだが、どこかしら金箔を散らしたような豪奢《ごうしゃ》が匂う。金と闇が混合したおもむきのある黒い壁がそびえ、壁はそこに無いのにあるようで、あると見立てた壁づたいに進んでゆくと、自ずと風神が「奥」と示したところへ近づいた。奥への道行きは基本的に無音であるようだが、蜂が飛んでいるようなぶんぶんいう雑音が自分の内耳から聞こえてくる。

あるいは、この闇の壁は蜂の密集によってつくられているのでは、という突拍子もない想像がなおさら音を際立てる。全体が闇であるところへ、さらに闇の壁が両側に立ち、壁が蜂の如き唸りをあげて、その中を静々とゆく。

すると、やがて闇の色が甘く溶けるように変化を遂げ、音も消え、水羊羹《みずようかん》を思わせる淡い薄墨の中に自分はいた。そしてそこからさらに闇の頁を一枚一枚めくってゆくと、闇は薄鼠色のさまざまな階調によって立体感を帯び、ようやく闇に慣れた目で確認すると、そこはいつのまにか山あいの荒れ地なのであった。そして、そうと知った途端、首筋をなぶる冷たい風が背中に流れる嫌な汗を冷やした。

こういうとき私は、大抵、たぬきうどんを食べたくなる。どういう連想からそうなるのか知らないが、心もとない暗所に立たされて風が冷たいとなれば、大して空腹でなくても、たぬきうどん乃至《ないし》はそれに準ずるものを食したくなる。本当は鍋焼きうどんが最良なのだが、この際、贅沢は言えない。こんな荒野の吹きさらしに都合よく鍋焼きうどんが忽然《こつぜん》と現れるとは思えない。

ただし、この荒野——といっても、やはりこれもまた絵なのだろう——には、どういうものか電信柱なんぞが配され、フージンからの連想で電気など通じない荒廃地を想ったが、どうやらそうでもないらしい。耳を澄ますと、夜更けの鉄路を往《ゆ》く列車の走行音が聞こえてきた。

ということは、ここは人里なのかもしれない。

電信柱にはやはり街灯がつきもので、街灯のもとには夜鳴きそばというより、そこだけ時代がフージンの世に傾いているのか、「夜鷹《よたか》そば」とでも表したい風情の屋台がひとつ、こちらが想えば現れる。醬油とかつお節のだしの匂いを想えば漂い出し、荒野の真ん中にこうしたそば屋がある不思議を、まぁ、絵の中なら起こりうるかと納得したら、本当に現れた。

なにしろ、ここは絵の中の世界の裏庭である。

そこに夜鷹そばが店を開いていれば冷えた体にはお誂《あつら》え向きで、「蕎麦」と墨書きされた看板を兼ねた行灯に歩み寄り、あたたかな街灯のもと、さっそく、たぬきうどんを注文すれば、注文するからには受けて立つ店の者がいる。「おう、たぬきうろん」と「うどん」を「うろん」と称して相槌を打った。いいねぇ、とこちらはなかなかいい気分になってきた。匂いも周囲のほの暗さも店の主人の物腰もまた、いちいち絵になって悪くない。見れば、主人は髷を結っていた。夜鷹そばとなれば、当然、時代がかってそういうことになり、しかもこの屋台というのが落ち着いてよく見れば、じつに精巧に作られている。立方体の行灯と立方体の木箱を組み合わせ、ところどころが空白になって抜け落ちている。大きさで言うとジャングルジムの中に迷い込んだ感じだろうか。

ルービックキューブという立体パズルがあるが、あれをジャングルジムの大きさにまで拡大した感じである。組み上げられた木箱が建築物としての基礎を損なわないよう、いくつか適当に間引かれているのがミソだ。それで風通しもよくなり、ところどころ露呈した木箱の面がうどんを載せるカウンター代わりにもなっている。照明はほのかな行灯のあかりで、ジャングルジムの中はいくつかの狭い空間に仕切られて、おそらくこの仕掛けは店をたたむときにも功を奏す。きわめて短時間のうちにキューブをまとめ、全体の半分ほどの大きさに縮小してしまえる。これはどこかエッシャーのだまし絵の中に紛れ込んだようで、内と外の区別が曖昧なところも屋台の妙を踏襲して過不足がない。

しきりに感心していたところ、この虫食いだらけの立方体の中に、屋台の主とは別にもうひとり誰かいることに気付いた。そばをすすっているから客であろう。うしろ姿が拝め、立方体が幾つか組み合わさった向こう側にぼんやりと見え隠れしていた。

で、注文したたぬきうどんが出来上がるまでのあいだ、ちょいと顔でも見てやろうとこちらが移動しかけた途端、その客の姿がすっと消えた。さて、どこへ行ったのかと耳を澄ませば、意外や、足もとからそばをすする音が聞こえてくる。ややっと視線を落とすと、いまそこにいた客が私の下にいて、下というのは私の足の裏を指し、足の裏にもうひとりの客の足の裏が重ね合わされている。つまり、私から見れば、その客は地下空間へ向けて倒立した状態でそばをすすっていた。

これは、私の体重を支えていたキューブがプラスティック製の半透明の立方体だったからである。半透明ゆえに克明に地下が見え、一体どうなっているのかと驚きながらしゃがみ込んで確かめると、地下と思えたものはこちらと同じ屋台の中のようだった。ただし、すべてが倒立している。半透明のプラスティック板ごしに目を凝らせば、足の裏の客は男性で、すぐに見てとれる特徴として髪が燃えるように輝いていた。彼はまだこちらの視線に気付いていない。

その男は——そうか、あの男ではないか。

おい、と声をかけてみるが届かない。

それで、たぬきうどんはひとまずおき、どこか他にも同様の透明キューブはないかと屋台の地面を這いずり回ると、あったありました、しかも把手《とって》まで付いているところから察せられるとおり、そこを開いてこちらからあちらへ行ける模様。まぁ、流れからしても「行け」ということであろう。

把手に手を掛けて引いてみると、立方体の一面が扉のように開き、これがまたちょうど自分ひとりがくぐり抜けられる大きさ。事態としては地下へ垂直に降りてゆくわけで、地下の側から見れば、向こうの地下が「こちら」に当たる。つまり、向こうにしてみれば地下から私の首が生えてくる格好である。我ながら気味が悪いが、実際、首を突っ込んでみると、突っ込んだところから重力のかかり具合が反転し、地下へ落下するのではなく、地下から自分の体を引きずりあげるようにして向こう側へと抜け出た。

抜け出たところで、そこは同じ屋台。同じ屋台の親父が私のたぬきうどんをこしらえ、匂いも空気の感触もまるで変わらない。ただ、すぐそこに「あの男」がいて、突然足もとから現れた私を認めると、すすったそばを口の中へ押し込みながら声ならぬ声をあげた。

大層、驚いている。こちらもまぁそれなりに驚いているから、双方とも驚くばかりで、なかなか事態の理解に至らない。

いや、もう理解なんぞは放棄すべきだろう。ここは絵の中の世界で、画家の思惑ひとつで自在に天地がひっくり返る。エッシャーの名を持ち出すまでもなく、我々の三次元で不可能なことがここではどうにでもなる。

しかしだ。目の前に「おまちどぉ」と差し出されたうどんの味気なさはどうだろう。見てくれは、湯気まで上出来であるのに、うどんを箸で口に運んだ瞬間から嘘くさいものになりさがった。香りこそ近くても、舌触りも違えば歯ごたえもことごとく本物のそれとは違う。うどんを食うシチュエーションとしては申し分ないし、丼の重さまで忠実であるのに、だからこそ味の幻滅がはなはだしい。

「まずいね」

私は率直な感想を輝くような髪の男に告げた。すると男は短く頷いて同意し、その様子から、彼が間違いなく絵の奥の裏庭で会ったあの男であると判断できた。強いて言うと、どこか様子がおかしく、それが何であるかと考えていたら、前回と違ってどことなく和風なのである。前回も前々回も男は明らかな西洋人で、それもかなり過去の時間に属する者ではないかと察せられた。今回もまた過去うんぬんの部分は同じなのだが、「明らかな西洋人」の部分が揺らいでいる。

たとえば、毛髪の様子は変わりなくても、瞳が黒く、着ているものがわずかながら着物風である。このあたりの微妙さは感覚的なもので、はっきりそれと指摘できるものではないが、こうした男が日本にいたとして――現に夜鷹そばの屋台にいるわけだが――それほど大きな違和感はない。適当に馴染んでいるというか、わざとらしさがなく、カメレオンの皮膚が変化するように男もここへ来て自然とそうなっている印象があった。

どうにもまずい「うどんモドキ」を嫌々食いながら、男は男で私を観察するうち、コイツは前に会ったことがあるぞと思い出したようである。不意に態度を変えると、慌ただしく丼の上に箸を置き、何も言わずにそそくさと屋台から出てゆこうとした。私は箸を投げ捨て、即、追いかける体勢になったが、背後から屋台の主が蜘蛛の糸のようなものを投げて、何と、私を搦めとるではないか。

「待てっ」と叫んでいる。

何故だ？　いや、そうか。無銭飲食への対処であるのか。それにしても、この蜘蛛の糸のようなものがじつに強靭で、どうにもこうにも身動きが出来なくなってしまった。

「銭っ！」と背中から響く声は、はて？　意外にも女の声で聞き覚えがある。糸に絡まりながら振り向くと、あの女が――あの美術館のチケット売りの女が、少年探偵団を翻弄する怪奇蜘蛛女といった風情で涼しげな笑みを浮かべていた。両眼を覆う黒仮面。露出した鼻と口には蜘蛛の巣状の入れ墨が縦横に走り、彼女は（怪奇蜘蛛女を「彼女」と称するのもおかしいが）、「銭っ！」といまいちど執拗に要求してきた。

夜鷹そばの代価は、たしか十六文と相場が決まっている。しかし、私の財布には東京オリンピックの記念コイン＝千円玉しかない。いや待て、そうではなかった。まさにこの蜘蛛女＝チケット売りの女が私の差し出した千円玉にお釣りをくれたではないか。とはいうものの、この時代がかった屋台でその手のコインが通用するものだろうか。それともそんなものしか通用しないのが絵の中の世界なのだろうか。

いったい誰なんだ――と恨みがましく私は訴えた。この世界というか、こんな奇怪な絵を描いた絵描きはどこのどいつか。「蜘蛛女」に「夜鷹そば」とはどんな意図による組み合わせか。いや、待てよ。そのふたつが「女郎」なる言葉で結ばれやしないか。私の勝手な連想であるが、落語なんぞに登場する夜鷹そばの屋台には落ちぶれた女郎がよく似合う。というか、落ちぶれた遊女の行く末が夜鷹ではなかったか。いや、別に落ちぶれてなくてもいいのだが、彼女が少し蓮っ葉な、いわゆる小股の切れ上がったいい女であれば、それが女郎蜘蛛の化身であったとしても男は自ら望んであっさり搦めとられる。がらがら音をたてて身を持ち崩す。それもまた悪くない——と心が揺れたところで、示し合わせたように糸の緊張が緩み、ほんの一瞬だけ掠《かす》めた私の奥深いところに湧いた欲情も萎《な》えて、振り向けば女も男もそこにいない。

物語が消えた。

場と時が消えた。屋台を成していた立方体も消え、そうした糸というか意図というのか、絵描きの思惑からも自由になり、より根源的な巨大キューブ体の中に私は浮遊していた。

ふうむ。空間ではなく時間の方を振り返ってみれば、要するにこれは、いずことも知れぬ闇の中で狐に化かされた一幕なのかもしれない。自分が置かれたこの立方体は天地左右が定まらず、宇宙空間を遊泳する廃棄された人工衛星のようである。周囲は相変わらず闇のままで、となると、あの男はどこへ消えたのか。行方を追いたいが、キューブから闇へ顔を突き出しても、冷気が頬をなぶるのみで男の姿はあとかたもない。

魂を抜かれたような心地で闇を眺めていたところ、やがて時を司るものが見切りをつけたように雷鳴がひとつ響いた。おう、やっと来たか。と同時に光もまた——。

予測された登場とはいえ、静まり返った闇の中にいきなり鋭い稲光が走り、「名乗るまでもないのでしょうが」とひとつ声があって、彼はまずは大きな白いヘソからおでましになった。ヘソから登場するところがいかにも雷の神様である。

「鬼ではないのでした」

と（鬼ではない）小さな神様は宣い、絵で見知ってはいたが、ライジンの白い肌の輝きに、みるみる辺りの闇が負けていった。

「モレは――」

「ライジンですね？」

私は真っ先に言い当てた。ジャレではなく、モレというのがオノレのことなのだろう。

「やはり知っていたのでしたか。モレは有名だからでしょう」

喋り方にかなり癖がある。

「言っておきたいのでした。モレが持っていますコレは、ダンベルではないのでした」

言われてみれば、たしかに小ぶりの黒いバーベルのようなものを両手に持っている。フージン同様、これ見よがしの筋肉と相まって、遠目には体を鍛えているヒッピー風の変な男にしか見えない。が、至近距離で確認すると、二本のツノがしっかり生え、フージンとお揃いの腕輪と足輪が、じつに渋くゴールドに輝いていた。加えて、ライジンといえば背後にめぐらされた小太鼓の妙である。

「そうです、これは太鼓なのでした。叩くのです。これで叩くのでした。この黒いもので太鼓を叩くのです」

なるほど、それにしても小さくて叩きづらそうである。

「そうなのでした。叩きづらいです。難しいのでした。ので、鍛練するのでした」

絵で見ている限り、まぁこんなものかと思っていたが、実際に目の当たりにすると、ライジンの言うとおり太鼓も小さければ叩くための「黒いもの」も非常に小さい。ライジン自体が思っていたより小柄で、この小さな楽器で、あの雷鳴の轟きをモノにするのは相当な努力を要すると思われた。

「まったくそうでした。モレは言いたいです。モレを描いた絵師は何ゆえこのような使いにくい太鼓にしたのでしたか。キツイでした。裸だし裸足だし、砂利道とか歩くと痛いのでした。鬼！と罵《ののし》られ、太鼓とか勝手に叩く親父とかいるのです。ツライでした。その点、フージンは――」

「そういえば、フージンが、二人はあまり会ってないとか――」

「役割が違うのでした。すなわち、職場が違うのです。絵の中では一緒でも、それぞれに役割が忙しいのでした。会えぬのです。会えぬのです。会えぬのでした。モレはフージンが好きであります。羨ましく思うのです。彼はどこか自由で、体も緑色で奇麗でした。髪の色も金色であります。何より、モレの面倒をいろいろ見てくれるのでした。太鼓を磨いてくれるのでした。絵ではモレの方が上の方にいたりして、人気もモレの方が上だとフージンは言いますが、違う違う」

ライジンが激しくかぶりを振ったため、頭髪が太鼓に当たって、すさまじい雷鳴が下界(が足もとに広がっている)に轟いた。

「その役割というのは?」と訊くと、

「落とすのでした」

「落とす? あ、稲妻を」

「違う違う」とまた頭髪が太鼓に当たりまくって乱打につぐ乱打。「そうではなく、怒りを落とすのでした。それが役割でした」

「では、雷鳴とはつまり怒りのことですか」

「モレの頭にはもともと麗しい冠があったのでしたが、あるとき、怒髪天《どはつてん》を衝《つ》いてどこかに落としてしまったのでした。それが惜しい。悔しい。ツライ。キツイ。悲しい。ので、下界に知らしめたいのでした」

「その――怒髪天を衝いたのは何故だったんでしょう？」

「あるときモレは思ったのでした。ヒトはすぐに恐怖を忘れたがる。ので、ヒトはすぐに悲哀を忘れたがる。ので、ヒトはすぐに罪悪を忘れたがる。ので、ヒトはすぐに死を忘れたがる。ので、駄目でした。それは良くないでした」

「死を――」

フージンは死が「分からん」と言っていたが、はたしてライジンは理解しているのだろうか。

「はい。死は恐怖であり悲哀であり、ときに罪悪の結果でありました。つまりモレの怒りの源でした。モレの背負う太鼓とは太古のこと。太鼓を打つバチは罰のこと。太古とはつまり死人の世。罪深き現世に天罰を下すべく太古が轟くのでした。モレの冠はいまいずこ。いつかふたたびこのツノを隠すあの麗しい冠が戻るまで、モレは何度でも何度でも下界に太古を落とすのでした」

＊

さて、しかるべき時が来て、音もなく舞台が回りゆくとき、いつでもその速度が問題になってくる。素早くでもなくゆっくりでもなく。ゆっくりと素早く。そんな音楽記号はないだろうが、ゆっくり素早く矛盾を巻き込んで、見えない回り舞台が回ってゆく――。

その見えない舞台の上で、重力の束縛から解かれて宙に浮くライジンは、

「何度でも下界に太古を落とすのでした」

と、絵の中の見慣れた構えで、その一行のセリフを口にしたまま回りつづけた。

「何度でも何度でも」と、言葉もまた螺旋《らせん》を描き、しかし、ゆっくりと素早く回りながら、ライジンの姿は闇の中へ呑まれてゆく。回りながら遠ざかっていった。

と、入れ替わりに闇の中から何が現れるのかと待機していると、何のことはない、私もまた回っているようで、自分も宙に浮いたまま、その場の空気と一緒に闇の濃い方へと移

動していた。いよいよ漆黒の中へ突入している。ゆっくりと素早く、ひんやりと厳かに闇に呑まれてゆく。

その感触は、子供だましの移動装置でお化け屋敷の中に入ってゆく心地で、しかし、いざ闇に全身が浸されると、子供だましではない本物の恐怖が私の鳥肌を呼び覚ました。

この変転を、なんと名付けよう。

「本物の子供だまし」とでも――。

近づく何ものかと、遠のく何ものかがあり、遠のく彼方から風の名残が吹いて頬をつるんと撫でた。つづいて、小さな稲妻が走ったあとに、対岸の出来事の如く遠雷が響く。

どうやら二人の神様は私から遠くなったようである。いや、彼らが遠ざかったのではなく、私の方が彼らから離れつつあった。

体感が変化していた。回転に巻き込まれた感覚は去り、代わって、夜の川を小舟で進むような運動に乗せられていた。私自身は何の運動もしていない。というより、重力の足かせを失っているので、体を動かすために踏ん張る地面がない。鳥ではないので羽ばたくわけにもいかず、回転していようが直進していようが、その流れに身を任すしかない。

にしても、闇が濃いゆえ、しかと確認できなかったが、実際のところ、すぐそこに川が流れ、ということは、やはり水に誘導されながら次なる場面に向かおうとしているようだった。

ようやく私も察しがついてきた。衣服のポケットというポケットに闇がひたひた入り込み、それから少しずつ息苦しくなってきて、たまらなくなって深呼吸をすると、肺の中に闇が——それも冥界《めいかい》から漂ってきたような闇が——やはり、ひたひたじわじわと充たされてきた。

見れば、私を運ぶ舟のかたちが脳裏に描けるほど立体感を帯び、舟がこうして子供だましから本物へ近づけば、水もまた確かにそこにたゆたって音をともなう。

さらには、水音を鳴らしてかき分けてゆく漕《こ》ぎ手の存在も、影法師となってあらわれいでた。

では、この夜舟を漕いでいるのは、はたして誰なのか。折よく、月明かりがさし、

「あなたは——」

と声をかけたのは私なのか影法師なのか。どちらの声ともつかない問いが宙に留まり、

「誰です？」

どちらからともなく言葉を継いだ。

「これで三度目です」

櫂《かい》を操る影法師が力み、語尾に唸りを交えながらそう言った。

「三度目の正直と言いませんか、あなたの国では」

「二度あることは三度ある」と私。

「あなたは」と影法師の彼は――それは三度目なる言葉が証すとおりあの男に違いなかったが――落ち着いた声で「私と同じように――」と言いかけて口をつぐんだ。

「同じように？」

「いえ、いいんです」

「つまりアレでしょう？」私はすかさず訊いた。「あなたも絵の中に紛れ込んでしまった」

「いえ、私の場合は紛れ込んだというより閉じこめられてしまったんです」

「閉じこめられた？　誰にです？」

「さて――」

「誰かが――つまり我々を絵の中に閉じこめる存在があるわけですか」

「それはあるでしょう。でなければ、私はここにいません」

男が舟を漕ぎ、舟が前へ進むほどに月が冴えてきた。進むほどに水の匂いが際立って、私は気付くと舟底に腰を落ち着け、水の上の不安定さに尻が重力を感知していた。

「これからどこへ行くんです？」

「さて――」

あわてる風もなく答えた男は、私と違って絵の中の慣例をよく知っているようだ。

「ここはまさか、あの世では？」

「あの世といいますと？」

「――三度目の正直の三度目が、なぜ三度目なのかは忘れました。そして、同じく三途《さんず》の川の三途とは何であったか」

「サンズ・リバーですか。以前、聞いたことがあります。いつかどこかであなたと同じように川の上で――そう、舟の上でした。名も知らぬ誰かがそんなことを言っていました」

では、そうなのだろう。いつかどこかで名も知らぬ先達が私と同じ結論に至ったのだ。

この川はサンズ・リバーではないかと。

とはいえ、此岸《しがん》の者らは誰ひとりとして、この川の詳細を知らない。それがどんな水音をたて、どんな匂いを放つのか知らない。それに、私の認識では、いまのところ自分は絵の中にいるはずで、それもまた我々の現実からはほど遠い。

なにしろ、サンズ・リバーなど初めてである。これが本物の——などと、かしこまって言うのも妙なことなのだが——本物の三途の川ならば、おそらく、この道行きは最初で最後になる。

いや、こうした一切はたぶん絵なのだ。私と彼だけがこの世界の異物で、しかし、先達がいたということは、彼以外にも同朋がいるのかもしれない。こうして絵の中に迷い込んだのが私と彼だけとは限らなかった。此岸には神隠しにあったとされる者や行方不明者が数えきれぬほどいる。なるほどこうして二次元の側にさらわれてしまうこともあるだろう。

というか、フージンの魂の話を聞いたせいで、俄然、魂なるものが身近になってきた。体はともかく、魂が二次元の創作物にさらわれることは頻繁に起こる。まずもって、絵による感動であり、印刷物としての書物から得る感興も同じこと。「引き込まれる」という表現はもちろん比喩だが、思えば私は(私だけではない)、そうした吸引力をもつ絵画や物語を求めて年月を送ってきた。「夢中になる」と言い換えても同じ。つまりは夢の如きものに積極的に引き込まれたく、私はすぐれた絵画と対峙したり、とっておきの物語の頁をひもといたりしてきた。

そして、そうしたときに必ず鳥肌が立った。

背筋がぞくりと寒くなった。

それは何故だろう。

もしかして私はいま、その秘密に立ち会っているのではないか。

三途の川をゆく小舟に身を置き、闇の向こうの未知の恐怖に鳥肌が立って背筋がぞくりとなる。何故か。何故、うつくしいものや心躍らされるものに触れたときに鳥肌が立ち、一見、その対極にあると思われる恐怖や脅威にも鳥肌が立つのか。それらはもともと、ひとつのものなのか。

答えよ、自分。

いや、しばし考えさせてくれ。

舟はいつのまにか前進をやめ、月は雲に隠れ、ふたたび辺りは闇に支配されていた。その静けさの中心に我々が——と思いかけたところ、我々の我はいるがもう一人の我がいなくなっている。

彼が消えていた。

我、一人なり。サンズ・リバーの小舟に一人なり。

遠くよりの微風が、わずかな月明かりに浮かぶ川面を撫で、ドレスの襞《ひだ》のような陰影を見せた。我、大いに鳥肌が立つ。それは、はたしてうつくしさによるものか畏れによるものか。舟はこれからどちらへ流れてゆくのか、下へか、上へか。

「帰りたい」

私はいきなり舟の上に勢いよく立ちあがった。

いや、立とうとしてよろけ、すがるものもないまま虚空を摑んだ。左右が入れ替わったような一瞬がよぎり、しまった、という声が腹の底から出たときにはもう遅かった。

ひょい、とひと突きされたように闇へ投げ出され、体が浮いたままとなって——いや、おそらくそれはほんの刹那《せつな》だろう、はたして体のどのあたりから着水したのか、すさまじい音と水の圧迫に襲われ、凍りつくような冷たさに全身が縮み上がった。間髪を容れず水が渦巻く。こんな小舟にスクリューなどあるはずもなかろうが、何故、水が渦を巻き始めたのか。答えを聞いたところでどうなるわけでもないのだが——。

いや、こうしたすべては絵の中の出来事である。私は叫びたかった。こんなことはすべて、絵の中のこと、絵空事じゃないか、と。

絵の中で命を落とすことなどあるものか。これもまた、答えを聞いてどうなるわけでもないが、絵の中の滅亡が現実の肉体や魂に適用されるのか？　おそらくこれはひとつの実験になる。

で、まずは実験結果から報告すれば、幸いにして「適用されず」だった。

しかも、被験者自らの生々しい報告をさせていただくと、妙なことに渦巻く水の中に巻き込まれているにもかかわらず、ああ、助かった、まだ生きている、それに、ここはもうサンズ・リバーではないと確信できる感触があった。

水の質感がうつろった。

それまでの刺すような冷たさがゆるんで、どこか締まりのないだらしない水に変わっていった。恐怖がゆるゆると引き、馴れ馴れしい水にあたかも「お帰り、お帰り」と慰撫《いぶ》されるような――。

その水の印象は、よく言えば羊水への回帰（そんな記憶などもちろんないが）。悪く言えば、濾過《ろか》せずに飲むのが憚られるおなじみ東京都水道局の蛇口からほとばしる水だった。そして、慰撫とは私が半世紀にわたって親しんできた水のあやしを指す。

この「あやし」は怪異でも妖異でもない。母が赤児をあやすの、あの「あやし」で、よしよし、と水が私をあやすのだ。水にはそうしたところがある。子供だましではあるが、安っぽい癒やしではない。五十にもなったら人はそう易々と子供だましに癒やされない。

傷が深いのか汚れがひどいのか、安易な治癒や気休めは通用しない。ついでに言うと、私は自分が浸かってきたこの半世紀の産湯を聖域とは思わない。神秘も感じなければ未練もない。気付いたら半世紀ばかり、ただぬくぬくゆるゆると産湯に浸かって生きてしまった。

そんな水がいま渦を巻いて私を抱き込んでいる。が、勢いはだいぶ弱まって、扇風機の「強」と「弱」くらいに違ってきた。そしてそこからさらに弱まりつつある。「弱」をさらに弱めたら何だろう？「軟弱」か。なるほど私は軟弱な水にあやされ、ゆっくり回転しながら、そろそろいいだろうと、それまで閉じていた目を開いた。

見た。自分が置かれた、ただいま現在の状況を確認した。

そしてまず驚いた。眼前にプラスティックの覗き窓があり、あたかも潜水艦に乗り込んで、おなじみの丸い窓から海底を観察しているようだった。何だろうこれは。いや、待て。そうではない。こちらはあくまで水の中にいて、相変わらず体は水に浸されている。となれば、位置関係は逆であり、海中に現れた潜水艦の内部を窓から覗き込む格好である。しかし、それにしては水の量がいかにも少ない。ばかりか、広大な海の中とは正反対で、非常に狭苦しい空間に押し込められている。回転しているのは間違いないが、水に巻き込まれているというより、私が自力で回転しているみたいだ。私に水が従ってまとわりついている。となると、これはもう水中ではない。私は水を恐れずに、しっかりと目を開いてよく見た。

すると驚いたことに、覗き窓らしきものの向こうから、こちらを覗く一対の暗い目があった。しかも、その目にもまた馴れ馴れしい光が宿り、ただし、どうやら水のように私をあやしてはくれない。どちらかというと、呆れ返った挙句の怒りがまじっていた。

「先生……ドンテン先生……」

窓の向こうから馴れ馴れしくも尖った声で私を呼んでいた。覗き窓の全体に水滴が張りついているので判然としないが、どうも声の調子と馴れ馴れしい目の陰険さからして、アノウエ君ではないかと思われる。何故、アノウエ君が潜水艦の中にいるのか知らないが、彼はこの潜水艦の扱いに非常に慣れているようで、覗き窓の周辺にあるボタンらしきものをいくつか押すと、なんと渦巻きを停止させることに成功したのである。さらには力まかせに覗き窓全体をぐいと開くと、

「先生――」

「ああ」

「ああ、じゃないですよ」

非常に濁った、まったく清々《すがすが》しくない空気がそこにあった。

が、そんな空気でも充分にありがたい。闇の奥から生還した者としては、切れかかった蛍光灯の痙攣《けいれん》するような光でもやたらに眩しい。眩しさに目を細め、アノウエ君に支えてもらいながら自分の体を覗き窓からなんとか引きずり出した。

すると、細めた目が認めたのは、くたびれた洗濯機が並ぶコイン・ランドリーで、気付くと濡れた体にシャツとズボンが張り付き、のみならず、見知らぬ下着や靴下等々が網にかかった魚のように私に絡まっていた。アノウエ君がそれらをそそくさと回収している。

「何してるんですか、こんなところで」

「何をしてると思うんだね」

こっちが教えて欲しいくらいだった。

「察しはつきますよ」

アノウエ君は何故かしら不機嫌そうに口を尖らせていた。

「何をそんなに怒っている？」

「怒ってませんよ。ただ、情けないんです。どうして、先生がこんな馬鹿げた行動に出るのか」

「いや、ちょっと待った」

「いえ、事情はよく分かっています。いつだったか、先生が洗濯と入浴を一遍に済ませる方法を思いついたと言ってました。思うに、きっと汚れた服を着たまま湯船につかるのだろう、先生なら、そのくらいのことはやりかねない、そのとき僕はそう思いました。だけど、その方法というのがこんなくだらないものだったとは。しかもです――」

「いやいや――」

「しかもです」

アノウエ君はびりびりと声を震わせ、私に決して有無を言わせなかった。

「しかも、コイン・ランドリーの代金を払うのが惜しいからって、僕が銭湯に行く時間を見はからい、こっそり僕を尾行してくるなんて。先生は僕がここを利用することを知っていたんでしょう。利用する僕をさらに利用した。醜い手口です。でも、先生ならやりかねない。いえ、そこまでするとは思いませんでした。尾行した挙句、僕のお金で自分の汚れた服と体を洗うなんて」

「あのな――」

「たぶん、先生は事前に調査したんでしょう。洗濯が始まったら、僕がコンビニへ週刊誌を立ち読みしに行くことを。それを知っていたんです」

「知らないよ、そんなこと」

「いえ、今日は僕の好きな週刊誌が三つ発売される日です。この日を先生は狙いました。当分、戻ってこないだろうと確信し、そうして先生は自らを押し込むように洗濯機に入り込んだ。この時間はコイン・ランドリーの使用者が減り、しばらくのあいだ、エア・ポケットになることも知っていたはずです」

「あのな、どうやってこんなところに――」

「縄脱け術か何かを本で読んで応用したんでしょう。自在に関節を外したり入れたりするアレです。そんなことを――ああ、情けない。どうして、そんなことまでして――」

「しかし、君もよくそこまでデタラメな推理を展開できるものだ。感心するよ、まったく」

「はたしてそうでしょうか」

「そうでしょうか、って――」

「では、伺いますが、どうして他でもないこの五番機から出てきたんですか」

「あ？　五番機とは何のことだね？」

「僕の愛用の洗濯機です。もし、他の洗濯機に忍び込んでいたなら、一億分の一くらいは偶然の可能性もあったでしょう。でも、これは僕の五番機です。しかも、これが五番機であると知っているのは僕だけなんです。何故なら、五番機は僕が名付けた僕だけの呼び名だからです。そんな秘密を承知の上で先生は五番機に入り込んだ。もう言い逃れはできません。僕の推理以外にどんな理由があるというんです？」

「あのな、私は五番機なんてひとことも言ってないぞ」

「はたしてそうでしょうか」

「そうだよ。君がいま勝手に説明したんじゃないか」

「はたしてそうでしょうか」

「あのな、そんな些細なことではないんだ。信じられんだろうが、私はいまさっきまで三途の川を舟で下っていたんだ。三途の川だぞ。サンズ・リバーだ。それを下って、いや、あるいは、上っていたのかもしれないが――」

「なるほどね」

「何がなるほどだ？」

「先生は命懸けでこんな馬鹿げたことをやったんですね。こんなことをしでかして、しかも、死にかかったとは」

「いや、そうじゃないよ。その前には雷神と会っていたし、その前は風神だった。いや、そのあいだに夜鷹そばを食おうと思って——いやいや、そのそば屋の屋台というのがまたルービックキューブを巨大にしたような——」

「どこからそんなデタラメを思いつくんです？　何の話ですか？　夜鷹そば？」

私はそこで急に説明するのが面倒になってきた。たしかにアノウエ君の言うとおりである。アノウエ君の妄想も大概にして欲しいが、私も自分の説明がいかにも馬鹿らしく思えてきた。

「もう、いいよ」

「いえ、よくないです」

「いや、いいんだ」

「何がいいんです？」

「何もかもだ。何もかも、どうでもいい」

「どういうことです？」

「説明しても虚しいだけだ。これぱかりは経験してみないことには理解できん」

「洗濯機の中に入って死にかかったことがですか?」

「いや、そうじゃない。三度目の正直だったんだ」

私は我々の他に誰もいないコイン・ランドリーを見渡し、私の体から水がしたたり、床に血だまりのように広がってゆくのをぼんやり見ていた。こうしてみると、コイン・ランドリーとはいかにも寂しいところである。アノウエ君の話から察すると隣は銭湯のようで、どうやらアノウエ君の寓居に近い銭湯なのであろう。なんとなくこの寂しげな空間に覚えがある。

「三度目だ」と私は息をついた。「あのな、私はまたしても絵の中に迷い込んだんだ。今度は風神・雷神だった。三度目ともなれば、これはもう疑いようがない。たしかに我が身に起きたことに違いない。じつを言うと、これまでの二回については少々疑いもあったんだ」

「そうなんですか?」

「幻覚というか、あるいは、迷いのようなものが、こうしたかたちで頭の中に現れているのではないか、と」

私は頭を振った。

「だが、そうではない。三度目でやっと確信した。これは現実だ。私は絵の中に――二次元の世界に入り込んだ」

「だって先生、それなら僕だって見ましたよ。先生がポスターの中に落下してゆくのを」

「いや、それは分からんよ。もしかしてそれは君の幻覚だったかもしれない。でなければ、私の幻覚に同調したのか――」

「それは違います。あれはたぶん――たぶん現実でした」

「ほら、少し自信がないだろう？　もしかして夢を見たのかもと思ったりする。が、そうではない。なにしろ私以外にも入り込んだ奴がいるんだから」

「そうなんですか」

「いるんだよ。それも何人もいる。この怪奇現象には知られざる歴史があるらしい。先達がいるし、同朋もいる」

「同朋？」

「そう。三度入り込んで、そのたびに会う男がいる。何故だろうな。彼はずいぶん長いことさまよっているようで、私より遥かに絵の中のあれこれに通じている。あれは夢じゃない。今回は特にそうだ。いかにも二次元ならではの世界だった」

「僕には、いままで先生が信じていなかった、というのが驚きです」

「私はね、君が思っているよりも慎重な男なんだ」

「鈍感とも言えますけどね」

「君に言われたくないよ。いや、そんなことより私は風呂に入りたい。こんなずぶ濡れのままでは気持ちが悪い。五番機だか何だか知らないが、君の愛機はじつに居心地がよくなかった。私はもう本当に疲れた。ひと風呂浴びて、だらんとほどけてしまいたい」

「そうですか。では、どうぞご勝手に」

「いや、そうはいかないよ。君は私にひどく屈辱的な疑いをかけた。本来なら晩飯でも奢ってもらいたいところだが、ここはひとつ私の背中を洗うことですべてを湯に流そう。いや、じつを言うと体がまともに動かないのだ。とても背中なんぞには手が届かない」

「それはそうでしょう。洗濯機の中に入ってぐるぐる回っていたんですから」

「それに、私はいまさっきのような威勢よくでたらめな推理を君に求めている。君がただ単に甘党の鈍感な男ではないことは承知した。さっきの調子で私の身に起きたこの不可思議を、君なりのでたらめで解いてくれないか。私の背中を流しながらね――」

＊

そういえば、エア・ポケットがどうのこうのとアノウエ君が言っていたが、コイン・ランドリーのみならず、銭湯もまたがらんとして誰ひとり客がいなかった。時間が遅めではあるとしても、まだ市民が寝静まるには少し早い。これ幸いと我々はのびのび湯に浸かり、しばしの沈黙のあと、「法則はないわけですよね」とアノウエ君が訊いてきたのに、「何の話？」と私は訊き返した。

「なに言ってるんですか。先生が僕の推理を聞きたいと言ったから、懸命に考えてるんじゃないですか」

「ああ、そうか、失敬失敬」

「で、どうなんです？」

「何の話？」

「いえ、だから、絵の中に入り込んでしまうのに、何かきっかけのようなものが――」

「最初はアレだよ、君に押しつけられた変な目薬だ」

「メニポンですね」

「いや、メヲサラだよ。あいつを目にさすことが関係するんじゃないかと睨んでいた。しかし今回は目薬の出番はなかったんだ」

「じゃあ、何か、おかしな前触れとかそういったものは――」

「それは山ほどある。ありすぎて混乱するくらいだ。ただし、絵に入る入らないにかかわらず、どうも変なものばかり見てしまう。ここのところずっとそうだった。だから、何が前触れで何がそうでないかは判別できない」

　私は湯に浸かったことで、体が冷えきっていたことをあらためて思い知った。自分がおでんの具にでもなったようで、じわじわと体の隅々まで湯が浸透してゆく。

「戻ってくるときはどうなんです？」

「そこにも法則はない」

「今回は――たしか川に落ちて水が渦巻いたんですよね？」

――と、アノウエ君がそう口にした途端、いきなり、浸かっていた湯が巨大な生き物のようにうねり始めた。

「え？」としか声が出ない。いや、そんな声なんてものはことごとく打ち消され、唐突に湯が暴れ出してすさまじい音をたてた。

「先生っ、湯が渦を巻いています」

いや、「巻いています」なんてものではなく、滝がなだれ落ちるような勢いで湯が漏斗《じょうご》のかたちを成し、湯船の底の排水口へ轟音をたてて吸い込まれた。竜巻の中心にいるようである。

私はあまりのことに呆然とし、ほとんど身動きも出来なかったが、アノウエ君は激しく興奮し、「ああっ」「すごいっ」「吸い込まれます」と声をあげ、しかしそれも束の間、おそらく時計の秒針が半周もしないうちに湯はすっかり排水口に呑まれていた。

なんということ。

アノウエ君の姿がなく、がらんとした湯船に私の体だけが残されている。

体だけ——と咄嗟に考えたのは、なんとなく魂の方は今の渦巻きに呑まれてしまったのではないかと思ったからで、私は文字通り放心し、しばらくまともに息をすることさえできなかった。

「おい、アノウエ君」

排水口に向かって呼んでみたが、排水口には体毛と泡状になった垢が、じゅるじゅると音をたてて渦巻くのみである。耳を澄ませても何ら反応はない。

いまいちど呆然となった。

「おい……」と声も弱々しく、いや、弱さを越えて軟弱になり、「どこへ行った……」と問うその軟弱な呼びかけに応答があったのは、それから数分後のことであった。

「先生、ここです」

最初は声だけが聞こえ、銭湯全体に響いた声の発信地を探ると、アノウエ君の示す「ここ」が、湯船の向こうの壁一面の絵の中であると発見した。視界に入っても無視したくなるような稚拙《ちせつ》さで描かれたペンキ絵である。富士山を背にした、まぁどこでもいいけれど、こんなところはどこにもないだろうし、そんなことどうでもいいや、と見る者を捨て鉢な気分にさせる海岸の風景だった。

その砂浜に、ひとさし指くらいの大きさになったアノウエ君が、腰にタオルを巻いてこちらに向かって手を振っていた。

あの渦巻きの中で、腰に巻くタオルを手放さなかったところが、いかにも彼らしい。

＊

　さて、今やどこから始まったのかも定かではないこの長い一日は、銭湯の仕舞い湯と共に終わりに差し掛かっているはずであった。もし本当にそうであるなら、私もまた一日の終わりの排水口に呑まれ、しばし現世にオサラバしたくなってきた。いや、もっと簡潔に言えば、もう眠りたかった。

　やわらかくあたたかな布団にもぐり込み、荒唐無稽な出来事の連なりをうっちゃって、ひたすら眠りをむさぼりたかった。が――、

「先生っ」と眼前の絵の中から小さなアノウエ君が叫んでいる。

「もういいよ、君は君で好きなようにやりたまえ」

　なんとなく目を逸らしてそう答えると、

「何言ってるんですか。どこが、もういいよ、なんですか」

アノウエ君は無論のこと必死であった。しかし、私はもう何をしようという意欲もない。

「悪いが、私は家に帰って眠りたいんだ」

「じゃあ僕はどうなるんです？」

「君は君で冒険なり何なり存分にやってくれ。心配しなくても、そのうちこっちへ戻って来る。私の経験から言えばそうだった。まぁなんだったら、戻らんでもそれもまたいいだろう」

「他人《ひと》のことだと思って――」

「いや、こうなったら余計なことは考えず、せいぜい絵の中を楽しんだらいい」

いや、そんなことより湯ざめをしてはいけないと、カランから熱い湯を洗面器にためて背中に二度三度と浴びせかけた。よし。

「では、失敬するよ」

アノウエ君に別れを告げ、さっと身を翻して脱衣場へと戻った。天から降ってきたような乾いたバスタオルで体を拭き、急いで服を着ようとしたところが、水をかぶったはずの服がわずかな湿り気を残して乾いている。

ほう？　こうした時間の流れは一体どうなっているのだろう。

考えてみれば、あれこれと疑問はある。気付けば、番台から銭湯の親父が消えているし、そもそも客の姿がどこにも見当たらない。一応、耳をそばだててみたが、女湯からも声や気配がまったくなかった。あたかも、さっきの渦巻きに巻き込まれ、私以外のすべてはアチラだかドチラだかへ連れ去られてしまったかのように。

しかしまぁ、そういうこともあるかもしれない。私はもう何が起きても驚かない。鳥肌も立たない。私はもうとにかく眠い。大変に眠い。まともな状況ではないと頭では分かっているが、これ以上、掘り下げる体力がない。というか、おそらく私の頭の上の神様はよく分かっていらっしゃる。そろそろコイツも疲れたろう、と粋なはからいであれやこれやを逆転してくれたのである。

本来なら私の方が湯船の渦に巻き込まれ、ふたたび絵の世界へ送られるはずだった（おそらく）。

が、あまりに私の衰弱が著しいので、神様——それはやはり風神あたりか——が予定を変更してくれたわけである。そして、その身代わりに助手であるところのアノウエ君が選ばれたのは、じつに正しい成りゆきだろう。少し可哀想だが致し方ない。助手とはそういうものである。それに、ちょうどいい機会ではないか。彼も一度、絵の中の世界を体感し、そのうえで、この怪奇現象の謎を解いてくれたらいい。

「いえ、解けませんよ」

アノウエ君の声がどこからか聞こえたような気がしたが、たぶん気のせいだろう。ぐずぐずしていると、せっかくの神様のはからいが翻り、この期に及んでこちらが巻き込まれないとも限らない。うしろなど振り返らずにさっさと帰ろう。

しかしその一方で、いま一度、あのインチキくさい富士山の絵を確認しておいた方がいいかもしれないと、うしろ髪を引かれていた。まだ彼がそこにいるかどうか。いや、それとも——。

思いが往き来し、泳いだ視線がカゴの中に脱ぎ捨てられたアノウエ君の服をとらえていた。

そういえば、アノウエ君は裸のままである。それは少々気の毒だった。冒険を試みるにはあまりに無防備ではないか。丸腰どころか丸裸とは——。せめて、絵の中へ彼の服を届ける術《すべ》はないものか。さて。どうしていいか分からないが、分からないままカゴを見おろしていると、おや？　と口にする間もなく、軽い震動がカゴに生じてカタカタと乾いた音をたてた。

おい、もしかしてこれはまずいのでは、と身構えたが、予測どおり、すぐにもカゴが回り始め、うっ、と声をあげて後ずさりした途端、自転するコマのようにすさまじい高速回転が始まった。回転は絵に描いたような渦を呼び、カゴを中心に渦を巻いている。すると、どうだ。カゴの中のアノウエ君の服が高速回転に巻き込まれ、先の湯船の縮小版を見るようにカゴの底へとみるみる消滅していった。しかし、私は驚かない。私はきわめて冷静で——というか、そんなことより何より眠かった。

服が消えてしまうと、やはりコマのように次第にスピードが弱まり、回転していたカゴは動物が息絶えるようにぐったりとへたり込んだ。私は驚かない。鳥肌だって立たないし、ため息ひとつ出やしない。こんなことは、これからいくらでも起きるし、これまでだっていくらでも起きた。ただ、気付かなかっただけである。私はいま非常に疲れている。だから、普段は気付かないおかしなものを見てしまうのだ。すみやかに家に帰ってゆっくり眠ればすべてが解消される。

それに、おそらくは今の回転と消滅によって、あちらの方へ——絵の中の世界へアノウエ君の服が送られたはずである。回転を引き寄せたのが私の念であるのか、はたまたあちらからのアノウエ君の念なのか、それとも風神の粋なはからいであったか、いずれにせよこれで私も安心だ。心置きなく家に帰って眠れる。アノウエ君の冒険もとりあえず安泰だろう。

さぁ、寝よう。もう家に帰ろう——と銭湯を離れ、アノウエ君のことを忘れて夜の商店街をやや足早に歩いた。すると、またしても私の耳に、「あっ」とか「ややっ」とかいう、アノウエ君の声が聞こえてくる。が、もちろん気のせいだろう。気のせいだろうが、何ゆえこうした気のせいが起きるのか。強迫観念なのか、はたまた罪悪感であろうか。

思うに、これはおそらく幽霊を見てしまうのと同様の現象と思われる。こんなふうに見えるはずのないものが見えたり、聞こえないはずのものが聞こえたりするのは、じつのところ、見たり聞いたりしているのではなく、ただ単に思い出しているだけなのである。

いや、待て。そうだ、思い出した。祖母が死んだときのこと。葬儀用の肖像写真を角の写真屋に頼み、しばらくして「出来上がった」と電話があったので、取りに行ったところ、

「いえ、もう、お渡ししましたよ」

写真屋が青ざめてそう言った。

「誰にです?」

「おばあさんにです」

祖母が自分で自分の写真を取りに来たらしい。

誰も信じなかったが、現に焼いたはずの写真がどこにも見つからなかった。

「まさか」

「焼き上がった写真に修整を入れて額装までしたんです」

写真屋の声が震えていたが、あのとき彼が見たのは何であったのか。祖母が持って行ったきり消えてしまった写真はどうなったのか。これにはいまのところ答えが出ていない。たぶん今後も出ない。答えが出るようなこと、謎が解けるようなことが起きたのではなく、端《はな》からそうしたものと無縁な事態があのとき渦巻いたのである。私はそう思う。そう思いながら商店街を歩みゆく自分の足がふと止まり（というか、自分で止めたのだが）、見れば、商店のあらかたはシャッターが閉まってなりをひそめ、しかし、日付を越えるまであと少しの間がある。駅が終電の客を吐き出す時間もまだ先で、コンビニや終夜営業の弁当屋など、昼間と変わらぬ風情の店もあった。

ところが、どこにも人がいない。

通りかかったコンビニの中を覗いたが、客もいなければ店員の姿もない。銭湯にも人はいなかったし、銭湯を出てから足早にずいぶん歩いて来たが、その間、誰ひとりとして見かけなかった。

いま一度、私は自分の足もとを見た。

なんだか足もとがおぼつかず、まっすぐ立っている自信がなかった。しかし足はある。影もある。一応、自分はここにこうして立っている。

では、自分以外の人たちはどうなったのか。こんなにも街路から人が消えてしまう時間帯があるものか。いや、事によると、怪しむべきは「誰それ」や「時間」ではなく、まずもって「こちら」であるのかもしれない。「こちら」のこの我が身である。我が頭である。もっと言ってしまうと、私の脳である。私の脳があまりに疲れ、事物や風景の認識が欠落しているのかもしれない。つまり本当はそこにいるのに——客も店員もいるのに、私にだけ見えていないのかもしれない。そこにいるのに脳が認識しない。見えないものが見えてしまうように、見えるはずのものが見えなくなる。どちらも同じことだ。確率としては、むしろ後者の方が起きやすい。でなければ——。

でなければ、私が幽霊なのだ。

そういえば、あれこれと色々あった中に、サンズ・リバーを舟でゆく場面があった。どこでどうしてうっかり命を落としたのか記憶にないが、まさに記憶が途絶えたそのとき、私は冷たい冥界に呑まれたのかもしれない。

そう思えば、それこそが正解で、言われてみればなんとなく欠落感のようなものがつきまとっている。何かしらとてもいいものをどこかに置き忘れてきたような感じで、しかし、それはどこであったか。やはり銭湯か。銭湯のあの絵の中か。

では、何を忘れてきた？ そうだ。あの湯船の中の凄まじい渦巻きがアノウエ君を巻き込んだとき、残された自分は「体だけ」の存在になった。あのとき、風神が言うところの魂があちらへ持って行かれたのではないか。

風神が言っていた。魂は屁だと。それを額面通り受け取っていいものか分からないが、腹にたまったガス（すなわち魂である）が、ここへ来てごっそり持って行かれた感がある。ガスどころか腹のあたり全体がまるっきり欠落したようで、それはまた何と寂しいことだろう。口先だけ動かして何らかの言葉を並べるのは可能だが、それらはもう腹から出た言葉ではない。腹がないのだから、いわゆる腹を割った本来の言葉が使えない。

いよいよ心もとなくなってきた。はたしてどのように帰途を辿ったのかも覚えていない。町に人のいない寂しさと、我が魂を失った寂しさに打ちのめされ、よろよろと家に帰り着き、まずはひと息に台所で水を飲んで頭を振った。水が空腹に染み、よよよよ、と風神を真似て弱音を吐く――。

とにかく寝よう、もしかして自分は幽霊かもしれないが、まずはとにかく寝てしまおう。あるいは自分は魂を持って行かれたのかもしれないが、そんなことは眠れば治るかもしれない。治らないか。いや、治るか。

この欠落が腹ではなく脳の疲れによるものなら、睡眠が薬となって魂が帰って来るかもしれない。よし。無意識に導かれて歯を磨き、無意識に導かれて寝巻に着替え、敷きっぱなしの布団に倒れ込むように――引きずり込まれるように――よよよよ、と骨を抜かれたみたいに伏せった。魂がなくなると根性もなくなる。魂がなくなると夢も希望もなくなる。あとはもう眠るだけだ。

ところがである。魂がなければ安眠もままならなかった。

疲れはピークを迎えているので、布団に体を預けた途端うとうとし始めた。が、そのうとうとのほんの数分間ですさまじい悪夢がよぎる。はっ、と目が覚めた。

覚めるとすぐに夢は霧散し、悪夢の詳細は甦らない。ただ胸苦しいような、呼吸が荒くなってくるような何事かがよぎった。そしてまた、うとうとして、はっ、である。

とてもではないが、眠りをむさぼれなかった。むしろ眠りの向こう側にいる怪物に、こちらがむさぼられているようである。

そこへ「あっ」と、またしてもアノウエ君の声が聞こえてきた。かなり明瞭に。本人がすぐそこにいるように。これには、さすがにこちらの耳の産毛が総立ちになった。

「あっ」「なんということ」「馬鹿馬鹿しい」「それでいて」「なるほどなるほど」――等々。「何がなるほど？」と試しに声を返すと、アノウエ君がひどく狼狽《うろた》えたように、

「あれ？」

と辺りを見渡していた。その様子が伝わってくる。いや、彼の姿はどこにも見えないのだが、時として、人は声色でその姿を見ることがある。

「先生、僕の声が聞こえるんですか？　どこにいるんです？」

「いや、おそらくどこにもいないよ」

「どういうことです？」

「君のいるそちらにはいないけれど、こちら側にいながら、そちらの君の声が聞こえてくる。ということは――」

「ということは？」

「どうも、魂だけがそちらに行ってしまったようだ。体はこちらにあって、いま帰宅して

歯を磨いて寝るところだ」

「うらやましいですね。僕はいま――」

「待った。君がいま立っているのがどんなところか当ててみよう」

どうやら私には彼がいる世界が本当に見えるようだった。薄ぼんやりと彼の姿が見え、彼はもう裸ではなく、やはり、脱衣場のカゴの回転によって服が無事に送り届けられたようだった。それはまぁいいのだが、問題は彼の背景である。それがあまりに奇妙な風景だったので、本当にそのとおりであるのか現場の彼に確かめたかった。

「海辺かな」と私はまず最初に確認しておいた。

「ええ、そうですね」とアノウエ君。

「それと――森が見える。森の奥には山があって、海と森と山が景色の中に配されている。ただ、不思議なのは、その山が――」

私はそこで少し勿体《もったい》ぶって息をついた。

「山が連なっていて、それらすべてが富士山に見えるんだが」

「ええ、じつはそうなんです」

アノウエ君は泣き笑いの声になっていた。

「これは、かなり笑えますよ。いったい、いくつありますかね」

「二十から三十はあるだろう。富士山がアルプスのように連なっているとは、じつに美しいというか何というか――」

「はっきり言ってヘタですね」

「ああ、なるほどそうか」

「そうかって、何が分かったんです？　というか、先生、もしかして寝ぼけてないですか」

「いやいや、どうしたことか、眠ろうとしてもロクに眠れないのだ。目を閉じるたび悪夢を見てしまう。これならまだ銭湯の絵の方が気が休まったよ」

「それで僕のところに戻ってきたわけですね」

「いや、そうじゃないんだ。勝手に魂が付いて行ったんだよ」

「じゃあ、体の方はどうぞ眠ってください。魂だけお付き合いいただければ結構です。大体、こんなところは魂でしか感じとれないでしょう」

「そうなのかね？」

「というか、先生がいま、なるほどとおっしゃったんじゃないですか。何が分かったんです？」

「なるほど、とつぶやいたのは君の方が先だよ。こっちこそ訊きたい。何がなるほどなんだ？」

「いえ、富士山がああしていくつもあるのは、いかにも絵の中の世界であるなぁ、と。それもよく見れば、どれもが銭湯の壁に描かれたいかにも嘘くさい富士山です」

「そう、それだ。つまりこういうことじゃないか。君と私の魂が送り込まれたこの世界は、銭湯に描かれた富士山の世界で、あれらの富士山は、銭湯に描かれたすべての富士山の集まりなんじゃないか――」

「となると、どういうことになります？」

「理屈で考えれば、この空間はこの世のすべての銭湯とつながっていることになる。私がなるほどと言ったのは、絵の中の世界がそうした構造になっているということだ。ただ、そのつながりが、テーマごとなのか、それとも、あらゆる絵がつながっているのか、そのあたりがもうひとつ分からない。しかし、少なくともこの空間は銭湯の壁に描かれた富士山というテーマでつながっている」

「どうしてなんでしょう？」

「さあ。二次元とはそうした編集作業があらかじめ為された世界なのか、それともこれは画家の意志や空想が統合された世界なのか」

「と言うと？」

「まぁ、平たく言ってしまうと、銭湯に描かれた富士山にはどことなく決められたステレオタイプがあって、それぞれがそれぞれのヴァリアントでしかない」

「それ、ちっとも平たくないですよ。余計、ややっこしいじゃないですか」

「描いた者は、無意識のうちにこれまでの銭湯富士を真似ている」

「銭湯富士？」

「と名付けてみた。たぶん、銭湯の壁に向かった画家たちは誰もがひとつの世界を頭に描いている。それがここだ。この世界。この風景。だが、いざ描いてみれば微妙に違ってくる。そうしたヴァリエーションが、それぞれの画家の筆づかいで微妙にずれて重なり合う。そのずれの狭間に我々は迷い込んだわけだ」

「迷い込んでなんかいませんよ。巻き込まれたんです」

「現象としては確かにそう。しかし、これは我々の仕事とも無縁ではない」

「そうですか」

「絵を観るとき、それを奥行きのある世界としてとらえようとしても所詮《しょせん》は限界がある。我々は二次元に生きていないからだ。しかし、二次元とはあらかじめこうした性質を持っているのだと我々は知っている。頭ではなく、まさに魂で分かっている」

「ええ。先生はどうやら魂だけの方がいいですね。何というか、とても眠いとは思えないです。いつもより格段にシャープです」

「まぁ、眠いのは体だけだからね。私の魂はいつでもこんなふうに明晰なのさ」

「なのさ——なんて普段は言わないですよね」

「そうしたところもじつに二次元的ではないか。こうして我々は口語から文語へうつろってゆく。ここは描かれた世界であり書かれた世界であり、それ以前に空想された世界なのだ。つまりは何でもアリなのさ」

「じゃあ、体って何でしょう？　先生の魂は二次元においてとても明晰です。しかし、体は追いついてこなかった」

「いまごろ、体のヤツ、悪夢を見てうなされているに違いない。体なんて、この際どうでもいい。それがたったいま分かった」

「じゃあ、魂って何ですか」

「君はそんなことも知らんのか。魂とは屁だよ。逆に言うと屁は魂。交換しても問題ない。アクビもまた同様。クサメも同じ。ゲップとかため息とか、これすべて魂だ。およそ、ヒトから漏れ出る見えない気はこれすべて魂なのだ」

「気ですか」

「そう、気が抜けたの気。元気の気。元気がないの気。それはつまるところ、すべて風である」

「そうなんですか」

「そうらしい」

「ほほう——って、僕の物言いまでおかしくなってきました。これは僕が言っているのか。違うな、僕ではない。先生ですか。僕の中に——何だろうこれは。もしかして、先生の魂が？　もしかして、入り込んで、もしかして、しまったのか」

どうやらそのようで。

魂とはいかにも自由自在で、こうして体からきっぱり遊離してしまえば、他人の肉体の中に鼻の穴から入り込んで尻の穴から屁となって抜け出ることもできる。

僕は、私は、いま屁のように自由である。何やらすごくヤバいことになってしまったと思ったが、だって、いきなり銭湯の湯船で渦に巻き込まれ、抜け出たらこんなところにいたわけで。

このすべてがインチキくさい浜辺。嘘くさい松林。立体感がまったくないおかしな森。そして富士山。最初はひとつだけだった富士山が角度によってふたつ、みっつ、よっつ、いつつとどんどん増えてゆき、これはすごいですよ、先生、これはすごいです、と振り向いたら、先生はもういない。あれ、いつのまにか服を着ているし。何だろう、これは夢なのか。リアルではないが生々しい。僕の夢はもう少し現実的だ。この世界はあえて言うと、「リアルじゃない」様子が生々しい。つまり、リアルでないことがここでは最高にリアルだった。なるほど、と口が勝手につぶやく。つぶやいたのは僕か私か。なるほどここでは我々のリアルは適用されない。ここではこうして「なのさ」的なものが罷り通る。それが標準なのである。三次元では決して口にしない物言いが、まったくもって当たり前になる。したがって、僕と私の魂を取り囲む風景も、もちろん「なのさ」的にどこかおかしい。画家の技術の問題もあるだろう。というか、大いにある。ダ・ヴィンチやワイエスが描いた世界は、それなりの歪みはあったが、それでも適当に居心地がよかった。「なのさ」的違和感はさして見受けられず、風神・雷神にしても金色の闇に埋もれていたせいで余計なものが排され、ギリギリなんとかやり過ごすことができた。

しかし、これはない。この富士山はひどい。銭湯の壁画を描く人も色々あるだろうが、誠に遺憾ながら、僕の行きつけのこの銭湯を担当した画家は、何も考えずに技術的なことをすべて無視して描いたとしか思えない。これなら僕が描いた方がずっといい。大体、浜辺に波が打ち寄せていないし、これでは、海ではなく冬場の誰もいないプールではないか。空はよく言えば快晴だが、ところどころ荒々しくペンキを塗りたくった刷毛《はけ》の跡が残っている。手前の松林とその奥の森はとてもじゃないが踏み込めない。あまりにさらさらさらとテキトーに描いてあるので、近づくと、それがただのベニヤ板であるとすぐ分かる。

唯一、そこだけに力を入れたのだろうが、富士山だけが異様に雄々しく聳《そび》えていた。あまりに雄々しいので、すでに富士山のかたちを逸しているが、それでも、ああ、これは富士山だ、間違いなく富士山であると納得してしまうところが二次元の偉大さである。遠近感もそれなりに工夫があって、現実の富士山よりずっと立体感がある。

ただ、角度によって、そうした雄々しい富士山が分身の術のように増殖し出すところがいかにも恐ろしかった。見ようによっては美しいが、背筋がぞくっときて鳥肌が立つのは美しいものに反応したときとは限らない。何やら非常におぞましい、とても自分の手に負えないものを前にしたときも同じようにぞくっとなる。あれ？　そんなことを考えた瞬間が前にもあったが、あれは僕だったか、それとも私だったか。

何でもいいが、富士山というのは孤高の山として聳えているから魅力的なのであり、こんなふうにビル街のように並んでいると、暑苦しくて逃げ出したくなる。

が、そうそう簡単に逃げ出せない。このでたらめさは間違いなく二次元の世界である。そこに立たされて富士山に囲まれているのだから、どこにも逃げ場はない。海も森も空も四方八方すべてに奥行きがなく、砂浜には砂の感触がまるでなかった。それもこれも、この世界を描いた画家の技量が稚拙だったからである。誰なのか知らないが、僕はだんだん憎らしくなってきた。

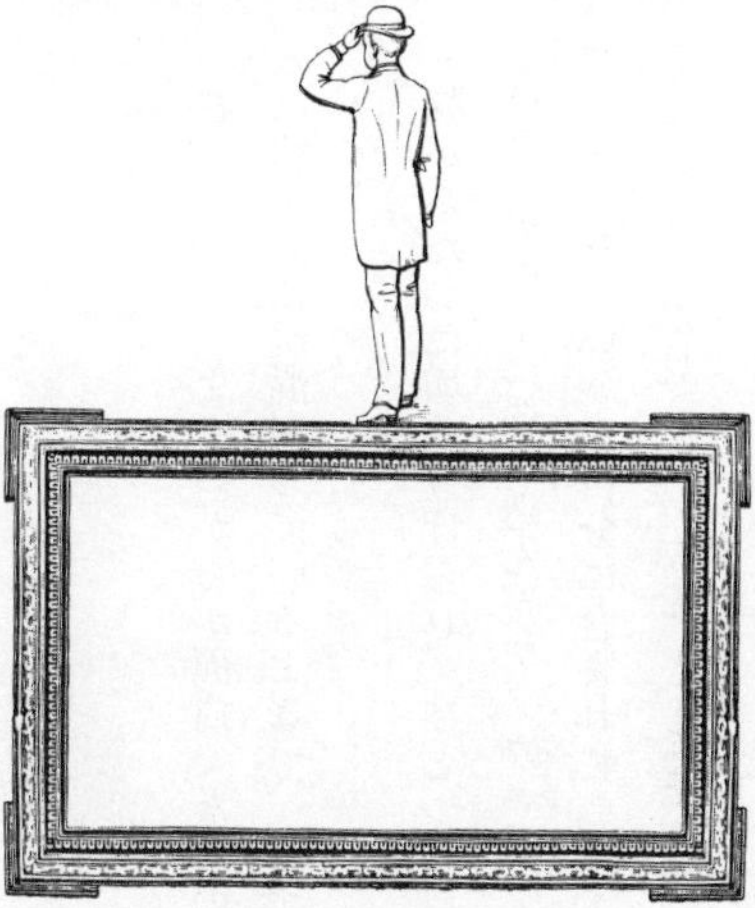

さて、いよいよここからが面白くなる

Ⅳ

さて、いよいよここからが面白くなるのだろうが、私はなにしろ猛烈に眠いのと、眠さとは別に意識が混濁しているようで、要するに自分がどこにいるのか分からなくなり始めていた。

脳がふたつに切り分けられ、ひとつは自宅の寝床に横たわる自分に属し、もうひとつは「銭湯の絵の中に紛れ込んだアノウエ君」の脳に同化していた。脳を魂に置き換えても同じこと。そういった自分に含まれているもの、しかし、自分では見ることのできない部分(なのか?)が見えないのをいいことに好き勝手に振る舞っている。

どうして、こんなややっこしいことになってしまったのだろう。

分からない。いまこそそうした分からないあれこれを解くべき場面であろうが、いかんせん頭が回らないのである。何らまともに考えられない。ようやくここまで辿り着いたというのに、悔しいけれどもう眠い。

そこでだ。

私は自前の脳をほとんど眠らせることにし、アノウエ君の脳に自分の意識を乗せて当面は乗り切ろうと思いついた。というか、そうしなくても、いつのまにかそんなことになっている。つまり、私のあらかたは眠っており、かろうじてアノウエ君の意識の中に切れ切れに私の意識が参入していると思われる。確信はないが体感としてはそうだ。

で、それでどうなるのか知ったことではないが、もうそれしか手がない。なにしろ私は――じきに――意識が――途切れます――ので――すみません――が――おや――す――みなさい。

あ、先生、ちょっと待ってください。勝手に僕の意識の中に混ざらないでくださいよ。ん？　あれ？　何だろうこれは。何か嫌だ。どことなく頭の中が狭くなったような気がします。

そんなことはないだろう。私は君に浸透しているのだから、君の所有する意識の領域を侵犯するものではない。

浸透って――それの方が嫌ですよ。

なかなか得難い経験ではないか。君はいま絵の中に入り込み、そして君の中に私が浸透している。

そんなの、どっちかにしてくださいよ。どっちかひとつだけでも混乱するのに、そんなものがふたつもいっぺんに——。

いや、こんなものは、ひとつもふたつも同じだ。私は、そろそろこうした異常事態に自分なりの考えを示すべきじゃないかと思っている。

ええ、是非ともそうしていただきたいんですが、そんなことを言っておきながら、もう眠ってるじゃないですか。

体の方はそうだろう。たしかに私はもう眠っている。だから、いまこそ君が必要なんだ。それにアレだぞ、こうした馬鹿げた事態に拮抗《きっこう》するためには、一人で考えるより二人の方がいい。

僕だって疲れてるんです。早く横になりたいんです。大体、このおかしな世界に——こんなところにいたら頭が変になります。

まぁ、たしかにそうだな。富士山が——どうしたことか、どんどん増えてるじゃないか。

ええ、増えたり減ったり。さっきから見ていると、これはいわゆる蜃気楼のようなものに近いと思うんです。

というか、もっと単純に「絵」ではないのかね。

でも、先生。絵の中にあるものは、はたしてすべて描かれたものなんでしょうか。

なるほどね。その調子で君なりに「絵の中の世界」がいかなる世界なのか解き明かしてくれ。

あれ？　先生はいま、自分なりの考えを示すとおっしゃいませんでしたか。どうして僕に押しつけるんです？

私はね、君の中に浸透してるんだ。君が考えることがすなわち私の考えることなんだ。

何ですか、それ。

いや、ここは、そもそもそういう世界だろう。「絵の中」というのは――これは私の直感だが――私とか君とか、そういった下らない仕分けみたいなものが最初からない。

どうしてです？

いや、だから、それは直感だから理屈などない。ただ、そういうことだ。絵の中には彼我の区別がない。男も女もない。すべてがひとつになっていて、時間もそうだし空間もそう。だろう？　言われてみると、そんな気がしてこないか。

さあて、どうでしょう。

君は本当に考えようとしているのか。

だって、先生が僕の意識や脳みそを横どりしてるんじゃないですか。

横どりとは失礼な。せいぜい同化と言ってくれ。いいか、アノウエ君、これは大変なことなんだ。君が考え、そして私も考える。二人が同時に同じことを考える。ひとつの脳ではなく、ふたつの脳がいっぺんに同じ問題に取り組む。どうだ、これは世界初の試みじゃないか。

そうですかね。

そうだよ。これまで人類は大抵のことを試みてきたが、こればかりは誰も思いつかなかった。

どういうことです?

二人で一緒に考えるんだ。ふたつの脳で。当然、一人で考えるより効率がいい。いや、そんな効率だけではなく、そうすることで、初めて我々は誰も到達しなかった境地へ考えを進められる。

足並みが揃えば、ですが——。

揃えるんだ。揃えて考えよう。「絵の中の世界」の成り立ちについて。あの富士山の山脈を見ろ。あの二十も三十もある富士山の連なりは、はたして絵なのか。本当に誰かが描いたものなのか。

そうですね。やはりどうもそうみたいです。間違いないです。描いたものですよ。そして、よく見れば、似てはいても、それぞれが別の富士山だと分かります。基本は同じでも、ちょっとずつ違っているようです。

つまり、筆づかいが違うわけだな。

ええ、陰影やタッチがひとつひとつ違っています。

じゃあ、間違いなく描いたものではあるが、一人で描いたものではない、と。

そういうことです。

じゃあ、そうであるとして、それが何故この場所に集合しているのか。君が巻き込まれて飛び込んだ銭湯の絵は一枚の絵だったはずだが——。

それはアレです、奥行きがあるからです。絵にはいつだって奥行きがあるじゃないですか。奥があるんです。絵というものにはこれすべて奥がある。

なるほどね。よく言ったぞアノウエ君。それだ。その奥だ。奥というのが常に曲者《くせもの》なんだ。絵にはいつでも奥がつきまとう。二次元の、平面の、いかにもつるんとした世界なのに、多くの画家が何故か知らんが奥を作りたがる。それはアレか、平面の概念を覆《くつがえ》すためか。

ええ、びっくりさせるためでしょう。だって、絵というのは誰かに見せるもんですから。自分ではない誰かにです。そのとき、誰かに驚いて欲しいんです。

称賛もして欲しいんだな、きっと。

そのふたつを手にするために奥行きにこだわるんです。絵っていうのは、それが平面であるというのが前提で、だから思わぬ奥行きが生まれると、それがそのまま驚きになるんです。じつに単純な話です。

じゃあ、この富士山の絵も——。

誰かが描いたんです。頑張って奥の方まで。

だとしても、限界があるだろう。かなり綿密に詳細に描いたとしても限界がある。だから描ききれない。どこか曖昧になる。絵の中の奥というのはいつでも曖昧だ。なのに奥は必ずつきまとう。そして、そんな絵の中に入り込んだ者は——。

何故か、その奥を目指したくなります。その曖昧な奥をです。僕もそうでした。これって人間の性《さが》なんでしょうか。この絵の中の――手前って言うんでしょうか、そこには海がありました。その向こうには浜辺があって、その向こうには松林らしきものがあった。そしていちばん奥が富士山でした。最初、気付いたら浜辺に立っていたんです。さて、これからどうするか、いつまでも突っ立っているわけにいかない、と思ったとき、体が自然と富士山を目指しました。あのとき、振り向いて海の方へ向かおうとは思わなかった。絵の全体を思えば、海がいちばん手前にあるわけで、いま思うと、それより手前は絵の外なわけです。だからもし、絵の外へ抜け出したいなら、海の方へ戻るべきだったんです。なのに、僕はいちばん奥にある富士山を目指した。

まぁ、誰だってそうするよ。それは描いている者の視線というか、意識がそうなってるからだろう。こちらもそれにほだされるというか、巻き込まれるというか――。

どうしてでしょう？　絵を観ているうちに、いつのまにか奥を見ようとしています。最初は手前を見ていても、そのうちに奥が気になりだして奥へ奥へと――。

それだけで人はもう絵の中に入っているんだよ。取り込まれるというか。私はそう思う。なにも我々のように実際に入らなくても、意識だか脳だか魂だか知らんが、そうしたものは自然と絵の中に入り込んで、そして絵の中の奥を目指す。

たぶん、そうですね。でも、それはそうだとして、その奥がどうなっているのか、曖昧な奥には何があるんでしょう？

富士山だろ。

ええ、それもいろんな富士山です。どの富士山もじつに薄っぺらで、孤高の存在であるとか、その山を登るときの過酷さとかそうしたことがまったく伝わってきません。そういう意味では、この富士山はお互いとてもよく似ています。

それだよ。似ているんだ。それが絵の世界において最も重要なキーワードだ。つまり、どれだけ似ているか――。

どれも似てないんですけどね、現実の富士山には。

そうは言っても、それらがあの富士山だと誰もが思う。似ている、というのは恐ろしいものだ。大して似ていなくても、条件がある程度揃っていれば、それこそこちらの脳が勝手に似せてしまう。奥もまた同じ。曖昧で明快ではないからこそ、こちらの脳が勝手に像をつくる。つくれば、そこへ行きたくなる。もっと見たくなる。意識だけの世界や幻影のようなものに過ぎないのに。

たしかにそれを見ようとしています。

つい、見てしまうんだ。

危険を冒してでも——。

危険か。そうか、アノウエ君、冒険というのはつまりそういうことか。

そういうことって？

奥の方を見ようとするから次なるものが現れるわけで、それは何かしら危険であったり不穏であったりする。しかし、奥が見たいので、どうにかして乗り越えてゆく。それなりに葛藤はあっても最終的に欲望が勝って難なく乗り越える。すると、まだ奥には奥があり、そこにそうして奥がある限り、さらなる危険を冒すことを厭《いと》わない。こうした幻影の道行きが時間的にも空間的にも連続したとき、そこにいわゆる冒険が発生する。

そして、さらなる不穏や奇妙が集まってきます。というか、自分の頭がすでにそういうモードになっています。

冒険としての体裁を整えるためにね。

じゃあ、先生、こうしてみてはどうでしょう。あえて、奥を目指すことをやめて、意表をついて手前の方へ戻ってみたらどうなるんでしょう？

意表をつく？——と言うけれど、それはいったい誰の何のための意表なんだ？

二次元のですよ。

それはまたずいぶん大きく出たものだね。

違いますか？

いや、違わない。こちらが二次元にたぶらかされてばかりいるのも面白くない。たまには、我々が二次元や三次元にヒトアワ吹かせてやらないと。

いいですね。じゃあ、これから手前の方に戻りましょう。

ああ、そうしたらいい。

――といった次第で、アノウエ君は奥を目指すことをやめ、来た道を引き返す要領で絵の手前へと戻って来た。結構結構。ちなみに私の体は絵の外にあるので、さて、いい加減もう寝かせていただこうと布団にもぐりこみ、ああ極楽極楽、さすがにもうこれでいいだろう。このまま眠ります。それでアノウエ君がどうなろうと私はもう知らない。私は充分に考えたし、考えるうちになんだか難しいところにさしかかってしまった。そういうときは頭を離れて絵の外にいる自分の体を心ゆくまで味わうことだ。さらば頭よ――。

で、なんだったか？

ああ、そうか。つまり今回の私は絵の外にいるわけで、そうしたいわゆる一般的な観点に立って考えてみれば、「手前」という物言いは当たり前でありながら、じつはどこか変である。もとより絵というのは平面でフラットなのだから、奥なんてものは本当はない。そこに絵が描かれているから、たまたま奥だの手前だのという話になってくる。

しかし、絵を絵が描かれる前の一枚の紙なりキャンバスなりに戻してしまえば、そこにはもう奥も手前もない。絵が描かれることで初めて奥と手前が現れる。たとえ、それが感心できない——感心できるものも、もちろんあるが——銭湯の壁に描かれたペンキ絵であったとしても、ひとたび描けば、描いた途端に奥と手前が現れる。

そして、その手前のゾーンに、いま私はいる。

いや、手前も手前、すでに銭湯からはかなり手前に離れ、私は私の家に戻って寝巻に着替え、きちんと歯も磨き、じつはもうイビキをかいて寝ているのだった。絵なんて知りません。何のことでしょう？　私はひどく疲れました。眠いのです。ほっといて欲しい。

されど、アノウエ君は容赦なく手前の方へとにじり寄ってきて、富士山から出来損ないの松林を抜けて浜辺まで小走りに戻ってきたようである。絵の手前のギリギリのところまで戻り、そうして、「先生」と私を呼んだりしている。

アノウエ君、あのな、私はもう寝ているんだ。私はいまとても安らかに眠っている。

ええ、そうでしょうが、さっき、御自分で「浸透している」とかナントカ言ったじゃないですか。

まぁ、それはそうなんだが――。

じゃあ、責任を持ってしっかり浸透してください。せっかくここまで――この浜辺まで戻ってきたんですから。僕だって本当は奥を目指して冒険したいんです。そこを、あえて戻ってきたんです。

そう――しかしね、戻ってきたからといって、何がどうなる？

あれ？　先生は何か考えがあるんじゃないんですか？　二次元にヒトアワ吹かせるとかナントカ言ってましたが――。

いや、そんなのはあくまで喩えでね、二次元がヒトアワ吹くって、そんなことがあるものか。それこそ絵じゃあるまいし。

いや、絵なんですよ。ここは絵の中なんです。そして、何だって起こりうる。

じゃあ、私に訊かないで君が探せばいい。何が見えるのか観察したらいい。私は申し訳ないが、もう見ることに疲れた。絵を見過ぎて、絵の中に入り込んでしまうくらい目を酷使した。とにかく目を休ませてやらないと。

あ、ちょっと待ってください。あれ？　あああ？

何だね、そのわざとらしい驚きは。

いや、海の方からですね——海と言っても本当にひどくて、何というか、青いビニールシートがたわんでるだけなんですが、そこにですね、そのビニールシートの上に男が舟に乗って——。

もしかして、またあの彼なのか。

いえ、先生。彼ではなくて「彼ら」なんです。舟に乗った男が何人も——。

何人も？　そりゃまたどういうことだ。

あああ？

どうした。

男たちは、なんと一人なのでした。

どちらなのだ？　何人もいるのか、それとも一人なのか。

何と言ったらいいんでしょう。「何人も一人がいる」とでも言えばいいんでしょうか。

じゃあ、何人もいるんだろう。

いえ、何人もいるんですが、一人なんです。逆に言うと、一人しかいないのに何人もいます。あ、これはもしかしてもしかすると、富士山も本当はひとつなんだけど、どういうわけかいくつも見えてしまうということなんでしょうか。

さあてね。

はたしてどちらでしょう？　僕が彼らの方に、つまり手前の方へ後ずさっているのか。それとも、彼らが手前の方から僕の方に向かっているのか。いずれにしても、ああ、僕らはじきにひとつになってしまいます。彼らも——彼らも先生と同じように僕に浸透しようと——あ、しました。いま、しました。浸透しました。あっという間です。

ほう、なるほど。確かにそのようだ。

え？　先生にも分かるんですか。

それはそうだろう。私の意識は君に浸透しているわけで、君の中に誰か別の者が浸透すれば、私とその者は君を介して浸透し合うのが道理だ。つまり我々は二人から三人になった。そうだろう？　三人目の彼。何でもいいから答えなさい。

さて……どういうことなのか自分にはいまひとつ……。

本当だ。三人目が喋ってます。

まぁ、「どういうことなのか」は措《お》いておくとして、とにかくこういうことになったわけだから、君は三人目として、我々の冒険に賛同して欲しい。

冒険？

すなわち、奥へ向かう冒険だ。君は知っているんだろう、絵の奥のことを。この絵の奥には富士山が連なって山脈になっている。それはどうしてなのか、どうしてそんなヘンテコなことが起きるのか、君は知っているはずだ。

それはですね。まぁ、つながっているからでしょう。

つながっている？

自分もよく分かりませんが、絵の奥は別の絵の奥とつながっているんです。

ふたつの世界が奥でつながっているということ？

いえ、そんな単純な話ではなく、いくつもつながっているんです。何十も何百も。

何百も？

たぶん、すべてつながっているんじゃないでしょうか。自分の経験からするとそうです。

貴方は奥で——絵の奥で何を見たんです？

いえ、ただの視線ですよ。

視線？

ええ。絵の奥では四方八方から視線を浴びせられるのです。右から左から上から下から。

——ここで一応の説明をしておくと、こうして交わされる会話らしきものは、じつは会話とはほど遠く、かぎ括弧でくくられた会話のように整然としてはいない。つまりこうした会話の場もまた奥であり、奥とはすなわち混沌の意と言い換えてもいい。たとえば、人の奥に当たるところもまた混沌としたもので、それがまぁ、脳なのか魂なのかはともかく、そこで三人の意識がひとつになり、ひとつになったところでそれぞれの脳が思考すれば、自問自答に近いかたちで脳内の三者会談が実現する。どうやらそうしたことが我ら三名の身に起きたらしい——。

アノウエ君、私は少し見えてきた。

そうですか。

だって、そうだろう。我々はいま君の脳の中で二人から三人になった。絵の奥にもそういう場があるはずだ。そこではいくつもの視線が交錯している。考えてみると、絵というのは視線によって成立するものだ。

それだけじゃないですよ。たとえば銭湯の壁に描かれた絵は、この世にいくつもあるわけです。いくつもの目がいくつもの富士山の絵を眺めている。ところで、絵が人の視線に

よって成立するように、視線が絵を立ち上がらせることもあるんじゃないですか。まして
や、奥に視線の交差点のようなものがあるのなら、そこには、かなりの数の情報が交錯し、
絵の中に絵があらわれ、その絵の中にまた別の絵があらわれる。もっと簡単に言うと、
我々の見ている絵の奥に別の誰かが見ている絵の奥があらわれるんです。それも一人や二人じゃない。世界中のあらゆる視線が交錯します。

世界中か――。

世界なんて大きなことを言っても、要はひとつの空でつながったひとつの空間です。同じですよ。絵の中の世界もひとつなんです。つまり、二次元という名のひとつの世界です。そこではすべてがつながっている。銭湯富士の向こうにレンブラントの描いた空があり、その空の下に風神と雷神がいる。彼らの背負った闇の奥を進むと、突き当たりのほの暗い部屋の中にモナ・リザの背中が浮かんでくる。そして、さらにその向こうには――。

その向こうには？

『モナ・リザ』を眺める人々の顔があるでしょう。同時に、『モナ・リザ』を描くダ・ヴィンチの目もある。

同時に？

だって、二次元には時間がないんです。時間は流れず時は動かない。ただそこにあるんです。だから、『モナ・リザ』を描いている画家の時間と、描き上がった絵を鑑賞する人々の時間が重なり合ってそこにあります。

時間がない、とはつまりそういうことなのか。

僕がいま思いついたことですが——。

いや、自分が思うに、それはおおむね正しいです。自分がさまよった経験からしてそうでした。絵の奥の曖昧なところを迷いながら歩いていると、いつのまにか別の絵の奥に来ています。それで、またそこから迷い迷い歩いてゆくと、また別の絵の奥にいる。そこでは、時間や天候といったうつろいゆくものが、絵によって変化していきます。絵の中が曇っていれば、おそらくその辺りは永遠に曇り空です。もっと言うと、「曇り空」という共通項で絵が結ばれています。もちろん、青空によって結ばれる絵もあるでしょう。絵の中の空が青空でつながっていれば、時間も空間も無視して驚くような絵と絵がつながります。さっきまで十六世紀のフィレンツェを歩いていたのに、気付かないうちに十九世紀のインドに移行していたり。

じゃあ、ここは「銭湯の壁に描かれた富士山」によって結ばれた世界——ということか。

いまのところはそうでしょう。

というと？

絵の奥の曖昧なところをさまよううち、ふと壊れかけた木戸を見つけたり、暗い穴や冷たい場所所、水が通い合うような湿った場所を見つけます。そういったところを通過すると別のところに移動しやすいのです。特に水です。ここにも海のようなものが描かれていますが、自分はさっきまでこの海の向こうで舟を漕いでいました。そこは暗い土地の真っ暗な川だったのですが、突然、夜が明けたように闇が消えました。入れ代わりに、この何とも言い難い毒々しい空が広がり、穏やかだった川が海になりました。その海もみるみるビニールシートのようなものになってしまいましたが。

貴方はいつからここに？

さて、時間というものがここでは――。

そうか。では、どうしてここにいるんでしょう？

それをときどき忘れ、ときどき思い出します。いまはたまたま忘れていますが、思い出したときの淡い記憶があるので、自分がここにいる理由はあるようです。

どこの国のどの時代から来たのか自覚はありますか？

ないですね。奥の「曖昧なところ」で声を掛けられたこともあるのですが、どうやら人違いのようでした。

では、どこに帰ればいいのか分からなくなってしまったわけですね。

そういうことになります。

ちょっと待ってください。ということは、僕もこのまま、今がいつなのか分からなくなるほどの時間をここで過ごすんでしょうか。

まぁ、そういうことになるだろうね。

ちょっと、先生。そんなのヒドイですよ。

私のせいじゃないよ。私だって、そうした危険と隣り合わせで冒険してきたんだ。私の場合は日ごろのおこないが良かったから無事にこちらへ戻ってきたが。いや、もちろん貴方のガイドのおかげですよ。時代も国も違う絵の中に貴方は必ずいて、そこから察するに、貴方は相当な道楽者か、あるいは相当な孤独を耐えてきたか――。

たぶん、後者です。

なるほど。そうして自覚せざるを得ない孤独があなたを寡黙にしていたわけだ。たしかに貴方はいつでもそんな顔をしていた。道楽者ではない切羽詰まった感じがそこはかとなく感じられた。しかし、何ゆえそれほどの孤独が生じたのか。そこに我々が求める答えが隠されているように思うんだが、参ったよ、あと一歩なのにこれ以上どうにもならない。体の方はとうにギブアップしてしまったが、どうやら意識や魂も立ち行かなくなってきた。もはや私もこれまでだろう。

*

さて——。

もし、我々の住むこの世界が、ひとつの魔法のランプから漏れ出た煙に過ぎないとしたら？　場合によっては、世界がランプの中に吸い込まれて、一切が消えてしまうこともあるのではないか。

昔のことである。街をゆく人々がそこいらに放り出されたバナナの皮に滑って転んだ時代、人々の鼻からは鼻ちょうちんがランプの煙のように膨らみ出ていた。そうした煙や鼻ちょうちんが、ランプの注ぎ口や鼻の穴に吸い込まれ、何事もなかったかのようにそれまでの経緯が消えてしまう——というのは、私のたわ言か。

が、事実そうした印象でこれまでの経緯がするっと呑まれた。何に呑まれたのか、どうして呑まれたと判断できるのか分からないが、「はっ」と声をあげてはね起きる自分は、その様が「バナナの皮」や「鼻ちょうちん」と同じレベルのようだった。戯画化されたようでありながら妙な実感があり、一夜明けて目覚めると、定石どおり、全身にじっとりと寝汗をかいていた。喉が渇き、お誂え向きに枕元にヤカンの水がある。

こういう場合、ヤカンから突き出た注ぎ口をくわえ、豪快に喉を詰まらせる勢いで潤すのがいわゆる「絵に描いたような」場面である。無論、そのとおりにした。口の端から水が垂れ、布団が濡れたり寝巻が濡れたりしたが、そんなことは構わない。息が詰まる寸前までひと息で飲み、どこか鉄のような血のような味がするヤカンの水を腹の底までいただいた。嗚呼、と声が出る。反射的に鳥肌が立つ。たとえそれが少年漫画の一場面のようであっても、それなりに絵に描いたような実感があって、からからに渇ききった喉が潤ったのだから、自分にはそれが一番のリアルである。

それにしてもリアルとは何ぞや。

ヤカンを枕元に戻しながら部屋の静寂に耳を澄ました。

何となく耳に詰まっていたものがなくなって音の聞こえもいい。鼻ちょうちんが鼻の奥にしまわれ、鼻のとおりまで良くなった。心なしか空気もうまい。水もうまかった。自分はいま、いつものように部屋に一人。周囲は異様なほど静かである。それがとてもリアルだった。自分はここにいる。夢を見ていたようだが、いまはもう覚めている。なにより、覚めた実感がある。

夢の中で自分はどうやら、絵の中の商店街をさまよっていた。しかし、それはもう終わった。頭の奥に遠のき、細部が思い出せないほど私は夢の世界と切り離されている。

息をついた。吸って吐いた。

状況や身振りが絵に描いたような紋切り型の中にあっても、私はもう絵の中にいない。そうしたものとの接続や連続は断ち切られた。アノウエ君には悪いが、たぶん謎の男が参入して三者会談をしているうちに、私の意識は完全に睡眠へ引き込まれたのだろう。そしていまここに目覚めた。これはもう完全な覚醒だ。曖昧なところがまったくない。

で、こうして落ち着いて自分を俯瞰《ふかん》してみると、言ってみれば私には「三次元」と「二次元」と「夢」の三つの位相があり、そうした複数の立ち位置は、じつのところ誰もが保持しているのだった。何ら不思議なことではない。誰だって、本を読んだり絵を見たりしてその世界に取り込まれる。夢だって見るだろう。

私は枕元のヤカンを手にして台所に立った。自分には足もあるし手もある。私はたぶん幽霊ではない。私はたぶん生きている。きわめて真っ当な（たぶん）思考をめぐらせて（たぶん）いるように思う。

じゃぶらじゃぶらとヤカンに水を入れてガス台の上へ載せ、ガス台の栓をひねれば当然のように火がついて炎が立ち上がる。微量なるガスのにおいと炎の鮮やかさに脳も刺激され、嗚呼、こうしてまた今日という日が始まるのだなと思うと気が晴れてくる。

あるいはここで「なんだ、夢だったのか」とため息のひとつもつけば、これまでのすべてがそうであったことになる。では、どのあたりから夢であったのかと記憶を巻き戻すと、気が遠くなるくらい果てしなくさかのぼってしまう。

要するに、私の人生はおしなべてそんなものであった。絵の中に入ってしまうのは明らかな異常事態だとしても、私自身の妄想癖によるのか、それとも、世界の方が奇妙にねじ曲がっているのか、子供のときから普通ではないことが多々あった。

夜空に巨大な島が浮遊するのを見た。本の中から光が射してひどく眩しかったことがある。図書室の本棚の奥から緑色の瞳に覗かれたこともあった。

無口な少年だった私はいささか本の読み過ぎであったかもしれない。が、子供なんてものはいつの時代も漫画の読み過ぎから始まり、テレビの見過ぎ、ゲームのし過ぎと、常に「過ぎた」振る舞いに興じて普通ではないところに行ってしまう。

問題は――。

問題は五十歳にもなったいい大人が、いまだにそうした妄想の虜になっていることだ。しかも私がシューイから「先生」などと呼ばれているのが悪しき影響を及ぼしている。私の妄想がシューイに波及している。それとも、波及していると想定すること自体、妄想の延長なのだろうか。

落ち着こう。

いつもどおりに振る舞おう。お湯が沸いたので番茶をいただく。あいにく〈スーパー・スーパー・スーパー・インスタント・コーヒー〉は切らしてしまった。いつもどおり、小鍋に湯を沸かしてうで卵をつくり、六枚切りの食パンを焼いてバターをのせて食す。すべていつもどおりだ。

嗚呼、このままこうして暮らしの中に穏やかに腰を落ち着けて埋没したい。常軌を逸す事態や経験はもう沢山だ。番茶をすすりながら、ははぁなるほど、いっさいは夢でありましたか、などと詠じれば、日なたの匂いがする畳の上で猫の如く背を丸めて自分の体をいたわれる。

私は時おり耳にする「自分に御褒美」といった物言いがどうも気にくわない。しかし、「自分をいたわる」と言い換えれば少しは納得できよう。ただしこれは、私のような独身者のみが行使できる特権であり、なにしろ、五十年も生きてきたのに伴侶の一人も得られなかった。そうして誰も私をいたわる者がいないのだから、私が私をいたわるより他ない。いたわるのは簡単なことだ。いつもどおりの日常に戻ればいい。日常はいい。日常でいい。日常がいい。日常こそが――物音。日常こそが――物音？

日常こそが――物音だ。物音がする。

私は飲みかけの番茶を卓袱台《ちゃぶだい》に置き、なんとなく嫌な予感を覚えながら耳を澄ました。

「こう……」

と声なのか、空気が漏れる音なのか、いずれにしてもこちらまで脱力してしまうような、まったく気合いの入っていない「こう……」が物音と重なって聞こえてきた。耳で探ると、物音は部屋の隅の衣装箪笥の中から聞こえてくる。脱力してくぐもった「こう……」も同じくそこから聞こえ、物音は――うまく言えないが――何かがうごめくような窮屈そうな音だった。

つづいて、みしっと箪笥がひと揺れし、「こう……こう……こう……」と音は疑うことなく声となって立ち上がってくる。

待てよ、この声は――と、こちらを警戒させるほど「こう……」は明瞭になってきた。ところで、この衣装箪笥についてだが、どういう来歴なのか母に訊いてみないと詳細は分からない。お前も一人で生活するならこういうものが必要になるからと無理矢理送りつけられた遠い記憶がある。かれこれ三十年前のことだ。そのときすでに相当な年季が入っていたが、以来三十年、めったに着ないスーツなんぞを吊るしてそれなりに活用してきた。そんな箪笥が地震でもないのに震え始め、窮屈そうな物音を発して「こう……」とつぶやいている。

不意に私の脳裏にふたつの閃きが起きた。

その一。この「こう……」と苦しげに呻く声はアノウエ君の声ではなかろうか？　彼もまた絵の中の世界から日常へ戻りつつあり、しかし何を血迷ったか自分の箪笥ではなく、私の箪笥をこちらへの出口とみなしてしまった。

その二。箪笥といえば、このあいだ本棚の整理をしたときに、本と本のあいだから錆の浮き出た古い鍵が転がり出てきた。その鍵に虫眼鏡で覗かないと判読できないような小さな文字で「タンス」と書かれた紙片が貼り付けてあった。

このふたつの閃きが何を示唆しているか至極明快である。私は急いで本棚を探って件《くだん》の鍵を見つけ出すと、生き物のように震動している箪笥に挑み、手錠をかける刑事の心境で錆びた鍵を箪笥の鍵穴へと差し入れた。カチャリと回す。いや、その鍵はカチャリなどという可愛らしい音をたてず、グスリといった感触で鈍く固くようやくにして回った。

悪いが、アノウエ君、ここではないんだ。ここは私の日常であって君が戻るべき日常ではない。もし、ここへ出てきたら、またしても日常ではない何事かに巻き込まれるおそれがある。そのあたりの正しい法則はまだつかめないが、たぶん、まともな法則などないのだろう。悪いが他の箪笥をあたってくれ。私は日常ではないものとしばらく距離をおきたい。そうしないと、この事態に対処する術が思いつかない——と口には出さず、胸中にのみ念じておいた。

すると、思いが通じたのか（それは、はたして中でうごめくアノウエ君に通じたのか）、それとも古狸ならぬ古箪笥に通じたのか、震動がおさまり、声も物音も気配も静寂によって整えられた。ちょうど鼻ちょうちんが鼻の穴に戻されたみたいにすべてが消え去った。

私は指先で鍵をつまんだまま大きく息をつき、振り返るとそこに日常があり、卓袱台があり、飲みかけの番茶があり、平穏無事な光景が日なたの匂いに包まれていた。

私はそこへ戻るしかない。

が、どことなく腑に落ちない。落ち着かない。私は静かな部屋の中を見回して観察する。何ら変わらないいつもの私の部屋である。が、どことなく妙だった。部屋がおかしいのか、それとも私がおかしいのか。なんとなく視線を感じてしまう。誰かに見られているような。疑いなく「日常」と思い込んでいたこの静寂が、じつのところ衆目にさらされているような——。

たとえば、ひと気のない画廊の隅に、『日常』と題された一枚の絵があって、じつは、私はその絵の中で暮らしている。そして、たまたま画廊を訪れ、たまたまその絵に魅了された者が「いいなぁ、この絵」とつぶやく。「こんな日常を送りたいものだ。こんな生活をしてみたいものだ」と。だが、そんな日常は絵の中にしかない。それでもいつかは——というような思いも忘れて漠然と日々を送っていたある日、自分がいつからかそんな暮らしをしていることに気付く。まさしく絵に描いたような平凡。特筆すべきことのない凡庸な毎日。「いいなぁ」と憧れていたのに、知らぬうちに自分がそこに居座っているのを知ると、どうも落ち着かなくて、ちっとも「いいなぁ」と思えない。かつて私が額縁の中に眺めたように、誰かがどこかでこの様を眺めているのではないか。向こうの方から——いや、それはどこなのだ。そして、ここはどこだ。

日常だ、と私は自分に答える。「いつものように」と私は私に言い聞かせる。いつものように朝食をとり、大学へ出かけるなら出かけ、大学が休みであれば好きなところに出かけよう。

カレンダーを眺めた。そうか、ここしばらくは試験週間で私の出る幕はない。ならば、いつものように有楽町の地下街へ出向き、あのどことなく非日常的な——と思いかけて、それがいけないのか、と反省した。

あの地下街へ行くから自分はおかしな事態に巻き込まれる。そうだ、そうに違いない。大体、理由もなく魅かれるものは、あらかた日常に反した何事かを含んでいるものだ。

私はいまいちど箪笥を眺めた。それはもう微動だにせず、何の予感も孕んでいない。アノウエ君がどうなったか気にならないでもないが、いまはひとまず自分への決着である。

さて、どこへ行けばいいか。

ひとしきり考えてみたが、私にはどうもこれといって行くところがなかった。いまさら驚くことでもない。この五十年、散々あちらこちらへ出向き、いよいよ行くところがなくなって地下街を散策するようになった。他に思いつくならそれに越したことはない。こうした逡巡《しゅんじゅん》自体、何度も繰り返されてきたはずで、他にどこへ行けと言うのか。

いや、待て。これまでの一切が魔法のランプや鼻の穴に吸い込まれたとしても、その名残を反芻すれば、たとえば私はついこのあいだ小学校の図書室にいた。そうだ、あそこには地下街に通じる好ましい空気があった。あのとき、あの図書室にどのようにして辿り着いたのか。やはり落下であったか。覚えていない。しかし、少なくとも一回は落下によって不条理な瞬間移動を強いられた。決して私が望んだわけではない。私はそもそも高所恐怖症である。落下が何よりも恐ろしい。この恐怖は私にさまざまな悪夢を呼び、私自身の落下はもちろん、大型旅客機がすぐ目の前に落下して大破する夢をよく見る。夢の記憶なのに現実の記憶とほとんど区別がつかない。そうした悪夢の連鎖を回避するためにも小学校の図書室は有効だった。いまの私には日常的な場所ではないとしても、四十年前の私には図書室が日常の最果てだった。私はあの図書室で本を読むことによって幾度も非日常へと旅立った。飛行機からの連想で言えば空港のようなものだ。街のはじっこのへりのようなところにある、ほどよい大きさの空港——。

そうだ、空港へ行こう。

そして飛行機には乗らない。

飛行機は容易に落ちるので決して乗らないと決めている。が、空港には行ってもいいのではないか。あらかじめ「飛行機に乗らない」と決まっている空港は澄んだ水のように詩のようにうつくしい。それこそ日常の最果てだ。その向こうには落下するかもしれない飛行機が待っている。落下さえしなければ、そのさらに向こうに非日常（外の世界）が広がっている。その可能性がじつに嬉しい。自分には関係なくても、簡単に把握できないような可能性が広がっているのは非常に嬉しい。

それにしても、空の港とはよく言ったものだ。私は海の港を擁《よう》した街に好んで出かける。港町には独特の風情がある。それは船に乗る乗らないとは関係ない。いや、むしろ乗らないからこそ可能性が広がる。まだ読んだことのない本が限りない可能性を秘めているように。小学校の図書室と同じである。私にとって図書室と空港は交換可能なものだ。だから、どちらへ行ってもいい。どちらでもいいけれど、いま私が行くべきはそのどちらかで、図書室に行ったら決して本は読まず、空港に行ったら飛行機に乗らない。そうすることで、日常の最果て——あと一歩で非日常というところに踏みとどまり、誘惑を断ち切る修練を重ねてゆく。そうすれば、うかつに絵の中に取り込まれることもなくなるだろう。

では、とりあえず空港へ向かおうと決めた。が、五十年にわたる人生において、一度も飛行機に乗ったことがないゆえ、どうすれば空港に到着するのか分からない。たしか、モノレールに乗ってゆくのではなかったか。

考えてみると、モノレールにも乗ったことがなかった。おそらく空港とモノレールがセットになっているからだろう。この街においては、基本的に空港に用がなければモノレールに乗ることもない。このままだと私は「空港に行ったことがない男」および「モノレールに乗ったことがない男」として一生を終えることになる。それではなんだかつまらない。この際、何としてもモノレールに乗って空港まで行ってみたい。

ところで、モノレールはどこから乗ればいいのか。モノレールの駅というのがどこかにあるはずだが、はたしてどこにあるのか。あの乗り物は空中にぶらさがるようにして走るわけだから、当然、駅も空中にあるはず。しかし、そんな話は聞いたことがなかった。空中に駅があるなど多分に空想科学的ではないか。飛行機および空港を多用する人には、私のこの不可解さが伝わらないだろう。しかし、たとえば、ケーブルカーの駅やホバークラフトの発着所を熟知している人はどのくらいいるのか。私にしてみれば、モノレールに乗るのは飛行船に搭乗するより非現実的である。

それで仕方なく有楽町の地下街に行ってみた。いや、面倒になったのではない。地下街ならよく知っているし、地下街にはそうした奇妙な乗り物の案内所があったりするものだ。現に勝手知ったる地下街をさまよってみたところ、探すまでもなく〈東京モノレール案内〉なる窓口が見つかった。さすがは我が地下街。何でもある。

ただし、その窓口は蛇行する地下通路の途中にあり、案内所自体が弓なりのカーブを描いた歪んだ一室になっていた。そうして案内所が弓なりであれば、窓口も窓口に控えている受付嬢もどこかしら弓なりで、当然ながら、こちらも体を弓なりにして蛇行しながら受付に臨まなくてはならない。昨日今日の新参者がモノレールに乗るのは並大抵のことではないのである。しかも、他に客もいないのに、受付嬢は「ただいま一時間待ちです」と弓なりにつれない。

――以上は私が子供の時分から得意としてきた妄想であり、今風の言葉で言えばシミュレーションもしくはイメージ・トレーニングである。空港に行きたいのは山々だが、以上のようなシミュレーションの結果、そう簡単には辿り着けないことが判明した。ゆえに外出はとりやめにし、番茶をもう一杯飲んでひと息つくことにした。

　こうなってくると、私は卓袱台にもたれて一人。くしゃみをしてもまた一人である。目の前には簞笥があり、手もとには簞笥の鍵がある。鍵のかかった簞笥の奥では二次元からこちらへ戻ろうとしているアノウエ君が（たぶん）もがいている。私が鍵をかけたことによって、彼は帰還の可能性が断たれ、それゆえか、物音も「こう……」の声も聞こえなくなった。

　が、たとえば、鍵をあけてみたらどうなるのだろう。非常に興味深いが、なにしろ行きたかった空港には行けないし、地下街の散策も弓なりの悪夢に苛まれることが予測されている。そうなると、今日のところは簞笥以外に楽しみがなくなった。ならば、いきなり鍵をあけてしまうのは勿体ない。

　それで私は卓袱台の脇のめったに見ることのないテレビをつけた。ニュース番組なんぞを見たりして、しばらく勿体ぶることにした。

　はっきり言って、ニュースにはまったく興味がない。が、そんなことだからモノレールにも乗れないのだし、少しは外の様子を知らなければと海外ニュースのコーナーもじっくり見た。

スウェーデンではカラスの彫刻が流行しており、老若男女を問わず誰もがカラスを彫ることに熱中していた。フランスでは竜巻が帽子工場を襲って大量の帽子が空から降ってきたという。インドでは足の裏に第三の目のある男がいて、男の意志とは無関係にウインクをしたり泣いたりするそうだ。そしてイタリアでは――。

画面がイタリアからのニュースに変わった途端、私はそこに映し出された一枚の絵画に鳥肌が立った。息を吞んだ。吞んだのだが、じつを言うと、なぜ吞んだのか分からない。反射的に吞んでしまったわけで、こういうときは、少しずつその意味するところが分かってくる。

ニュースが伝えるところによると、来月からミラノで開かれるルイジアーノの展覧会の準備中に、代表作のひとつ『十二人の船乗り』に異変が起きたらしい。よく知られるように、この作品は十二名の船乗りが横長の画面の中でテーブルについて食事をしている様が描かれている。その十二名が驚いたことに一夜にして十一名になってしまったというのだ。テレビ画面には十二名が並んだ元の絵と、一人が欠落してその部分が空白になっている現在の絵が並べられていた。誰が見ても一目瞭然で、関係者によれば、前の日までは間違いなく十二名が並んでいたとのこと。一夜明けた朝に左から二人目の若い船乗りが「絵から消えていた」という。当初は、盗難・すり替えの可能性があると見て注意深く検証が行われたが、十一名になってしまった絵は正真正銘の本物で、空白部分にはこれまで見えなかった背景が克明に描き込まれていた。その筆致と絵の具の分析をしたところ、奇妙なことに他の背景と差異がなく、どう見ても、画家による真筆に違いなかった。では、もともとの「十二名」が偽物だったのではと大胆な推理も検討されたが、今回の展示にあたり入念な検査をした直後に起きた珍事であるとか。

しかしまぁ、足の裏で第三の目がウインクすることもあるのだから、一夜にして絵の中の人物が消えてしまうこともあるだろう。こちらはなにしろ絵の中に入ってしまった経験があるので、そのあたりの真偽の判断が鈍くなっている。だから、消えたこと自体はさして驚異ではなかったが、問題は「元の絵」がクローズアップされ、「消えてしまったのはこの船乗りです」とニュースのアナウンサーが示したその顔だった。

あの男じゃないか。

あの男だ。

絵の中に入るたび出会うあの謎の男——。

ルイジアーノの『十二人の船乗り』は若いときから親しんできた絵だったが、十二人がまとまったひとつのものとして記憶されていたので、一人だけ切り離され、しかも生身の人間として出会ったのでまったく気付かなかった。ニュースはこの怪事件をどことなく眉《まゆ》唾《つば》ものとして取り上げているようで、私にしてみれば、画面が次のニュースに変わり、時間が経つほどに、じわじわとそのおかしさと恐ろしさが募ってきた。

あの男——。

あの男は私やアノウエ君と違って、こちらの——三次元の——住人ではなかったのだ。もともと絵の中で生まれた男、絵の中の時間に長いあいだ浸された男だったのである。道理で絵の中の事情に通じていた。その一方で、彼が非常に屈託した厭世《えんせい》的な様子であったのもこうなってみると興味深い。事態は絵の外の我々が中へ取り込まれる奇異にとどまらず、絵の中の人物までもが、いわば、持ち場を放棄して逃走を試みていた。

しかし、何故だろう。どうして逃げたのか。疲れたのだろうか。どこかそんな風情があった。我々が日常の反復に倦《う》んでしまうように、絵の中の彼らもまた絵の中の日常が退屈になるのか。今度会ったときに、直接、彼に訊いてみたい。はたして、また今度があるかどうか分からないが——。

私はそれからテレビを消してしばらく簞笥を眺めていた。

日常の茶の間の、何気なくつけたテレビの中からとんでもない非日常があふれ出てきたわけで、そうなると、右を向いても左を向いても同じことじゃないかと思わざるを得ない。

ひとまず、日常の平凡な日々の方へ自分を引き戻そうとしたが、この痛烈な一撃によって一気に二次元の世界へと押し戻された。日常が引き潮のように周囲から遠のき、代わりに箪笥の中から「こう……こう……」とあの声がまた聞こえてくる。

私は箪笥の鍵を握りしめ、試しに「こう……」と一声のみ応じてみた。すると、箪笥の声はいきなり転調するように「ひい……」と返してくる。

ひい？　こう……ひい……？　こうひい？

「こう……ひい……」と箪笥が弱々しくつぶやいている。

よし、分かった。日常なんてどうでもよろしいと私も覚悟を決め、鍵を箪笥の鍵穴に差し込んで慎重にゆっくり回した。途端に「こうひい」と箪笥の中の声が際立ち、それはやはり箪笥ではなくアノウエ君の声に違いない。

「こうひい、が」

と「が」が付け足され、

「こうひいがのみたいです」

いかにもアノウエ君らしい生意気な願望の声になった。

箪笥が膨らんでいる。

あたかも奇術の種明かしのように箪笥の扉が開くと、はたしてそこにアノウエ君がいて、

「こうひいがのみたいです、こうひいが」

おかしな呪文を唱えつづけた。何だそれは、「ひらけゴマ」の代わりか、それとも単なる願望なのか。あいにく、〈スーパー・スーパー・スーパー・インスタント・コーヒー〉は切らしている。

「こう……ひい……」

アノウエ君は箪笥から這い出てくると、蛇が力尽きたように畳の上で荒い息を吐いて俯《うつぶ》した。

「いれたての……こうひい……が……のみたいです」

淹《い》れたて、とはまた何と贅沢な。

というか、そこでふと思ったのだが、淹れたての「たて」とは何であろう。私はインスタント・コーヒー派であるが、その場合は何と言うのか。「溶けたて」だろうか。

「悪いな、アノウエ君。私は常日頃、非常においしいインスタント・コーヒーを飲んでい

るんだが、今日に限って切らしている。ただ、大変ラッキーなことに、お中元でいただいた缶コーヒーの詰め合わせがある。君が淹れたてのコーヒーを飲みたいのは了解した。しかし、今日のところは缶コーヒーで我慢してくれ。しかしアレだ、缶コーヒーの場合は何と言うのだろう。開けたての缶コーヒーか。あるいは、プルリングを引きたてのコーヒーか」

「なんでも……いいですから」とアノウエ君は息も絶え絶えだった。その衣服はくたびれて少しばかり湿っているようで、まぁ、銭湯の絵の中から帰還したのだから湿っていてもおかしくはない。が、率直に言って薄気味悪かった。

私はそそくさと缶コーヒーの詰め合わせを取り出してきて、中をひととおり検めた。

「先生……はぁ……何を……ふぅ……見ているんですか……」

アノウエ君は私が何をしているのか耳で追っているらしい。

「缶コーヒーの詰め合わせを見ているんだ」

「詰め合わせ……はぁ……というからには……いろんな種類の缶コーヒーが詰められているんですよね。ミルク入りとか……エスプレッソとか……キリマンジャロとか」

「ほう。君は詰め合わせという言葉からそうしたものを想像したのか」

「違う……んですか」

「残念ながら違うんだ。何の変哲もない同じ缶コーヒーが十二本並んでいる」

「それは……あの……詰め合わせとは言わないん……じゃないですか」

「なるほどたしかにそうだ。詰めてはあるが、合わせてはいない。詰め込み、とでも言うのか。君はそれが不満なのか？　嫌なら飲まなくてもいいんだ」

「いえ……」

「前から思っていたんだが、君は少し生意気ではないか？　いきなり私の家の箪笥の中から現れたと思ったら、コーヒーを、しかも、淹れたてのコーヒーを所望するとは。こっちだっていろいろ準備があるんだ。世の中、何もかも君の思いどおりにゆくと考えていたら大間違いだぞ」

「先生には、ねぎらいというものがないんですか」

「ないぞ。大体、ねぎらいとは何だ。君はアレか、自分に御褒美とかそういうことが言いたいのか。この際、はっきりさせておくが、ねぎらいは乞うものではなく、思いやるものだ」

「じゃあ、思いやる気持ちはないんですね」

「ないね」

私はきっぱりそう言って、詰め合わせならぬ「詰め込み」の中から缶コーヒーを一本だけ取り出し、俯せたままのアノウエ君の方へ転がした。ごろごろと絵に描いたような音がしてアノウエ君の耳のあたりを直撃すると、アノウエ君はそれを俯せのまま鷲づかみにした。それから、いきなり勢いよく上体を起こし、缶コーヒーのふたをぷしりと音をたてて開けてみせた。

「何だ、元気そうじゃないか」

全体が湿っているが、よく言えば、ジャングル探検から帰還したような野性味を醸している。そして、絵に描いたように喉をごくごく鳴らしてコーヒーを飲んでいる。本当に「ごくごく」と音がした。なるほど面白い。だんだん分かってきた。どうやら人は絵の中に入ると、そのあとしばらく絵の中の空気をひきずって、いわゆる「絵に描いたような」ことをしてしまうらしい。学生たちが使っている昨今の言葉で言えばベタというやつだ。昔は紋切り型などと言ったが、ベタの恐ろしさは、それが驚くべき早さで更新されてゆくところにある。流行と同じである。流行は――個人的見解の相違はあるとしても――統計学的に言えば、一応、世間で「良し」とされているものである。ベタはその反対で「悪

し」ということになるだろうか。このあたりがまたじつにどうにも——、

「先生」

アノウエ君が急に大きな声を出した。

「何だね、そんな大きな声で」

「大きな声なんて出していません。そんなふうに考え事をしてるから、そう聞こえるんです。いま先生は、はっ、と言いました。目が覚めたみたいに、すごくわざとらしく」

アノウエ君は、すでに空になった缶コーヒーをのけぞりながらあおっていた。

「もっと飲むかね」

「はい、いただきます」

では、私もついでにいただくとして、「詰め込み」の中から二本を取り出し、アノウエ君とともに「ぷしっ」「ぷしっ」とプルリングを引き上げて飲んだ。

すると「ごくごく」と私の喉からもベタな音が聞こえてきて、じつに分かりやすくベタが伝染した。そういえば、私が絵の中からシャバに戻ってきた後も同じだった。もっとも、あのときはベタが伝染するというより、絵の中の非現実性が伝染してしまったようで、それはつまり、絵には「ベタなものを描いてしまう面」と、それを嫌って「この世にないよ

うな事象」を空想で描く場合があるからではないか。その二面性がそのままこちらの身に染みて、シャバに帰ってきてからもベタとシュールが連続している。どちらかと言えばシュールの方に偏り、このあたりがじつになんとも――、

「先生っ」

思わず、「はっ」と声が出た。

「何を考えているんです？」

「いや、言うまでもないよ。缶コーヒーの味わいについてだ」

「先生は相変わらず呑気ですね。もっと考察してください。我々には尋常ならざることが起きたんですから」

「そうなのかな」

「だってそうでしょう。絵の中に入って、絵の中から出てきたんです」

「なるほど君もようやく私の境地に達したわけだ。しかしそんなに興奮しているようではまだまだだね。もっと冷静になって事態を鑑《かんが》みなくては」

「僕はきわめて冷静です。僕はまだ帰還したばかりだというのに、畳に突っ伏しながら、絵の中の世界と我々の世界の普遍性について考えていました」

「ほう。それはまたどういうことだろう」

アノウエ君はコーヒーの缶を畳の上に置くと、湿った前髪をかきあげて目を輝かせた。

「つまり、絵の中の普遍性と我々の世界の普遍性は同じなのかという問題です」

「もっとベタな言葉で言ってくれないか」

「あ、まさにそのベタですよ。あっちのベタとこっちのベタの関係です。というかですね、僕はもしかして、あっちに行きっぱなしになっちゃったかもしれないわけです。でも、こうして無事に帰ってきました。結構大変な冒険だったんです。まぁ、話したら長くなるんで今は言いませんが」

「ああ、そうだろう。それこそ紋切り型な冒険からの帰還だ。映画なんかでも大抵そうじゃないか。冒険ものの大作映画では、何故か必ず帰り道が端折《はしょ》られる。本当に危険を冒さなければならないのは帰り道のはずなんだが——。だってそうだろう。たとえば、ものすごく長い時間をかけて宝の箱を探して探して探して、山あり谷あり、人食い狼あり、人食いトラあり、人食いコウモリあり、竜巻、落雷、山火事、地雷の爆発、原住民の奇襲攻撃、巨大ヒルの奇襲攻撃、宇宙人の襲来——その他諸々。そういったものすべてを乗り越えてようやく辿り着いた宝の箱だ。探し当ててみれば、そいつは何トンもあるような重さで、行きはそんな大荷物はなかったが、帰りはそいつを背負って帰らなければならない。それに、大渓谷を渡るときに橋が崩落し、すんでのところで助かる名場面があった。ということは、帰りはもう橋がない。一体どうするのだ。それなのに、帰り道はじつにあっさり描かれる。唖然とするようなベタな展開で、ヘリコプターか何かに乗って脱出したりするのだ。昔から、行きはよいよい帰りは恐いと相場は決まっているのに。帰り道の方がよっぽどスリリングじゃないのか。なぜ、そっちを描かない？」

――とそこまで力説したところで、不意にこれは私の人生にしても同じではないかとイヤな事実に気が付いた。なにしろ私はもう五十歳になってしまったのだから、どう見積もっても、すでに人生の帰り道を歩んでいる。すなわち、行きよりも険しい道を歩んでいることになる。

「ええ、そうですね」とアノウエ君が我が意を得たりとばかりに声に張りをみせた。とても険しい帰り道をくぐり抜けてきたとは思えない。

「ですから、そんなにも大変だったわけです。僕のこの湿り具合を見れば分かるでしょう？　ねぎらいの言葉のひとつくらいあってもいいじゃないですか」

「ないね。断じてない。それに私は君に缶コーヒーを二本も進呈したのだから充分だろう。

そんなことより、絵の中の普遍性がどうのこうのについて早く説明しなさい」

「いや、僕が思ったのは時間のですね——」

「そうだ。これは時間の問題と関係している」

「あれ？ 先生もそんなことを考えていたんですか」

「私は畳に突っ伏している君に缶コーヒーを与えながら、その味わいについて考え、同時にまた普遍性と時間の問題を考察していたのだ」

「何ですか、それ？」

「だから、缶コーヒーの味わいだよ。君は生意気にも淹れたてのコーヒーを飲みたいと言ったろう？ しかし、淹れたてのたてとは何だ？ もしかして、これは時間に関わることではないか。いや、ズバリ言ってしまえば、時間が経過していないということなのだ。たての世界においては——」

「何ですか、その、たての世界って」

「いま、私がつくったんだ。つくりたてだ。つくったばかりでまだ時間が経過していないから、君にはそれが分からない。初めて耳にしたわけだからね。しかし、こうしてひとたび言葉にして繰り返すうち、それは早くもベタの方へ向かっている。よく言えば普遍性に向かっている。少しずつ市民権を得てゆく。が、いまはまだつくりたてだ。たての世界では生まれたばかりのものが歓迎される。まだ名付けられていないようなものほど価値があるんだ」

「名付けたところから時間が経過してゆくんですね」

「そんなことはまだ分からない。すべて私のでたらめなんだから。だが、でたらめでもいいからそいつに名付けて意味とか言葉なんかをくっつけてゆくと、そいつは私のもとから離れて勝手に立ち上がる。独り歩きを始める。これすべて人間と同じ。名付けられて立ち上がって歩き出す」

「じゃあ、そのあとは価値が下がってゆくだけですか」

「あるいはそうかもしれない。世の中には成熟という言葉もあるだろうが、たての世界では成熟は腐敗の一過程と見なす」

「そうなんですか」

「いま、そう決めた。まだ決めたてだ」

「そう考えると、なんだか虚しいですね」

「だから、缶コーヒーなんぞを発明するわけだ。たての保存だよ。淹れたて、つくりたてを――つまり、もっとも価値ある状態をどうやって維持するか。時間との戦いだ。人間も生まれたてというたての世界から始まったわけだから、うまいコーヒーだけではなく、自分らの維持にも夢中になる。が、時間は容赦なく世界を追い込んでゆく」

「どうしたんですか、先生。何かいつもと違うじゃないですか。まるで本当の先生みたいです」

「たぶん、君が絵の中の世界から帰りたてなんで、ベタのウイルスが強力に私に感染したんだろう。私にもよく分からんが、口が勝手に先生ぶる」

「いいじゃないですか、その調子でぶってください」

アノウエ君は缶コーヒーを缶ビールのようにあおり、野球観戦でも楽しむように「もっとやれもっとやれ」と私を煽《あお》ってみせた。私としては、アノウエ君の要望なんぞに応えたくないのだが、どういうものか、口が勝手に先生ぶってしまう。

「人類はな――」

「人類、ときましたか、いいですね、先生っぽくて」

私は先生っぽくアノウエ君を睨みながら、先生っぽく「えへん」と咳払いをひとつした。

「あ、いま、えへんと言いました？　すごいな。ホントにえへんって言う人を初めて見ましたよ。それって擬音じゃないんですか」

「君だって、喉をごくごく鳴らしていただろう。それに、私を煽るときに、やんややんやと言ったではないか」

「言ってないですよ、そんなこと」

「自分では気付かんのだ。人類は己が見えん。いつでも時間に勝てると思い込んでいる。だが、なかなかそううまくはいかん。それで人類は、えへん、時間を敵であるとみなしたわけだ。時間にどのようにして勝つか、それが、えへん、人類の歴史である」

「やんややんや」

「しかし、たとえば普遍を獲得するにはある程度の時間が必要になる。生まれたてで普遍というわけにはいかない。淹れたてが一番うまいと判断されたのは時間が経ってからのこと。いろいろやってみた結果、どうやら淹れたてが一番うまいという結論に至った。もし、淹れて三日目が一番うまかったら、それでもう淹れたてには価値がなくなる。たての世界にはそういう落とし穴がある。まぁ結局のところ、何事にも旬があるということだ。輝くときというのか、そこで絵の話につながってくるんだが――」

「はい」

「人はどうしてまた絵なんてものを描くんだろう？」

「たしかに面倒ですよね。いまは写真だってあるし」

「じゃあ、人は何でまた写真なんてものを撮るんだろう？」

「それはやっぱりアレじゃないですか、時間との戦いに勝てると思うんじゃないですか」

「そこだ。時間が奪ってゆくものをこちら側に留めるために絵を描いた。最初はそうだった。絵画が生まれたてのころは、目の前に生きているものが、死んだり消えていったりするのが惜しくて惜しくて、その前になんとか写しとろうと必死になった。しかしだ。時代が下って絵画が普遍を獲得するころには、時間との戦いはさらに発展していた。画家たちは経験のない未来の時間を描いたり、経験があろうはずもない空想の世界の事情まで描くようになった。この空想というものが絵になだれ込んできたとき、事態は急速にややこしくなった」

「あ、でもやっぱり同じじゃないですか？　空想であろうが現実であろうが、それが画家の中で新鮮なうちに描いたんですよ。言ってみれば、生まれたての空想です」

「なるほど。いずれにしても、それは時間の流れに待ったをかけることに成功したわけだ。当然だが、絵の中では時間が流れない。で、流れないのが前提であるから、稀にあたかもそこに時の流れを感じさせるような絵が現れると、人は否が応でも驚きを禁じ得ない。ないはずのものがそこにある。しかも、それが消えてなくならない。いや、もちろん絵であっても、所詮は我々の世界に組み込まれているわけだから、いつかは朽ちてなくなるだろう。が、本物の時間ほど足が早くない。そして、いつでも何度でも味わえるという点に注目すれば、すでに人類は勝利したのではないか。人類は、えへん、時間に勝ったのだ。絵を描くことで、そこに時間を封じ込めた」

「そうなんですかね？」

「さぁ、分からない。これは私がいま思いついたでたらめだから。生まれたての考えのような気もするし、何度も繰り返し語られてきたベタな概念かもしれん」

「でも、絵にはそういった、たての世界としての側面があるわけですね」

「分からんが、こっそりあるということにしておこう。まぁ、喩えて言えば真空パックだ。ある時代のある年のある月のある一日のある時間を絵は画布に閉じこめる。見ればそのときの時間が甦る。じつに大したものだよ。私はそう思う」

「そういえば、絵の中で会った、あのおかしな男が――」

「ああっ」と私はそこで思わず大きな声をあげて腰が浮きかけた。「そうだった。我々はいま人類と絵画の歴史なんぞをひもといている場合ではなかったんだ。君が缶コーヒーを飲みたいなどと間が抜けたことを言うから、すっかり忘れていたが——」

「僕は缶コーヒーを飲みたいなんて言ってません。淹れたてのコーヒーと言ったんです」

「そんなことはどっちでもいい。あのな、あの男が、さっきテレビに出ていたんだ」

「へえ。じゃあ、結構、有名人なんですかね。そう言えば、どこかで見たことのある顔をしてました。俳優か何かですかね。それともサッカーの選手だったかな」

「いや、あの男はシャバの人間ではない。生粋の絵の中の男。絵の中生まれの絵の中育ち。ニュースで見たんだ。いいか、驚くな。あの男はな、あのルイジアーノの『十二人の船乗り』のうちの一人なんだ。たしか、左から二人目と言っていた。あの男はあの絵から逃げ出してきたんだ」

「ということは、描かれた人物なんですね」

「そういうことになる。生身の人間じゃない」

「どうも、動きがぎくしゃくしていると思いました。なるほどねぇ」

「しかし、君は思ったより驚かないな」

「そうですねぇ」とアノウエ君はいかにも平然、悠然、泰然としていた。それとも、缶コーヒーを缶ビールに見立てて飲んでいるうちに酔ってしまったのか。

「だって、僕はいまさっきまで銭湯の絵の中にいたんですよ？　もう何も驚かないです。ただ、やっぱり時間の問題に興味があります。そのニュースって速報だったんですか、それとも——」

「いや、速報ではないようだった。世界眉唾ニュース特集みたいなコーナーで、ここ最近の不可思議なニュースを集めてみました、というような感じだった」

「じゃあ、昨日今日の話ではないわけですね。ではないとしても、まぁ、それなりに有名な絵ですから、真偽を調査して報道したとしても、そんなに前ということでもないでしょう。となると、ちょうど先生が初めて彼に会ったころに彼は脱走したのかもしれない」

「ああ、そうかもしれないね。あのときは、いかにも逃げたてというか——いや、待った。そういえば、最初に会ったとき、彼は絵の外に出ることを非常に恐れていた。夕方までに帰らなければならないところがあるとかで——」

「帰る？　どこにですか？」

「もちろん絵の中にだろう」

「ルイジアーノの？」

「そういうことだ。最初のうちは帰っていたんだ。誰にも気付かれないように。おそらく、あの絵が収蔵された美術館の学芸員が、夕方のある時間になると絵をチェックしながら館内をまわったんだろう。閉館したあとに巡回するとか——」

「チェックしなければ気付かないもんですかね」

「チェックしても気付かないだろう。まさか、一人いなくなってるなんて誰が想像する？」

「しかし、先生もおかしな妄想をしますね。絵の中の人物が絵から抜け出たり、また戻ってきたりなんて——」

「いや、これは妄想じゃないよ。彼は現にそうしていたと思う。そして彼はあるとき、帰らないと決意したわけだ。絵の束縛から自由になりたくて——」

「ん？　ちょっと待ってください。彼はルイジアーノの絵からは抜け出したかもしれないですが、結局、別の絵の中に現れているわけですよね。つい今さっきは銭湯の絵の中にいました。ということはですよ、結局彼はこちらへ抜け出てこられないのでは——」

「そこだよ。抜け出ると言っても、それは画面からこちらへ飛び出てくるわけではなく——だってそうだろう。『十二人の船乗り』がどこの美術館に飾られているのか知らないが、それなりに客がいれば、抜け出たところを目撃されてしまう。そうしたら一大事だ」

「じゃあ、どうしたんです？」

「奥へ逃げたんだよ。絵の奥にね。彼は三者会談でそう言っていた。奥はつながっていると」

「ええ、そう言ってました。絵の奥は別の絵の奥につながっている。何十、何百といくつもつながって――それを聞いて、僕も絵の奥が見えてきました。僕が思いついたことを並べたてたら、彼はこう言ったんです。それはおおむね正しい、って。絵の奥の曖昧なところを迷いながら歩いていると、いつのまにか別の絵の奥に来ている。それで、またそこから迷い迷い歩いてゆくと、また別の絵の奥にいる、と」

「そうか、彼は迷ってしまったのか」

「そうですよ。彼は脱走したわけじゃないんです。ほんの遊び心で絵の奥へ散歩をしているうちに、いつのまにか迷っちゃったんです。もしかしたら、帰りたいのかもしれない。いや、きっとそうでしょう。誰がわざわざ銭湯の絵の中に逃げてきますか」

「君がそうだったじゃないか」

「違いますよ。僕は巻き込まれただけです」

「いや、あれはきっと君の願望が顕現したものだ。ほんの一瞬だったかもしれないが、ああ、こんなところに行ってみたいと、ふとそんな思いがよぎったんじゃないか？　ほんの軽い気持ちで。それが絵に通じた。そして、湯船に渦巻きが起こって、君が望むところへ連れ去った」

「何ですか、そのベタな解釈は」

「いや、絵とはそういうものだろう。そもそも、どうして銭湯には富士山の絵があるのか。それはやはり湯の心地よさに加えて、絶景を眺めたい、湯に浸かるひとときだけでも、そうした世界に心を遊ばせたい、そんな願いに応えているんだろう。実際、その気になっている人は沢山いるはず。君は銭湯の絵を快く思っていないようだが、たとえばあれが生々しい写真だったらどうなる？」

「さぁ、どうでしょう」

「たぶん、ああした絵でなければ駄目なんだ。空想を遊ばせるためには、隙のある絵の方が大衆を参加させやすい。だから、あえてあのような絵にしてある。君の場合は体ごと豪快に入り込んでしまったが、思いだけを投入する人はきっと沢山いるはずだ。そこで、君に訊きたいんだが、実際に体ごと絵の中に入るのと、思いだけを遊ばせることに、どれほどの違いがあるのか。私が思うに、そこには違いなどない。唯一、違う点があるとすれば、実際に入ってしまうと、帰って来られなくなる可能性があるということだ。なんなら、帰って来なくてもいいと思う人もあるだろうが、絵とはそういうものだ。そういう面がある」

「じゃあ、先生は自分が絵の中に入ってしまう理由もそれである、と。心を遊ばせているつもりが、本当に入ってしまったんだと、そういうことですか」

「私のことなど、どうでもいいよ」

本当にそう思っていた。絵の中に入るのがそんなに希有《けう》な現象だろうか。私にとって絵を見るとは、その中に入ることだった。入れない絵は要するにもうひとつ楽しめない絵である。無論、体はこちらにあるが、ミニチュアサイズの自分の分身が絵の中に入ってゆくことはままある。映画と違って絵は動かないので、こちらが動くしかない。だから私には自分がどうのこうのより、絵の奥を散歩しているうちに絵の中で迷子になってしまった彼のことが非常に気になる。眉唾ニュースだけで情報を得ていたらそれまでだったが、私は彼と会話もしているし、それどころか、舟に乗せてもらったり、道案内をしてもらったり──迷子に道案内をしてもらうのもおかしな話だが──いろいろ世話になっている。彼が自ら絵の外を望んだのならいいが、帰りたいのに帰れないのだとしたら、このまま放っておけない。

ひとつだけ確かなことがあった。二次元にいる者は三次元をコントロールできないが、三次元の住人は（我々である）二次元の世界を操作することができる。

「我々が彼を元いた場所に導こう」

「我々って、もしかして、そこには僕も含まれているんですか」

「当然だろう。君はもう絵の中に入ることが可能であると実証されたんだから」

「本当にそうでしょうか。僕は銭湯の絵だけにしか入れないのかもしれないし」

「君は彼を助けたくないのか」

「助ける、は大げさですよ。彼はああして迷っていることを楽しんでいるんじゃないですか。先生だって——」

「私がどうした？」

「同じですよ。僕にはそう見える。先生はいま、若いときから迷い歩いてきた迷路を楽しみながらさまよっているんです」

＊

さて、それから早くも三日が過ぎ、三日といえば、この世にはいわゆる「三日坊主」と呼ばれる坊主がいるのだった。どうもこの「三日」なる時間が曲者で、どういうわけか、三日過ぎると人はどこかしら変化するものらしい。

この三日間に私は——いや、四の五の言うのはよしておこう。これまでにも私はさまざまな場面で三日坊主に陥ってきた。そして、この度も「絵の中をさまよう彼を救出しよう」と宣言して瞬く間に三日が過ぎた。言い換えれば、三日は保ったわけである。それだけでも大したものではないかと思うが、志というのは三日保っただけでは何の役にも立たない。

これは私がこのところ体重の減量を試みた経験から得た教訓で、たとえば有酸素運動である。五十歳になってまず理解したのは、人は何も考えずに食べつづけるとひたすら太ってしまうという恐ろしい事実だった。誰にでも当てはまるものではないとしても、この国の都市部で日々を送っていれば、場合によってはそれだけで肥満に至る。いかにも旨そうなものが我々を取り囲んでいるからで、もう子供ではないのだし、そうした旨いものを自在に摂取しても何ら問題ない――と思い込んでしまう。が、実際には日々、醜く太ってゆくだけである。冗談のように腹が出てくる。最初のうちは「まぁ仕方なかろう」などと軽口を叩いても、そのうち体が重くなってくれば、行動範囲が狭まって歩行が億劫になってくる。何もかもが面倒になってくる。

こうなると、あらゆる場面で自分らしさが失われる（注＝この場合の「自分らしさ」とは要するに「若いときの自分」の意である）。というのも、「自分自分」と、しきりにジブンを主張しても、それは結局のところ「これまでの自分」でしかない。自分に認識されている自分は過去の自分であって、それも「ついこのあいだまで」と錯覚している若くて頼りなく青くてひょろっとした自分である。下腹部を肥大させて知ったようなことを言う昨今の自分ではない。その差は歴然と大きい。ウエストを測れば一目瞭然だ。したがって、「自分らしさが失われた」という感慨は当然の帰結であり、しかし、理屈はどうあれ面白くない。鏡に自分の顔を映してみれば、いまのところ、頭髪の量も色も健在である。特に目立った劣化は見られない。気のせいかもしれないが（その可能性は非常に高い）わずかな修正を加えれば、二十代の自分と大きな変動はない——と思う。にもかかわらず、下っ腹の肥大のせいで自己喪失に陥るのは憂鬱ではないか。

そこで減量に挑んだ。もちろん、日々こつこつと蓄えてきた皮下脂肪がそう易々と消えるはずもなく、私の隣で次から次へと好物の饅頭だの団子だのをむさぼるアノウエ君をことさら軽蔑し、甘いものなどこの世にないかの如く振る舞った。が、適当に糖分を摂らないと頭の回転が著しく鈍くなってしまう。いま考えていたことがもう思い出せない。「ついさっき」ではなく、「いま」考えていたのに、それがもう分からない。これはもう時間がスキップしたような奇妙な感覚で、いわゆる物忘れなどというレベルではない。口に入れたものを噛みしめようとした途端に消えてなくなり、しかも何を口にしたのか思い出せない。「いま」が消えてしまう。というか、「いま」とか「ここ」などといったものは、頭の中の精密機械が順調に回転しているから認識されるのであり、糖分が断たれてガス欠になると、そのどちらもが曖昧になる。その心もとなさ。「いま」と「ここ」が失われるのは、自分らしさが失われることより遥かに恐怖である。

（アノウエ君が言ったのか私が言ったのか忘れてしまったが）目の前のものが失われてゆ

くのに抗うべく人が絵を描き始めたのだとしたら、そうした思いで描かれたものには、もしかすると、画家の記憶から飛んでしまったものまで含まれる。良く言えば、記憶を超えた記録になり、悪く言えば、あることないことが塗り込められる。

アノウエ君のような甘党には一生分からないだろう。肥満を恐れて糖分控え目を志すと、頭の回転が鈍って「いま」と「ここ」がたびたび欠落する。絵の中になど入らなくても同じような感覚が得られる。が、それは決して正常運転ではない。若い時分であれば少々の冒険も許されようが、五十歳ともなるとそうした逸脱は危険を冒す本当の意味での冒険になる。それでは本末転倒だ。だから私は減量しながらチョコレートをかじり、しっかり糖分を補給した上で有酸素運動に励んだ。

ひと口に有酸素運動などと言っても色々ある。さまざまな検討をした結果、まずは歩くことから始めてみた。走るのは疲れるから嫌だし、自転車は漕ぐのを怠けてもそれなりに前へ進んでくれる。それでは正しい運動にならない。その点、歩くことは一歩二歩と足を運ばなければ前に進まない。もともと歩くのは嫌いではなかったし、運動している意識もなく脂肪を燃焼できるならそれに越したことはなかった。

が、そううまくはいかなかった。

思い立った日が吉日などと誰が言ったか知らないが、私が思い立った日は雨降りで、それも、新聞の天気予報欄によれば降水確率九十九パーセント。どこからどう見ても逃げようのない雨降りだった。乾いた土をつかんで豊作を願う人たちには恵みの雨になったろうが、脂肪燃焼を願って「よし、今日から大いに歩こう」と決意した五十男には絵に描いたような出鼻のくじかれ方である。

が、私はすぐに思い直した。そもそも私は（若いときからだ）、雨によって自分の意向が断たれるのが我慢ならなかった。いかにして雨降りと戦えばいいのか。いかにして雨降りを手なずけるか。その術を延々と考えてきた。私はなにしろ傘を持たない主義なので――というか、出来れば何も持たないのが理想である。街なかで突然、雨に降られて立ち往生するのが何より屈辱的である。アノウエ君が言うには、

「傘を買えばいいじゃないですか。ビニール傘なら三百円くらいで買えますよ」

とのことだが、何も持たない主義の私が、何が悲しくてビニール傘を持たなければならないのか。

「そんなものを利用したら私の負けだ」

私が反発すると、

「じゃあ、どうぞ、ずぶ濡れになってください」

私としては、傘をささないことが、すなわち勝ちなのであるが、アノウエ君の言うとおり、ずぶ濡れになっているので、まったく勝った気がしない。大体、勝つこととずぶ濡れになることがイコールで結ばれている人生が楽しいはずもない。といって、雨をおそれるあまり街に出ないで家に閉じこもるのは御免である。私はこう見えて街が好きなのだ。では、どうすればいいか。

「あらかじめ傘をさしていれば、決して雨に濡れない」

と何かで読んだ。これを応用し、

「あらかじめ雨が降らない街を歩いていれば、決して雨に濡れない」

と思いついた。では、雨が降らない街はどこにあるのか。大通りがあって路地があり、店があり、人が右往左往して街としての体裁を整えている。しかし、決して雨は降らない。そんな街があるものだろうか。

これがあるのだ。

地下街である。

私が地下街を好むようになった理由の一端はここにある。不意の雨に見舞われることのない街。正確に言えば、この街の上階に位置する街（地上のことである）では、時として不意の雨が降る。ずぶ濡れになるのが嫌なら傘を持ち歩くか三百円のビニール傘を購入しなくてはならない。なんとも憂鬱な話だ。が、その憂鬱な私がずぶ濡れになっている足もとに——足の下に！——雨に濡れた舗道に立つ私の下にそれはあったのだ。すっかり忘れていた。

上にあるもの（たとえば空や雲や星や月）には、意識や視線がたびたび向けられる。が、どうも足もとには限りがあるような気がしていた。それゆえ、「限り」を突き抜けた地下の事情までを透視する能がなく、だから私は地下街を自分なりの発見と喜び、肥満からの脱却を目指して相当に意気込んだ。適度な糖分で頭の回転を保ち、余分な垢を落とすように有酸素運動で燃焼を試みた。

三日間だけ——。

四日目の朝にはもう餡《あん》パンを食べてみるのはどうだろうかと検討していた。どうだろうか、というより食べてみたかった。昔ながらのヘソのある餡パンを。

いや、別に誰かに「食べてはいけない」と無理強いされたわけではない。自分で決めたことである。ただ、板チョコを一日に数回かじって糖分を補い、広くもない地下街にめぐ

らされた地下道を何往復もして脂肪燃焼に励んでいると、次第に自分がいじらしくなり、
餡パンのような皮下脂肪の素《もと》を食すのは罪悪に思えてくる。

では、餡パンを食うのが罪悪なら、餡パンのヘソだけ食うのはどうだろう？

空腹の果てに禅問答のような自問自答が繰り出された。

——どのようにして餡パンのヘソだけを食うのか？

——まずはヘソ以外を食べてしまえばいい。そうしてからおもむろにヘソを食う。

——結局、全部食べるのではないか。

——いや、ヘソ以外は公園の野良猫に食べていただく。

——猫がヘソを食べ残すのか？

——ヘソにはしょっぱい桜の花びらが仕込まれている。猫はそれを嫌うだろう。

「つまり、アンタは桜の花びらを食いたいわけか」

いきなり自問自答から抜け出てきたように、見知らぬひとつの声が立ち上がった。

あわてて声の出所を探すと、闇の中につるんとした人影がある。つるんとしているのは
頭髪が無いからで、

「誰です？」

と問うと、

「坊主だよ。三日坊主だ」

闇に声が響いた。同時に、絞り込まれた月の明かりが闇に立つ季節はずれの一本の桜の樹を照らし、三日坊主が言うには、

「餡パンのヘソの桜の花は塩漬けにして十月十日。三日坊主にはとても真似できないトツキトオカの賜物《たまもの》だ。闇に匂うだろう、桜の花が。香りだけじゃ腹は膨れないが、暗闇で桜の香りを吸えば、煙草を一服やったように満足できる。そういやぁ、煙草にチェリーという銘柄がある。俺の好きな煙草だ。今宵はチェリーをたらふく吸って空腹をケムに巻けばいい」

「いや、そんなことで誤魔化しても仕方がない」

私は首を振った。

「絵に描いたように四日目に餡パンが頭に浮かんだ。食べる食べないじゃなく、食べ物に固執する自分を発見したことで、もう負けだ」

「そんなに食いたいのか、餡パンを」

「いや、餡パンではなく、そのヘソだけでいい」

「馬鹿を言え。ヘソを食うには、そのまわりも食わなくてはならん。それが食うってことだ。よく覚えておけ。我々はさして食いたくもない余計なものを沢山食って食って殺して食って殺して食ってきた。ヘソだけ食えりゃあそれでよかったんだが、なかなかそうもいかん。それが世の常だ。アンタだって殺してでも食いてぇんだろ？」

いや、そんなことはない——と私はそのとき答えたかったが言葉を控えた。本当にそんなことはないのだ。五十年も生きていれば、それはそれは数えきれぬほどの命を奪っていただいてきた。殺さなければ食えないのは確かである。しかし、そうしてひたすら食い続けると腹が出てくる。体が妙な様子になり、自分らしい自分ではなくなってくる。それでも食いたい者は食えばいい。だが、私はもういい。もう充分だ。充分にいただいた。食べずに済むならそれでいい。もし、この世がそういう仕組みだったら迷わず受け入れよう。五十歳になったら、もうメシなんて食わなくていいのだ。雲や霞《かすみ》や餡パンのヘソやらドーナツの穴やらを食って、食ったような気になればいい。食った記憶は半世紀分ある。それこそ反芻して食ったような気になれ——そう命じられても文句はない。なんなら法律でそう決めて欲しい。

「本当か？」

「本当だ」

もちろん食わなくては生きてゆけず、絵に描いた餅が食えればそれに越したことはない。しかし、現実はなかなかそうもいかない。ただ、「もう食わなくていい」とそんな思いに人は至る。五十年という時間がそんな境地にまで人を連れ出す。少なくとも私はそう思った。たぶん私だけではない。足もとの地下の深いところを覗けば、誰もが「殺してまで食いたいと思わない」と考えているだろう。私はそう信じる。ヒトを不当に崇《あが》めるのはいただけないが、そう卑下するものでもない。

「ほう？」と、そこで三日坊主が顎をあげて私の顔を見た。私も坊主の姿かたちをまじまじと観察したが、意外にもダークスーツに身を包み、着崩しているのがまたダンディで、そう思えば、途端に坊主頭は洋風になってスキンヘッドと化した。英語で「三日坊主」を何と言うか知らないが、目の色まで青やら茶色に見えてくる。

「アンタ、ちょいと面白いじゃねぇか」

スキンヘッドは薄笑いを浮かべてひとり頷き、頷きながらこちらに背を向けて闇の中にふっと消えていった。ふうむ。これはしかり、夢であったか。それとも、糖分控え目のゆるい頭が描いた妄想であったか。

それが数ヶ月前のこと。いまふたたび三日坊主に陥ろうとしている私は、怠けた果ての怠惰の崖っぷちで、かの坊主がまた現れないものかと心中ひそかに待ち望んでいた。

あの坊主は私が三日坊主に甘んじるのを諭《さと》した。たぶん、諭すのがあの坊主の役割なのである。それなら、いまこそ私を諭して欲しい。おそらくこのままだと私はまた三日坊主を繰り返す。どうしてこうも意志が弱いのか。いや、意志はあるのだ。私はもう一度、絵の中に入りたい。絵の中の彼に会って問いたい。貴方は迷ってしまったのか、それとも自らの意志でさまよっているのか、と。

それはまた私自身に問いたいことでもあった。

迷っているのか、さまよっているのか。どちらも正解であり、どちらも的を射ていない。だから、胸がすくような答えを聞いてみたい。ならば、さっさと絵の中に入ってしまえばいいのだが、いざとなるとどうしていいか分からない。どうすれば入れるのか？

そうだ、煙草屋に行ってみよう——ふと思いついた。

夜の夜中に角の煙草屋まで行く。昔は十字路の角に必ず煙草屋があった。そうした昔の煙草屋でチェリーを一箱もとめる。

思いつくなり私は行動した。薄手の外套を羽織って外に出る。妙に風が強い夜で、やはりひと気がない。風はなまあたたかく湿気を孕んでいた。ぬるっとした手が頬に触れるように風が当たり、袖口から蛇が出入りするように風が入り込んだ。暗い夜だ。町は寝静まっている。街灯がいくつか消え、消えていないものも点滅して苦しげである。電気の流れがおかしくなっている。停電の予兆であろうか。耳を圧してヒーフーハーとハ行で風が吹き、風の強さに背中を押され、さて、こんな夜中に昔の十字路の昔の煙草屋が開いているだろうかと目を細めた。

そもそも私は喫煙者ではない。煙草など吸いたくもない。が、夜の十字路の昔の煙草屋で、昔のチェリーを手に入れれば、好物に目がくらんで期待どおりに三日坊主が現れるかもしれない。何故かそう信じた。でなければ、困ったことに私が三日坊主になってしまう。

ふたたび目を細めて前方を窺った。

ある。あるではないか。

昔の十字路がある。

今はもうない十字路なのだが、昔、そのあたりにそうした十字路があった。記憶がスキップを始め、記憶が私に見せている。たぶんそういうことだろう。それなら時間など関係ない。夜中であろうが昔の煙草屋は昼間のように開いている。

昔の煙草屋には昔の猫がいて、昔の赤電話があり、昔の婆さんが鼻眼鏡でうたた寝をしていた。頭上を夜間飛行の軍用機が赤ランプを光らせて通過する。こんな時間に何だろう？　そのエンジン音にチェリーをもとめる自分の声がかき消される。婆さんが音に目を覚ます。婆さんは絵に描いたように私を認めて、はっ、と息を呑む。

——チェリーをひとつ。

反射的に婆さんの手が動いた。昔のチェリーが鮮やかに現れ、私が金を払い、そいつを受け取ったその瞬間。煙草屋の奥に閃光が走るのを見た。私は身構えた。

来るか。来るか。来るなら来い。来てくれ、三日坊主。

来るか。来たか。来たな。来たぞ。それは来た。いや、坊主は眼前に現れたのではなかった。

チェリーを購入して踵を返し、十字路を横切ろうとしたところで舞台が暗転するように全身が闇に消された。闇は狭く湿っており、自分がどこにいるのかまったく判断できない。鼻をつままれても分からないどころか、つまむ鼻がどこにあるのかも分からなかった。風はやみ、風ではない、ぬめぬめと動くものに押し出されるように私は移動していた。どこからかくぐもった嗚咽《おえつ》が聞こえ、「早くしろ」とくぐもった男の声が聞こえる。坊主の声だろうか。私に言っている。早くしろ、と。しかし、そう言われても何を急いだらいいのか。

私はぬるぬるした柔らかいものに身を横たえ、嗚咽が聞こえるたびに、ぬるぬるしたものが顫動《せんどう》して私を押し出した。身動きがとれない。「来い」と声がしたが、それは私ではなく坊主の声である。自由を奪われたまま、私はおびただしい擬音を聞いていた。ガ行の擬音を。ガ行の擬音が嗚咽にまみれ、擬音の滝の中を滑って一気にどこかへなだれ込んだ。大量に光が来た。巨大な喉仏が——私にははっきりそれが見えた——ぶるるんと顎に当たり、白い歯の硬さと桃色の舌の感触があった。生臭い匂いがあった。歯の次に唇の赤に挟まれ、頭、首、肩の順で締めつけられた。その一方で舌が暴れまわって下半身をまさぐる。ググゲゲと擬音は増し、それからヴヴヴヴと微妙な音に変化し、「出ろ！」と声が爆発音のように鼓膜を震わせた。

次の瞬間、私は坊主の口から嗚咽と共に吐き出された。

夜の路上に投げ出され、私はあちらからこちらへ——いや、こちらからあちらへか、いや、そんなことはどうでもいい。私はそうして現れたのだ。坊主の口から吐き出されて。

「おい、ドンテン」と坊主が私の名を呼んだ。「あんまり俺を苦しませるなよ。俺だって死ぬんだ。いいか、俺だって死ぬんだぞ」

坊主は自分の首を絞めるように両手で喉をさすっていた。

「あなたは——」と私はまるで自分の声を確かめるべく坊主に訊いたのだ。冷たいアスファルトに打ちつけた腰がジンジンと痛い。

「あなたは——あなたもヒトなんですか」

「ヒトだよ。見りゃ分かるだろう。名前だってある。俺の名はニシンムラ。ニシムラじゃないぞ。ニシンのムラでニシンムラ。ニシンムラ其ノ一だ。驚くだろうが、ニシンムラ其ノ二もいる。双生児だ。其ノ二は今ごろどこかでアンタの助手のアノウエとかいうふざけた野郎を吐き出している」

周囲は闇のままだったが、我々のいる路上にのみ淡い光が宿っていた。私は無様にアスファルトに尻餅をついた格好のまま、仁王立ちになった三日坊主を見上げていた。その口から自分が吐き出されたという意識が働くのか、心なしか坊主が大きくなったように感じられる。

「急げ」と坊主が言った。「あまり時間がない」

坊主は振り向くと、背後の闇の奥から純白の屏風《びょうぶ》を取り出し、慣れた手つきでアスファルトの上にいそいそと据えてみせた。風はない。あんなに吹いていた風がもうない。ほとんど音もしなかった。坊主は屏風の前で犬のように鼻を鳴らし、風がないことを確かめて暗い空を仰いだ。それから、上着の内ポケットから竹を割ったような筆を取り出し、いや、竹を割ったような性格とは言っても「筆」とは言わない。しかし、それは竹を割ったような筆だった。見た目もそうであるし、その筆を擬人化して称賛するとすれば「竹を割ったような」であろう。

「急げ」と坊主は繰り返した。自分に向けて催促したのかもしれない。

というのも、「急げ」と命じるなり筆を屏風の上に走らせ、それはまさに「走らせる」と言うしかない速さで動き回った。

「急げ、急げ」

筆はまだ墨に浸されていなかったが、筆が走った軌跡に、墨ではない、何かもっと儚い煙のようなものが残された。私は腰をさすりながら立ち上がって目を凝らし、煙がみるみる絵になってゆく様に驚嘆して見入った。坊主は一心不乱で、天に月はないが月明かりに似た光の柱の中に立っていた。竹を割ったような筆を屏風に走らせ、「急げ」と己を鼓舞している。

「あなたは」と私は坊主の背に訊いた。

「あなたはもしかして、上手に絵を描いているのですか？」

「いかにもそうだ」

坊主は低い声で答えた。

「坊主が屏風に上手に絵を描く。三日間だけだ。三日の間は上手に絵を描く。もちろん描かなくてもいい。だがな、ひとたび坊主になってみろ。坊主になってみれば、念仏を唱えること以外、何ら褒められることもない。俺はそういうつまらない坊主になるのは嫌だ。唯一、坊主に出来る芸当が上手に絵を描くことだ。だから、こうして絵を描く。意味もある。アンタをガイドするためだ。いいか、俺はアンタを吐き出した。三日坊主になるはずだったアンタを俺は吐いた。だから俺はアンタを坊主が屏風に上手に描いた絵の中に送り込まなくてはならない」

そういうことだったのか――と私の頭はかろうじて回転した。が、何が「そういうこと」なのか分からない。しかしいずれにしても、私はこうして絵の中に送り込まれる運命にあったわけだ。

「急げ、急げ」と筆を走らせる坊主のアクションが一心不乱から熱狂に変わり、「うっ」

と坊主は呻き、「おうっ」と坊主は呻いた。煙がたなびくように絵が完成に近づいてゆく。上手な絵である――らしい。

正直、私には判断がつかなかった。しかし、坊主が屏風に描いているのだから、それはもう上手な絵と相場が決まっている。大体、絵なんてものは何が上手で何が下手なのか誰にも分からない。絵の良し悪しではなく、坊主が屏風に描いたことが重要なのである。

「よし」と坊主の動きが唐突に止まった。描き上がったようである。屏風の隅に「其ノ一」と署名を入れ、「鰊《にしん》」の一字をデフォルメした落款を捺した。落款は重要である。それが捺されただけで、どんなに下手な絵でも上手に仕上がる。

そういえば、私にも「曇天」なる雅号を刻んだ判子があった。私の外套にだって内ポケットのひとつくらいはあり、闇を探るようにまさぐってみれば判子はまだそこにあった。私はその判子を自分自身を示す最後の頼みの綱であるかのように握りしめ、握りしめながら予感していた。目の前で次に起こることを――。

「さぁ」と坊主がこちらに振り向き、「行け」と坊主は両手を自分のこめかみにあてがって言った。

「これを持ってゆけ」

あたかもヘルメットを外すように平然と自分の首を外し、さぁ、とばかりにこちらに差し出している。首のない坊主の体が、体のない坊主の首を差し出していた。幸い流血はなかったが、首を失った体は、差し出した手だけを宙に留めて空気を抜かれたように路上に伏した。そこまでして差し出された首を断るわけにもいかない。丁重に受け取ると、首のない手は力尽きて路上にへたり込んだ。

「知ってるか」

捧げ持った坊主の首が言う。

「生首はトッキトオカ塩漬けにすれば原形を留める」

首が言うそばから首が塩漬けされたように縮こまり——いや、錯覚ではない。手渡されたときにバスケットボールくらいあったのが、坊主が生首をどのような手順で塩漬けにするか説くうち、形はそのままにゴルフボールくらいに縮小された。掌にちょうどよく収まり、掌の中で坊主の首が「さぁ、早くしろ」としきりに急かした。豆粒のような坊主の目が宝石のように光って私を睨む。

いまや坊主はちんまりとした首だけになり、私は闇に囲まれた路上に立つと、上手な絵が描かれた屏風と正面から対峙した。上手な絵であった。というより、ほとんど何が描かれているのか分からなかったが、そうした絵は何となく上手に見える。

「駐車場だよ」

坊主の首がそう言った。描いた本人が言うのだから間違いない。

「広い駐車場だ。車はない」

そうなのかもしれなかった。天国だよ、と言われればそんな風にも見えた。まな板だよ、と言われればそんな風にも見えた。広大無辺なまな板である。舞台のようでもあり、しかし、それは人工的な空間ではなく、風があり、空があり、空は晴れていた。

いや、本当によく晴れていた。目に染みるような青で、雲はつくりたてのように白く、風が運んできた細かい砂が駐車場の全面を覆っていた。歩を進めると足の裏でザラザラと音をたてる。

「海が近いぞ」

首がそう言った。なるほど、風に海の匂いがある。波の音が聞こえるような気もしたが、それは空耳だろう。ただ、海があるのは前方で、だだっ広い駐車場の真ん中を砂を踏みしめながら進みゆくと、次第に海の匂いが塩辛く濃くなってきた。さて、目指すは海なのか。

「店があるだろう?」

掌の中から首が教えてくれた。言われてみれば（言われなければ見つけられなかったが）行く手の遥か彼方にそんなものがある。あまりに遠くて確認できないが、ただ一軒、店と言われればそうかもしれないものが、地平線に突き出るようにしてあった。二階はない。駄菓子屋か何かのように見える。

「あっこで餡パンのヘソを売ってるんだ」

首が唐突にそう言った。

*

じゃりじゃりと足の裏から砂を踏みしめる音がして、掌の中の首が「ヘソがあるぞ、あっこにヘソがある」と、あっこ＝前方の彼方の小さな店を視線で示した。

妙に生ぬくい、嫌ではないけれど好きではない風が吹いて、いまのこの時空間はすでにもう絵の中なのか、それとも、砂粒を踏んで辿り着くあの店が絵の中に向かう入口にでもなっているのか。

「さぁ、どちらだ」

首に問うと、首は胴体を失った首のみであるから、その首を縦に振ることも横に振ることもできない。代わりに「よふう」と意味不明なおかしなため息をついた。

息か。

その息は吐き出された煙草の煙のように——それはやはりチェリーだろう——優雅に宙を漂い、やがてそれが煙による立体文字と化した。しかしそれもすぐに消えてゆく。煙は現れては消え、読もうとするそばから消えていった。

「つかめないだろう?」

首が私をあざ笑った。首の声はどことなく電気を帯びた人工的な声色と、中世の法師の声とはこんなものではなかったかと思わせる地虫のじりじりいうノイズを孕んでいた。

「ここから先、アンタはつかめないものをつかまないと前へ進めない。三日坊主を乗り越えてゆくにはそうした秘術が必要だ」

「では、その秘術を手っ取り早く伝授してくれ。そのための首だろう」

しかし、首はクックックッと笑いを殺し、「よふう」と煙めいた息だけを吐いて答えなかった。

　こうした意味不明な時間が流れるあいだにも、頭上の青空には純白の雲が通い、私はじゃりじゃりと歩を進めて、がらんとした広い駐車場を横切った。いつかもこうした光景を横切ったように思う。五十年も生きてくると、そうした光景を取り戻すのが容易ではない。はたして、五十年の記憶は私の中でどのようになっているのか。本当に私の体の中にそれは蓄えられているのか。図書館の片隅で、収蔵された書物のインデックスカードを指先でめくってゆくように、一枚の絵に集約された時間や空間の記憶が何千何万と脳内のどこかに収まっている。

　だが、それは余りに膨大だった。私のやや糖分の足りていない頭の回転ではアクセスが困難である。私は私の中に埋もれている記憶を正確に取り出すことができない。こんなことなら絵に描いておけばよかった。実際には私の技術的問題から不可能であるとしても、写真の一枚でも撮影し、プリントをフォトアルバムに貼り付けて、ときどき眺めて反芻すべきだった。

　私がこうしてじゃりじゃりと前へ進めば進むほど、日々増えてゆく体の重みのせいで「じゃりじゃり」と音ばかりがうるさくなった。そして、そんなものに気をとられた挙句、私は私の中に刻まれた記憶に辿り着けない。もしくは、こうしたすべてが自分の記憶であるのか、それとも坊主が上手に描いた絵の中の風景なのか、それもまた、じゃりじゃりと分からない。

「あっこで買うといい」

と教えられた店は私の記憶の中の駄菓子屋によく似ていた。が、その駄菓子屋が実際にどこにあったのか思い出せない。たしかにあったように思うが、それはもしかすると、繰り返し何度も見る「あの夢」の中の一角にあった店かもしれない。

繰り返し見る夢は夏の白昼で、私は汗をかいて黒い帽子をかぶっている。畑の真ん中にある一本道をずいぶんと歩き、ああ、またここへ来たかと息をついていると、空に未確認飛行物体つまりUFOがオレンジ色の光を内包して現れる。その向こうには巨大な白い旅客機が黒々とした油臭い煙をたなびかせ、嗚呼、いましも墜落してゆく。音は聞こえない。墜落してどこか遠くの畑の中にあれは落ちる、落ちるぞ、本当に落ちる、と思う間もなく、足の裏から墜落の震動が伝わってくる。

風が頬をなぶる。

私は非常に恐ろしいのだが、しかしどうしても一本道を進んでその先の駄菓子屋に行かねばならない。そこで私は白い花を買う約束がある。白い花を一束もとめ、一本道をまた引き返して家まで帰らなくてはならない。

そうして繰り返される夢に出てくる駄菓子屋によく似た店構えだった。それはしかし（本当のところ）決して駄菓子屋ではない。あれは餡パンのヘソを売る店なのだと掌の中の首が繰り返した。ヘソを（ヘソだけを）購入できる機会などそうそうあるものではない。いよいよ近づいてきたその店は（私が近づいたのだが）、ガラスの引き戸を風に震わせ、店の中には、さて何だろう、ガラス越しに青い小さな台風の渦のようなものが見えた。それはまるで難解な抽象画のようだったが——いや、そうではない。絵画なのだが動いており、渦を巻く様子が刻一刻と変化している。いい絵だ。青空に墨を何滴も垂らしたような濁った水色。柔らかい鉛筆の芯をなすったときの軌跡によって台風の渦が表現されている。やはり絵だ。いや、待て。それともこれは現実か。いや、待て。そのどちらでもないかもしれない。

「どちらでもない」と考える自分の頭の中心にあるものが私は恐かった。「どちらでもない」という第三の存在を感知する自分の意識が計り知れなかった。自分はいまそうした此《こ》処《こ》でもあっこでもない、どことも言えないおかしなところへじゃりじゃりと進入している。

どうなのだ、首よ。

もしかして私は、こうした深みにずぶずぶはまり、もう二度と此処にもあっこにも戻れなくなるのではないか。私はじつのところそれを恐れている。思えば、彼岸などと呼ばれるところはたかが知れている。それは結局、あっこにあるのではなく、いつでもこちらの頭の中にあるではないか。

が、いまの私はどうやら「似ているけれどどこか違う」風景を見ていた。「似ている」と判断された時点でそれはもうそのものではない。私は自分の頭の中に存在していないまったくの異次元に取り込まれつつあった。それが二次元であるのかどうかも判然としない。なのに、とにかくその世界へ参入しないことには、私はふたたび三日坊主の身となる。そしておそらくは、胴体を失って首ひとつになるだろう。塩に漬け込まれて水分を奪われて凝縮され、ゴルフボール大のちんまりとしたミニチュアの首になる。

そうだろう、首。

「そうだとも」と首。やはりそうか。私は意を決した。震えるガラス戸をがらがらと引き、薄暗い店内の、青い台風の目が渦巻く中に一歩二歩と踏み込んだ。

「よし、いいぞ」と首が言う。「その調子だ」

これはやはり夢ではない。むしろ夢であればまだいいのだが、これはもう夢ですらない。台風の目はその大きさも秒単位で変わりゆき、ガラス越しに覗き込んだときにはレントゲン写真のようであったのに、自分がその中に参入してみれば、壁一面が渦となって私の周囲がすべて青かった。私も青く染まって渦が私を巻き込む。その刷毛で刷《は》いたような渦の感じ——。

そうか。これはやはり坊主が屏風に上手に描いた絵なのだ。

あの一見でたらめと思えた抽象画は、じつのところ台風の目を描いたものだった。うねうねと青く流動するものに巻き込まれながら、私は渦の中に白い小さなものが無数に散らばっているのを見た。それは徐々に数を増し、私の頰に接着剤で貼り付けたようにピタリと密着する。私はひとさし指と親指でそれを丁寧にむしり取った。

「桜の花だ」

私はいささか拍子抜けした。もし、これが餡パンのヘソだと言うなら、あまりにベタではないか。

「いや、そうではない」と首。

「では、ヘソはどこにある？」と私。

「面白い。じつに面白い」

私はまったく面白くなかった。「どこが面白いんだ?」

「いや、いかにもこれは俺の描いた絵なんだが、お前さんが入り込んできたことで、俺も予想しなかった事態が引き起こされた」

首はエレクトリックな声を引きつらせた。

「これはアレだ。心象とかナントカいうヤツ。アンタのだ。俺のじゃない。面白いよ、まったく。絵っていうのは誰のものなんだ? 描いた俺のもんじゃないのか?」

「さぁ、そんなことは考えたこともない」

「俺は今の今まで描いたヤツのもんだと思ってきた。が、どうやらそうではない。俺はね、アンタの居場所というか、アンタが無意識に探している入口なのか出口なのかを描いた。アンタにとって収まりのいい場所を。それは、がらんとした昼の駐車場で、その向こうに海があって、風が幾分か強く、そうしただだっ広い場所の端っこに変なちっこい店がある。そしてその店の中にそれがある。アンタの場所が。そんなことを想って描いたんだが、まんまとアンタはそこに収まった」

首は乾いた唇を舐めながら話し続けた。

「しかし、いざ収まってみると、もうアンタは俺の絵の中の主役で俺には関係がない。それはアンタの場所でアンタの渦だ。面白い。アンタ、その渦を自分で巻き起こしてる。分かるか？　ほら、だんだん静かになってきたぞ」

言うとおり、風の音が遠ざかって首の声だけが残った。

「ここは台風の目だ。アンタがそう言った。アンタがこの絵にそう名付けた。なるほどそのとおり。アンタはたぶんこれを探してた。自分の真ん中の自分の中心の自分の知らない静かな場所を。それが此処だ。ほら——」

首が目を剝いて宙を睨むと、散っていた桜吹雪が一掃され、青い流動も空間に融《と》けて静寂だけが白く残された。周囲の一切が白い。

「な？　どうしてなのか知らんが、台風の目とはこうして静かなものだ。この周りはとんでもなく大変なことになっているんだろうが、この真ん中のところだけはこうして静かだ。なんというか、まぁつまりアレだ。此処は心とか魂とかそういうものがある場所なんだろう。アンタのね。参ったよ。俺だって坊主としてのプライドがある。俺が描いてる絵なんだし。それがいつのまにかアンタに食われた。じゃあ俺は何なんだ。それともこれが普遍とかいうヤツか。絵ってもんは色んなヤツが見るからな。無差別に色んな目に曝《さら》されると、どんなでたらめを描いても強引に普遍に引き込まれる。だがね、それでいいのかもな。描く以上は見てもらいたい。なるべく多くの人に。そうして沢山の人が見れば見るほど、俺なんてものはどんどんなくなってゆく。それでいい」

首の話は独白のように続いていたが、私はもう、ろくに聞いていなかった。それより、次に起こることへの予感があり、首の言うように、此処は台風の目だと言われればまさにそうでしかない。

が、台風の目の中に立つ経験などそうあるものではない。それは白いのである。台風の目の中は四方すべてが白く、言ってみれば何もない。色を塗り忘れた背景の只中に立たされた心地である。足もとすらも真っ白でおぼつかない。そこが中心なのかどうか知らないが、猿のような皺《しわ》だらけの首ひとつを持って次に起こることを待っていると、首が「よし、歩け」とそう言った。

「待つな、行け、歩け、前へ進むんだ」

声に力がこめられた。

前へと言われても前がどこなのか北も西も分からない。とりあえず自分の向いて立つその方角を「前」と見定めて歩を進めると、ひゅうひゅうと遠くどこからか風の音が聞こえてきた。あながち台風の目というのは眉唾ではないらしい。私という人間を台風に喩えるなら——かなり無理があるが——その真ん中の独楽《こま》の軸の中に自分はいる。次第にそんな気になってきた。

ところで、この白さが、どうしてこうも白いのかと思う。白い中に立って漏れ聞こえる風の音を聞き、ついでに目を凝らしていると何かがほの見えてくる。薄い影のようなもの。何かの輪郭だけが白い空間に浮き出て——。

「コントラストの問題だな」

首が落ち着いた声でそう言った。

コントラスト？

「いまはどうか知らないが、俺なんかが昔見てたテレビはさ——あ、テレビってのは番組じゃなくて、そいつを受信する機械のことだがな、アレには〈明るさ調整〉なるツマミが付いてた。そいつをひねると画面がやたらに明るくなったり暗くなったりする。で、いちばん明るくすると、映っているものがみんな真っ白になった。パーンとね。影が薄れてうっすら輪郭だけになって、絵のように、いや、絵は絵でもデッサンとかスケッチとかそういったものになる。これはアレだ。ハイコントラストだ。カメラで言えば露出オーバー。

光が多すぎる。影はどこへ行った？　光は無論のこと重要だが、いつだって光は影を引き連れていなければ何も見えない。これじゃまるで白昼を超えた本物の真っ白い昼だ。アンタ、もしかしてそういう季節にいるのかも。これからゆっくり時間をかけて夕方へうつろってゆく。そういう季節にいるんだ。いまはその手前の白い昼間のハイコントラストにいる。だけど、よく見ろ。ツマミをひねれば影は戻る。いや、そんなものひねらんでも、そこにアンタの場所がある。アンタの海だ」

「海？」

「普段は陸地から砂地へ向けて、言ってみれば夕方から昼へさかのぼるようにしてゆっくり向かう。だから、目は眩《くら》まない。だけど、いきなり夕方の巷からピーカンの海に立ってみろ。目が光に慣れず、すべてが真っ白で何も見えなくなる。いまがそれだ。しかし、闇に目が慣れるように光に目が馴染めば、ほら、この真っ白な闇の中に少しずつ海辺の景色が浮かんでくるだろう？」

そうだろうか。海辺が？

何のことやらと頭をめぐらせれば、錯覚なのか、まんまと言いくるめられたように、真っ白だったキャンバスにデッサンやスケッチから起こされたような淡い水彩がにじんできた。

「海だ」と言われれば、たしかにそれは海で、感触としては、いまどこかで誰かがこの海岸の光景を絵に描き、その絵の中に自分は入り込んでしまったようであった。描きあがった絵ではない。いままさに描かれつつある絵だ。

そして、それは描かれつづけた。背景の空と、雲と、海の青と、浜辺の砂色が、やや荒々しい筆致で即興的に描き込まれてゆく。

誰なのだ。誰が描いている？

「画家だよ」と首が言った。「画家というのは後を絶たない。この地球上では常にどこかの画家が何かしら描いている。世界はな、ことごとく写し取られているんだ。面白いね。俺はそうしたことがすこぶる面白い」

しかし私はいっこうに面白くなかった。むしろ不安の方が大きく、白ければ白いなりに先行きが危ぶまれる。大体、いま描かれつつある絵の中にいる気分というのは決して愉快なものではない。私が描いているのならともかく、どこの馬の骨とも知れない素人画家が鼻歌まじりに描いている絵かもしれないのだ。どうしてそんな馬鹿げた絵と（三日坊主が言うところの）私の中心の核みたいなものがつながるのか。

「それは簡単な話だ。絵っていうのは、いくら個人的に始めてみても最後はつながる。パソコンなんかもそう。わざわざパーソナルなんて謳い上げてるのに、いつしか電網に搦めとられ、すべてがつながってしまう。みんな結局、つながりたい。これぱっかりは昔もいまも変わらない。人間っていうのはどういう了見なのか、三日坊主で飽きちまうもんが山ほどあるっていうのに、人とつながることだけは飽かずに何百年何千年とつづけてきた。アンタも気付いちゃいるんだろ。絵の中の世界が奥深くでつながっていることを」

というか、不意に私はつながっていない世界なんてあるのかと思う。認識とは要するにつながることだ。私がどれほど道を逸れたとしても、誰かが私を認識し、私が誰かを認識する以上、決してつながりから離れることはない。鼻歌まじりに海の絵を描きつつある画家がどこの誰であるか知らないが、この画家が画布にこめようとしている少し薄曇りでひと気の途絶えた海の空気を私は知っている。私だけではない。多くの人が覚えのある空気だろう。

「あっ」と、首が突然声をあげた。「来るぞ」

来る？　何が来るのだ？

「さぁ、つながるぞ。アンタの相棒がアンタと同じ道筋を辿ってここまで来た。ほら」

言い終わらぬうちに、いまやかなり明確に海辺となりつつある背景の隅に、予告どおりアノウエ君の姿があり、ややくたびれて、しかしその憂いが見ようによっては普段の彼より少しばかり生気を帯びさせているのが妙だった。

「……あれ？　どうして先生がこんなところにいるんです？」

アノウエ君の声は少しずつ音量をあげるようにして耳に届いたが、声の明確さにともなってその姿もはっきりしてくると、あたかも蜃気楼の中から出現したように彼は海辺に立っていた。

「どういうことでしょうか、これは」

私に問いながら上着のポケットから何やら取り出してきた。

「どういうことなんだ？」

取り出したものにもそう訊いている。

「アンタらはよく似てるよ」

取り出したものが（アノウエ君の掌の中のものが）答えたのと同時に、そっくり同じ私の掌の中の首が「よく似ている」と声を揃えた。双子がよくそうするように。似ているというより、まったく同じものに見えるふたつの首が、アノウエ君の掌の中と私の掌の中で話し始めた。

「おい、久し振りじゃないか、其ノ一」

「元気そうで何よりだ、其ノ二」

「お互い、首だけになっちまったわけだが」

「首だけあれば充分だよ」

「まったくな」

「こうして首だけになってみれば、首から下なんてものはじつに下らん下世話なものだった」

「いかにもそうだな」

首と首が語り合い、私はアノウエ君に目配せをして、

「どういうことなんだ、これは」

小声で訊くと、

「知りませんよ。ただ、先生の経験がそのまま僕の辿ってきた道で、要するに我々は——」

「二人とも三日坊主に陥ろうとしていた」

「そういうことです」

「つまり我々は決して三日坊主になることを許されないわけか」

本当にそうなら、そんな重荷を背負わされるのは御免である。たしかに事の成りゆきから、さぁ彼を助けに行こうと意気込んだことは認めよう。しかしこんな——。

「ええ、まったくこんな馬鹿げた手順を踏む必要があるのか理解できません。大体、このふざけた首は何を言ってるんですか。僕の中心にあるのは台風の目に似て、それがどうしたこうした——」

「それはまぁ、そういうことらしい。この首もダテに坊主の首をつづけてきたわけじゃない。無理はあるとしても、いちおう筋の通ったことを言っている」

「そうですかね」

「絵が普遍に至るというのは、およそそのとおりだろう。普遍が人と人をつなぐというのもそのとおり。そして、人が絵を描いている以上、絵と絵がつながってゆくのも道理だ」

「先生は本当にそう思っているんですか」

「仕方なかろう。我々はそうした世界に取り込まれてしまったのだし、ここで郷に従わなければ、我々が三日坊主になって首の塩漬けになる」

「それは嫌ですね」

「私も嫌だ。となったら、駒を前へ進めるより他ない」

「どうすればいいんです？」

「さあて。この普遍の海辺で我々は次に何を見つければいいんだ？」

と、こうして首のみならず我々も身振り手振りを交えて会話をするうち、海辺の風景は画家の努力が実ったのか、いかにもそれらしい薄曇りの海辺の絵に完成しつつあった。画題は『物悲しい海辺』とでもするか。絵の中にいる者が決めることではないが、『陽気な海辺』などと見当違いの表題が付くのも面白くない。

「あっ」

と、アノウエ君が勝手な会話をやめない首を上着のポケットに押し込みながら声をあげた。

「船です。船が来ました」

いかにもそのようだったが、しかし、船であること以外に何と言ってよいものか。

おそらく、画家が思いつきで描き加えたのだろう。最初はあまり気乗りのしない追加だったとみえ、もともと荒い筆致がさらに荒れ、荒っぽいというより、適当というか、明らかに手抜きで描かれており、そこだけが船のかたちにぼんやりとしていた。かなり大型の本格的な船であるのに、重量感や迫力といったものが見事にない。が、画家は船を加えた構図に何やら閃くものがあったのだろう。我々が船を観察するうち、ぼんやりした幽霊船のようだった船をいったん白紙に戻し——消しゴムで消したのか——あらためて描き始めたそれは、下書きの段階から熱がこもっていた。

これは、我々の経験としても得難いことで、まさに絵が成立してゆく現場に立ち会っていた。

「いいね」と私のポケットに収まった首が言った。

「船は必要だから」とアノウエ君のポケットに収まった首がそう言った。

必要、というその意味が分からず首を問い詰めると、

「そのうち分かるよ」

意味ありげにふたつの首がいやらしく声を揃えて笑ってみせた。

*

それにしても、誰が描いているのか知らないが、いままさに描かれつつある絵の中に我々はいて、次第に輪郭を強めてゆく海辺の景色を眺めながら、私はその中心に据えられた大きな船から目を離せなくなっていた。

いや、正しく言うと、私は船を仰いでいる男の背中を見ていた。男は何を隠そうこの私である。最初は気付かなかったが、どうやらそのようだった。自分の背中というのは、なかなかお目にかかれるものではない。が、なにしろ自分の背中なのだから見れば分かる。

これは私の背中だ。

問題は、はたしてその背中が絵の中の私の背中なのか、それとも、こうして背中を眺める私もまた絵の中の私なのか――という点である。

「どう考えればいいんだ」と、つい不満げな声を発してアノウエ君に問うと、

「僕も同じことになっています」とアノウエ君もまた自分の背中を見ているようだった。しかし面白いことに、私には彼が見ている彼の背中は見えず、どうやらアノウエ君には私の背中は見えていないようだった。つまり、自分の背中を眺められるのは自分だけのようである。

「妙なことになったものだ」

「もしかして、少し困ったことになったかもしれません」

アノウエ君が神妙に腕を組んで神妙な顔になった。

「我々は鑑賞する側から鑑賞される側になろうとしています」

「そうなのか」

「だって、現に僕は僕の背中を鑑賞しています」

「ということは、我々は絵の中に――」

「取り込まれつつあるんです。ほら、気付いてみれば、こうして絵の中の船に乗ろうとしてるじゃないですか」

そのようだった。我々は近づくほどに写実性を増す、最早、巨大と言ってよい船を見上げ、いつのまに描き加えられたのか、乗船する人々の列に並び――いや、並んでいるのは私の背中なのだが、背中が並ぶと私もそれに従うかたちになる。

「客船だろうか」

「そうみたいですね。まだ、ディテールが描き込まれていないのではっきりしませんが、豪華客船による世界一周旅行の船出といったところでしょうか」

「ほう」

「ひとつ行ってみますか、先生」

「行けるものなのかな」

「つまり、それはアレですよ、絵に描いた餅は食えるかって話です」

「いや、事態はさらに複雑じゃないか。絵の中の餅を絵の外の鑑賞者は味わえない。それは道理だとしても、では、絵の中にいる者は味わえるのか。絵の中に閉じこめられた者は、こんなふうに船に乗って海の向こうへ旅立てるのか」

「それはできないでしょう」

「いや、分からないぞ。そもそもあの男、あの『十二人の船乗り』から抜け出した男はあんなに自由に振る舞っていた。絵の外に出ることが可能なのかどうかはともかく、少なくとも絵の中ならどこにでも行けるんじゃないか」

「絵の中の旅ですか」

「悪くないね」

「じゃあ、もう戻らないんですか、絵の外に」

振り返ってみると、これまでは戻るか戻らないかなど考えたこともなかった。ただ、あくまで私は絵の外に属する者で、個人的に鑑賞することに加え、教師として一枚の絵を学生たちに示して論じたり考察したりしてきた。それは私が間違いなく絵の外にいたからで、要するに部外者であったから好き勝手なことが言えたのである。それが私であり、だから私は自分が絵の中に取り込まれて埋没するなどまったく考えられなかった。たとえそこがどれほど居心地のよいところであっても、好き勝手に論じてきた者が歓迎されるはずがない。

が、事態は大きく変わりつつあった。すでに私は私の背中を認め、いつからか、肉体のあらかたは絵の中に属しているかのようだった。残されたのは絵の外に対する未練だけで、こうして背中を眺めながらアノウエ君と言葉を交わしている自分は、とうに肉体を失った「未練」という名の気体だったりするのかもしれない。

思えば、ここに至るお膳立てもしっかり揃っていた。五十歳になってからというもの、悪夢にも似た滑稽にして不可解な事態に連続して見舞われ、もともと備わっていた不安や倦怠《けんたい》といったものに、いきおい重みが増したように感じられた。誰かが音もなく背後に忍び寄り、冷水を浴びせるように、もういいだろう、としきりに囁いていた。

「もう充分だ」と。

充分にお前は五十年も生きた。五年ですら大した年月なのに、お前はそれを十回も繰り返した。もういいだろう。安泰な時間は終わったのだ。そろそろ死を想え。そういう頃合いだ。今までお前が避けてきた死という言葉を心して唱えるがいい。

「冗談じゃない」

私は声に出してそう言った。よく覚えている。そのとき私はアノウエ君と大学の研究室で人形焼を食べようとしていたのだ。例によってアノウエ君が買ってきて、彼はそのときめずらしく暗い表情で、これを食べるのはこれが最後になるかもしれませんと不吉な発言をしたのである。

「どうしてまた？」

「福屋がですね――」

「ふくや？」

「人形焼屋の屋号です。店を閉めるんですよ。亡くなったんです、店の御主人が。まだ五十歳を過ぎたばかりなのに。残念でなりません。僕はこの人形焼を食べて育ちましたから。子供のとき母が好きでよく買ってきて、僕が甘党になったのもこの――」そう言ってアノウエ君は紙袋におさまった人形焼を手に取り、「この――」の後が続かないのか、言い淀みながら紙袋を持つ手から力が抜け落ちた。支えを失った袋から福の神の顔をかたどった人形焼がこぼれ出る。

机の上に首が転がった。七福神である。しかし、ニヤリと笑みを浮かべて転がった首が、私には福の神ではなく死神に見えた。ニヤリとしながら「もういいだろう」「もう充分だろう」と反復するのに鳥肌が立った。

冗談じゃない。

何が充分なものか。私はまだ何も果たしていない。これからようやく――。

「死を想え」

いや、想わない。私は首を振った。

「冗談じゃない」

「え？」とアノウエ君が驚いた様子で私を見た。「何が冗談じゃないんです？」

「いや、こっちの話だ」

いや、こっちの話だが、あっちの話でもある。

誰の何という絵であったか、まさにこうした乗船の場面を描いた絵があった。私は自分なりの解釈として、これは黄泉《よみ》の国へ向かう船で、船に乗る者はこちらからあちらへ船出する者、一見、明るい絵だが、じつはそうした状況が描かれている——そんな解説を黒板を背にして学生たちに語ったことがある。いささか不吉な解釈であったかもしれないが、的外れではなかったと思う。そして、いままさに同じような船に乗り込もうとして不吉を実感している。これはあちらへ向かう死神が誘う船である。私はそれに乗ろうとしており、残されたのはもう未練だけしかない。

しかし、未練は頼もしい。

「まだ死にたくない」

私はそう言ったと思う。

「え?」とアノウエ君がふたたび驚きの表情になったが、次の瞬間には「あ?」と声色が変わり、「いましたよ彼が」と視線で私を促した。「ほら、あそこに」

彼というのは他でもない彼——『十二人の船乗り』のあの彼である。なるほど、彼の登場がいつでも水に関わりがあって、あたかも水を渡り歩いてきたかのようであったのは、出自が船乗りであったせいなのか。この度もまたこの大きな船に乗り込み、どうやらあちらの世界に旅立とうとしている。では、もう『十二人の船乗り』には戻らないのか。

アノウエ君が彼に近づき、私はそれに従う私の背中のあとをついていった。周辺はまだ描き込みが足りておらず、どことなくぼんやりとしている。乗船しようとしているのは確かだが、船と波止場を結ぶタラップが曖昧なままで、なんだか我々は皆、宙に浮いているかのようで、まさに地に足が着いていないとはこのことだ。

が、あるいはもしかすると、これはこれで完成なのかもしれなかった。我々はおそらく一枚の絵の隅に描かれた点のような存在でしかなく、絵の外に出て鑑賞したら、そんな点には誰も（私もまた）目をくれないだろう。画家の思惑だけがそれを乗船客と認め、鑑賞者にはきっと伝わらない。そんな点が我々なのである。

「あの」と曖昧な背景を背負い、点A（アノウエ君）が点C（船乗りの彼）に声をかけた。

「はい？」と振り返る点C。

「あなたはもしかして」と点B（私）。

「もしかして、あのルイジアーノが描いた――」

「どうして分かったんです？」と点C。

「ニュースになっていましたから」と点B。

「ニュース？」と点C。

彼の疑問はニュースの内容に対してではなく、どうやら彼はそもそもニュースというものを知らないようだった。彼はまだニュースなる言葉がなかった時代に描かれたらしく、というより、彼が描かれた時代においては、絵画がニュースの役割を担っていたのである。

そういえば、そうした見解を黒板を背にして語ったこともある。

「絵の外で――」と私は付け加えた。

「絵の外で？」

彼は私とアノウエ君の顔を交互に見てこう言った。

「あなたたちは絵の外に行ったことがあるんですか」

「いや、そうじゃなくて、僕たちは絵の外から来たんです」

「ああ」と彼は驚くこともなく素直に納得した。

「外から来る人は他にもいるんですか」と訊くと、

「そうですね」と迷わずに答える。

やはりそうなのか。あるいは、こうしたことは我々にのみ起きたきわめて特殊なことなのかと思うところもあったが、やはり先達がいたのである。ばかりか、彼の受け答えから察して、こうして絵の中に紛れ込んでしまう者はかなりいるのではないか。いや、これはもう何度か考察したが、私は絵を観るときに、いつでも絵の中に入り込んできた。よく観るためには入り込む必要があるし、それが自分にとって本当にいい絵であれば、より深く観ようとしなくても、いつのまにかその世界に取り込まれている。そこには何ら不自然な手続きなどなく、特別なまじないが必要なわけでもなかった。となれば、私以外の者が同じように絵の中に足を踏み入れたとして何の不思議があろう。

おそらく、多くの人がそれと気付かぬうちに、こうした経験を積んでいるのではないか。が、問題は絵の中に入り込んだきり帰らなくなった人があるかどうかだ。

「いるのではないですか」

彼はまた迷わずにそう答えた。

「ついこのあいだも絵の外から来た人に会ったんですが、彼はこのまま帰らないつもりだと言っていました。結局どちらも同じであると――」

「どちらも同じ？」

「ええ。それは私自身の疑問に対する答えでもあったのです。絵の中と外はどんなふうに違うのか。彼にそう訊いてみたら、どちらも同じであると。何も変わらないと」

なるほど。何も変わらない、は言い過ぎであるとしても、「結局どちらも同じではないか」という意見は分からないではない。それが具体的にどのような場所であるかはともかく、中とか外とかこちらあちらに関わらず、人が人と思いを同じくする場所は必ずどこかにある。思いが重なったり出会ったりする場所はきっとある。絵の奥はつながっていると彼は我々に教えてくれたが、事は絵の中に限らず、すべてはその奥でつながっている。

映画でもいい。本でもいい。音楽でもいいし写真でもいい。もっと言えば、饅頭だっていいし、銭湯でもいい。缶コーヒーでもいいし楽器などじつに奥が深い。靴、鞄、郵便ポスト、トランプ、満員電車、トンカチ、四畳半——何だっていい。条件はただひとつ、それが多くの人の目や手に届いていること。愛でられていること。接していること。時間を共にしていること。そこに時間が流れ、時間が人と何かを結んで、どこか——それはやはり奥だろう——に連れ去ってゆく。

すべてに奥がある。

絵はそれ自体奥行きのあるものを目指しているから分かりやすいだけで、餡パンにだって奥はあり、餡パンの奥地で人と人は出会ったり別れたり意見を異にしたりする。

「あなたは——」とアノウエ君が彼に問いかけた。「あなたはこれからどうするんです？」

「さあ、私にも分かりません」

「あなたは迷っているのですか」

「それも私には分かりません」

「あの絵にはもう戻らない？」

「戻らないと思います」

そこはきっぱりと答えた。

「とりあえず、これからこの船に乗ります。この絵はまだ描きかけですが、御覧のとおりまだ絵の具も乾いていない新しい絵です。私はこの新しい船に乗ってここを離れたい」

「しかし、この船は死に向かっているようです」

「ええ知ってます。いいではないですか」

私が口を挟むと、
彼は意外にも快活に答えた。

「たとえ、この船に乗らなくても、すべてはそこに向かっているんですから。だから——」

だから何だろう。だから何ですか――。

問おうとしたが、彼は「だから」と言い終えぬうちにこちらに背を向け、彼は薄汚れてくたびれた様子で、最初に会ったときの輝くような髪や頬の色が褪《あ》せていた。衣服は湿気を吸って張りをなくし、露になった肌はかさかさに干からびて痛ましかった。こんなところまで俺を追いつめないでくれ、と彼の目は訴えていた。私にはそう見えた。次第に絵に描いたような霧がたちこめてきて、いや、この霧はいままさに描き加えられているのだろう。霧が我々を包み、彼の背中も我の背中も包まれて白く濁っていった。

「追いますか」とアノウエ君。

「いや」と私は首を振る。

元の絵の中に連れ戻すことが彼の幸せではないかと思ったが、それは絵の外から眺める者の勝手な考えである。彼にも自由があっていい。いや、あるべきだ。描かれた者は描いた者の所有物ではない。ついでに言えば、はたして絵に完結などあるのか。我々は目の前に展示されたものが完成品と信じて疑わないが、仮に画家が完成を宣言したとしても、はたして、それで本当にその絵が完全なものになったと言えるのか。

完成に抵抗し、完成から逃げ出そうとする一人の男がここにいる。

「もう、いいよ」と私はアノウエ君に繰り返した。「追う必要も連れ戻す必要もない」

「追えよ」

不意に上着のポケットから「首」が首を出して余計なことを言い始めた。アノウエ君のポケットからも「そうだ、追え」と首が覗き、其ノ一、其ノ二が声を揃えて「ヤツを追うんだ」「我々も船に乗ろう」と低く唸るように唱和した。

「どうします？」とアノウエ君。

「いや、私は船に乗らない」

首を振りながら私は私の背中に背を向け、背中と背中が背中合わせになり、船に乗ろうとする私と船から離れようとする私が拮抗し合った。霧が濃くなってゆく。早くしないとどちらが船でどちらが陸なのか判別がつかなくなる。

「先生、どうして僕たちはこんなところまで来てしまったんでしょう？」

姿の見えなくなったアノウエ君の声だけが聞こえてくる。

「みんなここへ来る」

それは私が答えたのか首が答えたのか——。

「みんないつかはここへ来る。でもまだ早い。何も急ぐことはない」

私は生き急ぎも死に急ぎもしない。何であれ急がない。急いでどこへ向かう？　何をそんなに急ぐのか。アノウエ君、私は少しだけ分かった。奥が深いとか何とか言うその奥地のどんづまりには、いつだってこんな海辺の風景がある。そして、さらなる先へ行こうとするとこんな船が現れ、ここを離れて新天地へと船は誘う。だが、アノウエ君、これ以上踏み込んではならない。たぶんロクなことにならない。いや、彼はいい。彼はもともとあちらに属している。我々は混同している。いい気になっている。いい気になって、あちらとこちらを結びつけ、こちらの勝手であちらに干渉している。そうして奥へ行けば行くほど、掘り下げれば掘り下げるほど、我々は死神に近づいてゆくのだ。ただでさえ近づいているというのに、何を急いでそんなものを呼び寄せる？

なるほどたしかに昼の給食のようないい匂いが漂ってくるし、あちらの方がずっと明るそうだ。五十年の歳月でいい加減すり切れてきたこちらの現実より、あちらにあるだろう永遠や理想の方が大人びて本物に見える。成熟と呼んでいいものが窺えるし、いつか到達したいと願ってきた漠然としたものに遂に手が届きそうだ、とそんな思いにとらわれる。

だが、アノウエ君、私は行かない。

私はいつだったか君が言ったモナ・リザの背中など見なくていい。なるほど、まだ誰ひとり見たことのないうつくしい背中を見たいと胸躍る思いもあったが、いざ背中を眺めるところに立ってみれば、我々はもうあの微笑を見ることができないと気付く。

「贅沢言うなよ」

首の其ノ一が私の脇腹のあたりでもぞもぞ動きながら声をあげた。

「背中も見たいが微笑も見たい？　そう何でもかんでもうまくいくものか。お前さんは微笑など見飽きたんだろう？　微笑の裏にある背中を見たいとアンタは願った。違うのか？　なのに、背中の側に突き出ようとしたら急に恐くなった。そうだろう？　あんたは臆病なだけだ」

「先生、気をつけてください」

アノウエ君がめずらしく強い口調になった。

「この首は死神です」

アノウエ君は自身のポケットから首の其ノ二を引きずり出すと、「どうしましょう、この首」と持て余しながら私に答えを求めた。

「はっ」と首が笑う。ふたつの首が我々をあざ笑い、たちこめる霧の中で高々と笑い、しかし、しばらくして霧が晴れると、首は研究室の机の上にふたつとも投げ出され、投げ出されて転がって、なおもニヤニヤと笑っていた。

「食ってしまおう」と私は顔をあげる。

「え？」とアノウエ君が驚いた様子で私を見た。

「これが最後の人形焼などと感傷的になってもしょうがない。福の神だろうと死神だろうと、どっちであれ、そんなものは食ってしまうに限る」

「ええ、そうですね」

とうに茶は冷めていたが、あいにく研究室用の茶の葉が切れてしまったので、冷めた茶をすすりながら我々はアノウエ君が長年親しんできた福屋の最後の人形焼を食した。奇しくも午後の授業の開始を告げるチャイムが空気を震わせる中、

「急ぐことはないよ」

「そうですね」

我々は黙々と人形焼を食いつづけた。

*

じゃぶらじゃぶらとヤカンに水を入れてガス台の上へ載せ、ガス台の栓をひねれば当然のように火がついて炎が立ち上がる。微量なるガスのにおいと炎の鮮やかさに脳も刺激され、嗚呼、こうしてまた今日という日が始まるのだなと思えば鳥肌が立つ。ついでに、自分という者がこの世に生を受けて、じつに五十年もの歳月が流れてしまった事実に、なおふたたび鳥肌が立つ。

私は冷蔵庫の扉をあけて新鮮な卵を取り出し、いっとう小さな柄付き鍋で、うで卵をつくらんとする。うで卵については、このあいだもういちどアノウエ君と議論した。アノウエ君が言うには、

「先生、やはりそれはうで卵ではなく、ゆで卵ではないですか」

さぁて、知りません。知らぬ存ぜぬで通し、大抵のことはそれでどうにかなってきた。

面倒なことは放っておけばよい。放っておいても湯はかならず沸く。

　事実、ヤカンの中と小鍋の中でふたつの湯が沸いて、私はゆるゆると小鍋の中に卵を沈めるなり鳥肌が立つ。私は以前よりさらに自分を取り囲む森羅万象が愛おしくなってきた。考えようによっては面倒な話でもあるが、目に映るいちいちが愛おしく、それでやはり、一日のさまざまな場面で、涙ぐんだり鳥肌が立ったりしている。

　私は卵をうでながら、小鍋の中にぐつぐつたぎる湯を眺め、半熟にうで上がる三分三十秒のあいだに、これまでの五十年を想った。台所の時計を睨み、秒針が回るのをひたすら凝視し、すると、秒針が三回転半するあいだに、五十年が凝縮されて濃密な卵がうで上がる――ような気がする。

　食パンは六枚切りを焼き、バターをへずりとってパンにのせる。うで卵は殻を剝いて塩を振り、魔法瓶に移した湯を湯呑みに注いでインスタント・コーヒーをつくる。以上。卵と食パンとコーヒーと、あとはしゃきしゃきしたレタスをかじり、チーズを切ってそれもパンにのせる。これにて朝食は終了。終了すれば寝巻から外出着に着替え、大学へ行く日もあるし、行かなくていい日はいつもどおり地下街を散策する。

　地下鉄を日比谷駅で下車し、地上には出ずに有楽町の方へあてどなく歩く。何度歩いても方角を逸し、ただ漠然と地下通路をさまよう。灰色の壁ばかりがつづいて、もしや、このまま地上に出られなくなるのでは、とおびやかされて鳥肌が立つ。

私はいまだにこの散策が意味するところを解けない。したがって、この地下街の真髄に私なりの名前を与える宿題もまだ解けない。名付けない限り、私は決して地上へ脱け出せない。

地下街にある行きつけの地下喫茶で、私はひとやすみしながら新聞をひろげた。店に置いてあるありったけの新聞を端から読み、夢想の中にあるひとつの記事が現実のものにならないものかと常に探している。

その記事の見出しは「消えた船乗り、無事、帰還す」と謳っている。ルイジアーノの『十二人の船乗り』から一夜にして消えた「左から二人目の若い船乗り」が、いまふたたび一夜にして舞い戻り、奇跡のように元どおり収まっている。大きな記事ではないだろう。うっかり見逃すような埋め草記事で、報じながらどこか眉唾ものであることを匂わせている。記事の末尾は「船乗りは少々くたびれた様子であった」と結ばれる。

インクが指に移って黒くなるまで新聞を掻き分けるようにめくり、今日もそんな記事はなかったと満足して私は旨くもない地下喫茶のコーヒーをすする。指先に転写された逆さまの文字を読み、私はふと、あのときテレビで見たニュースは本当にそのとおりであったのか疑わしい思いになる。

新聞記事を確認したあとは、ところどころにある地下画廊を訪ね歩き、聞いたこともない無名の新人の新作をじっくり鑑賞する。それがもし、海辺や船を題材にしたものであれば、殊更に注意深く画面を観察する。もしかして、船に乗り込もうとする点のような彼や、点のような私とアノウエ君の背中を見出せるかもしれない。

が、もちろんそんなものは見つからない。見つからなくていい。見つかってしまえば探す愉しみが奪われる。そうして探りながら愉しみながら未知の絵を鑑賞していると、いっとき時間が消えて意識が絵の中に紛れ込む。が、それはあくまで意識のみで、体ごと絵の中に取り込まれることはもうない。

地下街には無言で行き交う人々が絶え間なく現れては消えてゆく。私には彼らの誰もがどことなくさまよっているように見える。地上ではもっと多くの人が行き交っているだろうが、地上の人たちは地下にこんなにも沢山の人がさまよっていることを知っているだろうか。

右も左も北も南も分からないまま、表情のない灰色の壁を眺めながら薄暗い地下通路を私は進んでゆく。探すことが愉しみであるなら、その前に迷うことが必要だ。地上には詳細な地図があり、空の上の衛星から適切にナビゲーションをしてくれる。

が、その強力なナビであっても、地下の道行きまではガイドしてくれない。

絵の中の点のようになりながら、私は地下通路の奥で迷う。通路の奥にはそこから枝分かれした無数の通路が広がり、おそらくはどこかで別の通路につながっているだろう。雨も風も太陽もない果てしない通路である。自分の足音だけがこだまし、私は知らないあいだに、ひと気のない一段と暗い通路に足を踏み入れていた。

来たことのない通路だ。しかし、通路というからにはどこかに通じているのだろう。しかし暗い。薄闇だ。通路の奥が見えない。見えないがゆえに、その奥の深さに自分が試されているようで、その無言の申し出に体を張って応えたくなる。

私は躊躇しながら歩を進める。闇が体にまとわりついてくる。その容赦ない黒さ冷たさがともすれば心地よく、いよいよ自分はここまで来た、いよいよ深遠なるものに触れつつある、と心臓の鼓動が倍速で高鳴った。

行かなくてはいけない。ここで引き返してはならない。この先にあるものを、闇をくぐり抜けて見定めなくては——。

さらにもう一歩、闇の奥へと歩を進める。

そのとき、私は私の背中を見ていた。私の意識は後ずさりし、闇の領域から後退して、通路と通路の奥にたちこめる闇の深さと黒さを眺めていた。

私の背中は闇の中で立ちどまって考えた。

そして、その背中が大きく息をすると、闇の中で方向転換をし、闇が体にまとわりついてくるのを振り払いながら、息を弾ませてこちらに戻ってきた。

矢印と共に「有楽町」と示された明るい掲示板を見つけ、私は大きなくしゃみをひとつしながらそちらを向いてまっすぐ歩き始めた。

「本当のこと」は
いつでも少し遅れて
やってくる――

文庫版のためのあとがき

さて、これより先は「あとがき」にして「解説」のページであります。ここに書いてあるのは、いわゆるネタバレのようなもので、推理小説で云えば、犯人が誰なのか、どのようなトリックなのか、等々、あれこれと書いてあります。ですので、ぜひ本編のあとにお読みください。きっと、その方がいいです。

この小説の単行本が上梓されたのは、いまからおよそ五年前になりますが、刊行以来、読みなおす機会がなく、ひさしぶりにひもといて、ほとんど読者の気分で読みました。忘れていたこともいくつかあり、今回、読みながら思い出したことを忘れないうちに書きとめておこうと思います。

この小説は「絵の中に入ってしまった男の冒険」という表向きの看板はありますが、じつはそれよりも、「五十歳になった男」の方が作者としては重要でした。ちなみに、僕はいま五十四歳ですが、『モナ・リザの背中』を書き始めたときは四十六歳でした。まだ五十歳になっていなかったわけで、しかし、そう遠くない日に五十歳になるであろうことを意識し始めたころです。「ああ、おれはもう五十歳なのか」とうなだれる自分を予見し、「五十年も生きてきたのだから、これからは好きなようにさせていただく」と訳のわからない主張をする自分を予感していました。そうした予感がドンテンという主人公に化けたのですが、書いていたときはまだ五十歳になっていなかったわけで、あくまで空想で書いてみるというのがひとつの試みでした。実際に五十歳になってから書くとなると、どうしても生々しくなるだろうし、生々しいリアルな五十歳ではなく、物語の中のフィクショナルな五十歳を書いてみたかったのです。

では、どうして五十歳なのかというと、まずもって「キリがいいから」です。キリはいいけれど、なぜか世間を賑《にぎ》わすことがないという印象があり、本編にも書きましたが、テレビのニュース番組を見る限り、いいことにせよ悪いことにせよ——つまり、立派な勲章をもらった人にしても、人を殺《あや》めてお縄になった人にしても、いずれも、名前のあとに(50)とあるのを見たことがありません。見たことない、は云い過ぎですが、これはおそらく数字のマジックで、たとえば、自分の買った宝くじの番号が「100000」だったら、絶対に当たらないだろうとがっかりします。意外にも、キリのいい番号にはこうした負のイメージがあり、これを年齢にあてはめてみると、「五十歳」というのがまさにそれではないかと思ったのです。

「私が人生の転機を感じたのは五十二歳のときでした」

「ぼくが、ようやくチャンスをつかんだのは三十三歳のときでした」

もし、小説の登場人物に人生の転機を与えるとしたら、そこで選ばれる年齢はこういったキリのよくない年齢です。どういうものか、その方がリアリティーがあるのです。「10000」より「48230５」という番号の方が宝くじの当せん番号にふさわしい感じがするのと同じです。しかし、そこをあえて「五十歳」で書いてみたかったのです。

もうひとつはタイトルでした。いつでも、まず、タイトルがあるのです。タイトルを思いついて、すぐに書き出すこともあるし、長いあいだ、タイトルだけを書き並べたノート（そういうものがあるのです）に留まっていることもあります。『モナ・リザの背中』というタイトルは「長いあいだ」の方で、書き始める何年も前からノートに書いてありました。

ある日、「よし、書いてみよう」と思い立ち、まずは少しばかり未来の書店の店先を想像しました。『モナ・リザの背中　吉田篤弘』とカバーに刷られた本が小説のコーナーに並んでいるのを脳裡に描き、それこそ絵の中に入ってゆくように空想に入り込んで、その本を手にとるのです。ページをめくり、目次を見たり奥付を見たりして、普段、書店の店先で本を吟味するときと同じことをします。どんな本なのか、どんな小説なのか、長いのか短いのか、どんな文体でどんなトーンなのか、場合によっては、一人称で書かれているのか三人称で書かれているのか見当をつけ、うまくいけば、冒頭の数行を読んで記憶に留めたままこちら（現実）に帰ってくることもあります。

こう書くと、かなり奇異なことをしているように感じられるかもしれませんが、僕は小説を書くことと並行して装幀の仕事をつづけてきたので、自分の手がけている本が書店に並んでいる様を思い描くのは大事な作業のひとつなのです。それに、あらかじめ出版が約束されているものであれば、書くと決めた以上、いずれ書店に並ぶ日が来るわけで、この空想は決してSF的な絵空事ではなく、きわめて真っ当なシミュレーションなのです。

『モナ・リザの背中』はこの作業がうまくいった例で、あえてSF的に云うと、「うまいこと未来から摑みとってくることが出来た本」でした。だから、書き始める前から、この長さになるとわかっていたし、『モナ・リザの背中』というタイトルが意味するところは、主人公が絵画の中に入り込んで、いままで誰も見たことのなかった絵の奥にあるもの——表側からは隠れて見えなかったものを見つけ出す物語になるとわかっていました。ちょうど、構想を練っていたときにダ・ヴィンチの『受胎告知』が日本で公開され、行列に並んで実物を目の当たりにしたことで火がつきました。

あとは書くだけです。話の内容が冒険を孕《はら》んだものになるとわかっていたし、こうした小説を書くこと自体、自分にとっては冒険になると予感していたので、書くにあたって、何かお守りになるようなものが欲しいと考えました。お守り＝指針ということです。

選ばれたのは「落語」と「アリス」でした。結局、自分のいちばん根っこにあるのはこのふたつで、「アリス」というのはルイス・キャロルのあの「アリス」です。このふたつをいつも念頭に置いて書きました。とりわけ、落語です。この小説は長い長い落語なのです。僕が好んで聴く落語の多くは、笑いとシュールと人情でつくられています。ですので、この小説は大いに笑いながら読んでいただけたら本望なのです。

しかし、「落語」も「アリス」も、自分にとって、子供のときに打たれた予防接種みたいなもので、そうして打たれたワクチンは微量な毒でもあるわけです。「落語」や「アリス」のような笑い話や夢物語に秘められた毒こそ奥深くまで浸透するはずですから、このお話にも気づかない程度の毒がほんのりまぶされているだろうと思います。

お守りといえば、主人公のドンテンもお守りのように自分の印鑑をポケットに忍ばせていました。それも本名を彫り込んだ実印ではなく、たわむれにひねり出した雅号《がごう》を彫ったもので、このあたりの事情は、今回、読み直すまですっかり忘れていたのですが、もしかして、ドンテンという男の道行きを導いていたのはこのインチキな判子だったのかもしれません。お守りが導いていた、と書くと、あたかもその先にいいことが待っているかのようですが、肝心のお守りがデタラメな名前なのですから、どこへ連れて行かれるかわからないのです。

ドンテンという男は、さまざまな物事に自分なりの名前をつけてゆくことを当面の宿題にしていました。助手の「アノウエ」という名前を始め、この世のすべてにあだ名をつけてゆくのを、ひそかな愉しみにしています。ただ、よく考えてみると、自分の名前だけは自分でつけられないわけで、それゆえ、「雅号」をつけることは先生にとって大きな発見だったはずです。僕もいまさらのように気づきました。

こういう「いまさら」はよくあることです。小説を書きつづけてきてわかったのですが、「本当のこと」はいつでも少し遅れてやってくるのです。だから、こうして五年ぶりに読んでみると、いまさらのように「本当のこと」が見つかり、何度も読むのを中断して、しばし考え込みました。

最初の方で、ドンテンは「人間、五十にもなったら、あとはこちらの一存で参りたい」と宣言しますが、自分の一存ではどうにもならないものがあります。そのひとつが「くしゃみ」で、「くしゃみ」によってドンテンは目薬を差すことになり、これが絵の中に入り込んでしまう最初のきっかけになります。

しかし、「くしゃみ」って何でしょう？　寒気がその正体なのかと考えたのですが、寒気によって鳥肌が立つというのも、なんだかおかしな現象で、さらに云うと、人は寒気を覚えなくても、感動したときに鳥肌が立ちます。この不思議についてじっくり考えてみたいと思ったのが、この小説を書いたもうひとつの理由でした。

ところで、日本で公開された『受胎告知』を観たときにまず思ったのは、はたしてこれは本物なのか、という疑問でした。なにしろ、こっちは「本物」を観たことがないので判断がつかないわけです。以来、絵画をめぐる「本物」と「偽物」の問題は「本物とは何か」というテーマに移行し、ついには、「偽物があらわれない限り、本物は本物にならない」という哲学的命題にまで発展しました。本編でも、レプリカのポスターや、模写、さらには、どれも同じような絵柄の「銭湯富士」が登場し、風神＝ジャレがこう云います。

「でも、アレな。モノホンと呼ばれてるものも、結局のところ三次元の写しな」

ジャレの登場はこの小説の要で、彼の冗談めかしたセリフはいちいち聞き捨てならないものがあります。僕はこのジャレという魔神が自分の書いてきた登場人物の中で、一、二を争うほど好きなのですが、いつか彼を主人公にしたその名も『ジャレ』という中編小説を書いてみたいと画策していて、件《くだん》の「タイトル・ノート」に、常時、待機しています。

この小説の主人公がドンテン先生であることは間違いないのですが、助手のアノウエ君の登場頻度もかなりのものがあります。しかも、小学校の図書室の場面を読む限り、ドンテンとアノウエはお互いに「交換可能」な存在であると、ほのめかされています。

銭湯でのアクシデントのあと、ふたりの意識がひとつになるところも——自分で書いておいて何ですが——かなり異様で、アノウエというのは、もしかしてドンテンによって名付けられた「分身」であり、すべては自問自答による一人芝居であるという解釈も成り立つかもしれません。

この二人の関係に比べると、もうひとりの主要登場人物である「絵画の奥をさまよっている男」はあきらかに他者で、彼こそ、この物語の真の冒険者と云えます。彼を主人公としたもうひとつの『モナ・リザの背中』があるように思います——。

ドンテンという男は基本的に生来の理屈好きで、しかし、五十歳を機に理屈や常識の世界から自由になりたいと思っているのでしょう。たとえば、こんなことを云っています。「理屈ではないのである。理屈や常識とは別のところで何かが訴えかけてくる。そうしたときに人は鳥肌が立つ。もしかすると、その何かは、この五十年間、常に私に働きかけていたのかもしれない。が、私は忙しかったか、あるいはおそろしく鈍感であったか、まったくそれに気付かぬままやり過ごしてきた。いま、五十年目にして、ようやく届いたというか肌に触れたというか――」

とはいえ、教師としてのプライドが邪魔をし、彼よりもずっと自由なアノウエ君との対立によって、なかなか、理屈（まぁ、屁理屈なんですが）の世界から逃れられません。「五十歳」という中間的な孤島に立ち、どっちつかずのもどかしさに悶々としています。

この冒険の目的は、理屈好きの美術教師であるドンテンが、教材でもある「絵画」の中に見出した「自由」を獲得することでした。しかし、自由というのは厄介なもので、そこには、制約もないし、脈略もないし、意味もなかったりするわけです。それで、この小説も、ところどころ（あるいは全編？）自由に書いてみたのですが、書き手としての僕も、読者としての僕も、どうしても、理屈や常識に未練があるのです。

一方、理屈の世界から解放されているはずの「絵の中の男」は、絵の外にこそ自由がある、とばかりに脱出を試みます。自由の無秩序さや不合理に辟易《へきえき》し、彼は彼なりの自由を、こちらの――理屈ある世界にもとめているのです。

結局、理屈と自由がバランスよく成立しているものが最良なのでしょうが、その狭間に立たされているドンテンは、自由の破天荒さに疲れきってしまいます。それで、破天荒な現象をなんとかして理屈に引き寄せようとするのですが、これは、より正しい言葉で云うと、「理解したい」のです。意味のわからないもの、不気味なもの、脈略のないものを、人はどうにかして「理解したい」と頭が勝手に努力します。

書きながら何度も念じました。「理解しなくていい」「意味なんてないんだ」と。芸術の名のもとに描かれた「自由」と、どうにかしてそれを理解したいと足掻《あが》く「理屈」の狭間でドンテンは混乱します。

これはしかし、芸術家と学者にのみ起こりうることではなく、この世はこれすべて「自由」と「理屈」の戦いです。戦いではありますが、決して決着はつきません。ともすれば永遠につづく戦いで、決着とか「終わり」のようなものはないのです。

しかし、小説には「終わり」が必要です。いつでも、そのことに驚いてしまいます。こちらとしては、「終わりのないもの」を書こうとしているのに、小説自体は物理的に終わらせなければならない。しかも、終わるからには、なにかしら気の利いた結論のようなものが求められ、それがなければ、尻切れトンボと見なされます。落語にも「オチ」が用意されていますが、思うに、あの「オチ」というのは、必ずしもきれいに話をおさめるためのものではなく、どちらかというと、終わりのないものを終わらせるための「しるし」ではないかと思います。

落語の中ではなく、こちらの世界に戻して考えてみると、古今東西、終わりの「しるし」として揺るぎないものは「死」です。しかし、二次元の住人であるジャレは、あれほど達観した考えを自在に述べているのに、唯一、「死」を理解できません。

彼は云います――。

「ジャレは死について学びたい。ジャレらは死そのものではないから」

「ジャレはそいつを知りてぇのだ」

本当を云うと、二次元のことはわかりません。しかし、三次元にしか生きられないわれわれは、二次元の世界に「死」はないものと見なしました。この世のすべては「終わり」に向かっていると発見してからというもの、二次元に「永遠」の望みを託したのです。なるべく正確に絵に写しとることで、はかなく失われてゆくものを二次元に留めました。

ところが、二次元の住人は「死がわからない」と云います。そう云いながらも、絵の中の世界というのは「ほとんど死の世界なんじゃねぇのって思う」とジャレは云います。

僕は「死」が苦手です。「死」について語ることも敬遠してきました。にもかかわらず、小説を書いていると、どういうわけか、それにとらわれてしまいます。「それ」というのは、この小説で云うところの「闇」です。小説に描かれる冒険というのは、おそらくこの「闇」の正体を少しでも明かすことに価値があるように思います。だから、小説家というのは、それこそ五十歳にもなったら、自ら進んで「闇」に取り込まれてゆくのが、あるべき姿ではないかと考えてしまうのです。

この小説の「終わり」の場面を書いているとき、主人公だけではなく、書いている僕自身も「闇」に呑まれてゆくような――あるいは、これで一人前の小説家になれるかもしれない、という思いがよぎりました。これからはしっかり「闇」を見据えて書いていくのだ、そのために決意表明のようなラストを書くのだ、と一旦はとらわれました。

でも、自分はそっちへ行かない。

最後の場面を書いたとき、これが自分の五十歳の姿であり、それでいいのだと予感しました。

そのとおりになっています。

二〇一六年秋

吉田篤弘

単行本『モナ・リザの背中』二〇一一年十月　中央公論新社刊

中公文庫

モナ・リザの背中《せなか》

2017年1月25日　初版発行

著　者　吉田《よしだ》 篤弘《あつひろ》

発行者　大橋 善光

発行所　中央公論新社
〒100-8152　東京都千代田区大手町1-7-1
電話　販売 03-5299-1730　編集 03-5299-1890
URL http://www.chuko.co.jp/

ＤＴＰ　平面惑星
印　刷　精興社（本文）
三晃印刷（カバー）
製　本　小泉製本

Published by CHUOKORON-SHINSHA, INC.
Printed in Japan　ISBN978-4-12-206350-1 C1193

中公文庫既刊より

各書目の下段の数字はISBNコードです。978－4－12が省略してあります。

よ-39-1
それからはスープのことばかり考えて暮らした
吉田篤弘
路面電車が走る町に越して来た青年が出会う、愛すべき人々。いくつもの人生がとけあった「名前のないスープ」をめぐる、ささやかであたたかい物語。
205198-0

よ-39-2
水晶萬年筆
吉田篤弘
アルファベットのSと〈水読み〉に導かれ、物語を探す物書き。繁茂する道草に迷い込んだ師匠と助手——人々がすれ違う十字路で物語がはじまる。きらめく六篇の物語。
205339-7

よ-39-3
小さな男＊静かな声
吉田篤弘
百貨店に勤めながら百科事典の執筆に勤しむ〈小さな男〉。ラジオのパーソナリティの〈静香〉。ささやかな日々のいとおしさが伝わる物語。〈解説〉重松　清
205564-3

よ-39-4
針がとぶ Goodbye Porkpie Hat
吉田篤弘
伯母が遺したLPの小さなキズ。針がとぶ一瞬の空白に、どこかで出会ったなつかしい人の記憶が降りてくる。響き合う七つのストーリー。〈解説〉小川洋子
205871-2

く-20-1
猫
クラフト・エヴィング商會
井伏鱒二／谷崎潤一郎 他
猫と暮らし、猫を愛した作家たちが思い思いに綴った珠玉の短篇集が、半世紀ぶりに生まれかわる。ゆったり流れる時間のなかで、人と動物のふれあいが浮かび上がる、贅沢な一冊。
205228-4

く-20-2
犬
クラフト・エヴィング商會
川端康成／幸田文 他
ときに人に寄り添い、あるときは深い印象を残して通り過ぎていった名犬、番犬、野良犬たち。彼らと出会い、心動かされた作家たちの幻の随筆集。
205244-4

お-51-6
人質の朗読会
小川洋子
慎み深い拍手で始まる朗読会。耳を澄ませるのは人質たちと見張り役の犯人、そして……。しみじみと深く胸を打つ、祈りにも似た小説世界。〈解説〉佐藤隆太
205912-2